글쓰기로 시작하는
대한민국 엄마의 진짜인생 찾기

———————

마인드파워로
아주 쉬운 육아법

마인드파워로 아주 쉬운 육아법

초판인쇄	2017년 6월 29일
초판발행	2017년 7월 03일

지은이	박선진
발행인	조현수
펴낸곳	도서출판 프로방스
마케팅	최관호 최문순 신성웅
편집교열	맹인남
표지& 본문 디자인	오종국 Design CREO

ADD	경기도 고양시 일산동구 백석2동 1301-2
	넥스빌오피스텔 704호
전화	031-925-5366~7
팩스	031-925-5368
이메일	provence70@naver.com
등록번호	제2016-000126호
등록	2016년 06월 23일
ISBN	979-11-88204-03-8-03810

정가 15,000원

글쓰기로 시작하는
대한민국 엄마의 진짜인생 찾기

마인드파워로
아주 쉬운 육아법

박선진 지음

프로방스

"어쩌다 글쓰기"

"우리의 삶은 관계로 이루어져 있다.
그 핵심은 '소통'이다. 그게 잘 이루어질 때만 타인과의 진실한 소통이 가능하다.
마인드파워는 글쓰기를 통한 '나와의 소통'을 전제로 한다."

2014년 겨울,

평범했던 내 인생에 한파와 함께 최대의 위기가 찾아왔다.

꿈을 이루고 성공한 사람들을 보면 인생의 위기를 극복하고 이겨내는 성공 스토리를 꼭 하나씩 갖고 있다. 그런데 나는, 왜 내게는 그런 것 하나 없느냐며 내가 성공하지 못한 이유, 꿈을 이루지 못한 이유를 외부에서 찾고 있었다. 막상 내가 위기상황에 처하고 보니 생각했던 것과 달랐다. '드디어 내 인생에도 기회가 왔구나!' 하며 마냥 반길 수만은 없었다. 아니, 그런 생각조차 들지 않았다. 내가 감당할 수 있을까 하는 막연한 두려움뿐이었다.

둘째가 만삭이었을 무렵, 남편은 회사에서 전액을 지원해주는 해외 파견 기회가 있는데 지원해도 되냐고 물었다. 첫째도 아직 어린데다 둘째가 곧 태어날 시기였던 만큼 남편도 많은 고민 끝에 이야기를 했을 터였다. 이 상황에 내가 반대한다면 '아내 때문에' 못 갔다고 평생 미련이 남을 거란 생각이 들었다.

고심 끝에 도전해보라며 흔쾌히 허락했고, 5개월 후에 현실이 되어 돌아왔다. 둘째가 태어나고 육아 휴직 중에 남편의 최종 확정 발표가 났다. 남편과 함께 하는 육아도 만만치 않은데 혼자서 두 아이를 감당할 생각을 하니 눈앞이 깜깜했다. 남편이 퇴근하고 돌아오면 잠시나마 숨 돌릴 틈이 생기는 것에 위안을 삼았는데 그 시간마저 사라진다고 생각하니 막막하기 그지없었다. 주말도 문제였다. 아이들이 느낄 아빠의 빈자리는 어떻게 할까? 과연 우리 세 식구 건강하게 잘 지낼 수 있을까? 한숨만 나왔다. 친정 옆으로 이사를 가야 하나, 남편을 못 가게 해야 하나, 여러 생각들이 떠올랐지만 모든 상황이 여의치 않았다.

문득 이런 생각이 들었다. '남편이 아무리 걱정하고 대안을 세워준들 어차피 감당할 사람은 나잖아? 아직 시작하지도 않았는데 왜 세상 다 산 사람처럼 고민만 하고 있지? 그래, 일단 해보자! 어차피 내 몫인걸! 죽기야 하겠어?' 그렇게 나 혼자만의 육아가 시작되었다. 사실 피할 수 있다면 피하고 싶었다. 아니, 습관처럼 이번에도 피하려고 했다. 다행히도 하늘은 내가 지금까지 살아왔던 것처럼 상황을 탓하며 살도록 내버려두지 않았다. 결론적으로 나는 위기를 통해 지금껏 놓치며 살아온 많은 것들을 되찾을 수 있었다.

인생은 두 번의 삶을 산다고 한다. 첫 번째는 부모가 우리를 길러줬던 삶이고, 두 번째는 자각기를 거치며 나의 본성을 찾아가는 진짜 나의 삶이다. 육아가 그토록 힘든 이유는 육아를 하며 겪게 되는 많은 경험을 통해 나도 모르던 나의 본성을 만나기 때문이다.

어떻게 진정한 나를 찾아갈 것인가?

빨리 찾는다면 좋겠지만, 인생은 100미터 달리기가 아니다. 마라톤과 같은 인생에 속도는 그다지 중요하지 않다. 어떤 사람은 평생 찾지 못하고 생을 마감한다. 그런 사람은 육아만 힘든 것이 아니라 인생 자체가 힘듦의 연속이다. 나를 찾아가는 과정이라는 마인드를 갖는다면 육아는 성장의 과정이 된다. 그 때부터 인생은 문제의 연속이 아닌 배움과 깨달음의 과정이다.

나는 두 아이의 엄마가 되기 전까지 착한 딸, 모범적인 언니, 괜찮은 아내의 모습으로 첫 번째 삶을 살고 있었다. 그래서 일까? 나의 삶에 2퍼센트 부족함을 느꼈다. 무엇으로도 채워지지 않는, 더 정확하게 이야기하자면 무엇으로 채워야 할 지 알 수 없는 공허함이었다. 좋은 성적을 받아도, 착하고 성실하다며 주변에서 칭찬해도, 이 정도면 괜찮은 아내라고 인정해줘도 뭔가 빠진 것처럼 허전했다. 이대로 살아도 되는 걸까? 의문이 들었다. 열길 물속은 알아도 한길 사람 마음은 모른다고 했다. 내가 무슨 생각을 하며 살고 있는지 종잡을 수 없었다.

남편이 자리를 비운 1년 3개월은 나의 본성을 찾아가는 시간이었다. 둘이서도 힘든 육아를 혼자 해내며 두 번째 삶을 준비했다. 그 사이 무슨 마법 같은 일이 있었던 걸까?

나는 이 마법의 힘을 '마인드파워' 라고 부른다.

우리의 삶은 관계로 이루어져 있다. 남편과의 관계, 아이와의 관계가 좋다면 어떠한 일이라도 잘 해결해나갈 수 있다. 관계를 잘 맺는 핵심은 '소통' 이다. 마음과 마음이 연결되는 소통을 하기 위해 나 자신과의 소통이 먼저 이루어져야 한다. 그게 잘 이루어질 때만 타인과의 진실한 소통이 가능하다.

마인드파워는 글쓰기를 통한 '나와의 소통' 을 전제로 한다.

나와 소통을 하며 '나는 누구인가?', '어떻게 살 것인가'와 같은 질문을 스스로에게 던지게 된다. 질문을 던지고 답을 하는 과정이 자아성찰이며, 잃어버린 꿈을 되찾고 삶에 가치를 부여하는 일련의 과정이다. 그렇게 우리는 성장하고 두 번째 삶을 살기 시작한다.

많은 육아서를 읽고 강의를 듣고 부모교육을 공부하며 깨달은 진리는, 엄마는 아이의 운명이라는 것이다. 엄마의 행복이 아이의 행복이며, 엄마의 건강한 내면이 아이의 미래를 결정한다. 즉, 육아를 잘하기 위해서는 엄마의 몸과 마음의 근육이 탄탄해야 한다. 인생의 진짜 공부, 그것은 독서와 경험을 통해 만들 수 있다. 마인드파워는 '엄마의 건강한 내면'에서 나온다.

마인드파워가 생기기 전 육아는 내 인생에 걸림돌이었다. 전생에 지은 죄값을 치르는 것 마냥 몸과 마음이 힘들었다. 되돌릴 수만 있다면 임신 전 상황으로 돌아가고 싶었다.

마인드파워가 생긴 후, 육아는 내 인생에 디딤돌이 되었다. 육아를 통해 성숙해 졌고 오늘도 성장하는 삶을 살고 있다. 다시 태어나도 엄마가 될 거라고 자신 있게 말할 수 있을 정도로 내 인생에 육아는 축복이다.

나는 어쩌다 시작한 글쓰기로 두 번째 진짜 나의 삶을 살고 있다.

이 책을 만나는 모든 엄마들이 어쩌다 글쓰기를 시작해 두 번째 인생을 찾고 행복해지기를 소망한다.

본격적으로 책을 읽기 전에 상상해보자.

인간이 부여받은 능력 중 하나가 상상력이니 눈을 감고 마음껏 상상해보라.

당신의 내면에는 창문이 있다. 지금껏 쌓인 뿌연 먼지를 탈탈 털고 창문을 살짝 열어 두자. 문틈 사이로 시원한 바람이 솔솔 들어오는 것을 모든 감각을 통해 느껴보라. 입가에 미소가 지어지고 마음이 조금 편안해질 것이다. 상상만으로 어느 정도 우리의 감정을 조절할 수 있다. 이제 저자의 경험을 통해 여러분 자신을 만날 준비가 되었다.

더 이상 누군가와 비교하고 보여주기 위한 가짜 삶을 살지 말자.

세상에 단 하나뿐인 나, 단 한 번뿐인 인생, 진짜 나의 삶을 시작하자.

2017년 6월

저자 **박선진**

"엄마의 성장을 돕는 사랑샘"

그녀를 안지는 1년 반 정도밖에 되지 않았지만, 처음 보았던 그녀, 박선진과 지금의 그녀, 박선진 작가님은 완전히 다른 사람이다. 그녀는 자신이 당당하게 선택한 인생을 살기로 선언했고 그 인생을 살고 있다.

세상에 꿈을 가진 사람은 많다. 그러나 명확하게 자신이 원하는 것을 찾고, 선언하고, 기꺼이 그 꿈을 위해 희생을 감수하는 사람들은 그리 많지 않다.

그러나 그녀는 용감하게 그 희생을 감수했다. 무엇보다 그녀는 그 희생을 희생이라고 바라보지 않았다. 꿈을 위한 과정이라고 감사하게 바라보며 너무나 행복하다고 말한다. 강력한 하루 하루의 '점'을 찍어 '면'으로 승화시키고 있는 그녀는 진정한 마인드파워 최강자다.

작은 것을 보면 열을 안다고 했던가?

어땡(어메이징 땡큐, 이하 어땡)작가, 어땡쇼, 어땡 다이어리 출간, 출간회를 함께하며 작은 것 하나 하나 소홀히 하지 않는 그녀를 보며 같은 일을 해도 참 온 마음을 대해서 하는 남다른 사람이란 것을 느꼈다.

그녀는 한다면 정말 해내는 사람이었다.

처음 봤을 때 한없이 여리고 여성스러웠던 그녀는 어느덧 작가로써 '엄마의 성장을 돕는 사랑샘' 으로써 갖춘 사람이 되었다.

결코 겉모습을 바꾼다고 그 사람이 되지 않는다. 자신의 내면을 바꾸지 않으면 현실에서 아무것도 일어나지 않는다.

그녀가 그 짧은 기간 동안 자신의 내면을 다지고 바꾸어낸 비밀을 알고 싶은가?

이 책 속에 그 비밀이 고스란히 녹아져있다. 박선진 작가님의 찐한 진정성 가득한 글들을 읽고만 끝내는 것이 아닌 하나라도 적용하며 체험을 통해 가슴으로 느껴보자.

이 책을 통해 진정한 자신을 찾고 더욱 성장하며 행복해지게 될 수많은 이 땅의 엄마들이 그 비밀을 통해 삶에 어메이징한 변화를 이루어내실 것이라 확신한다.

더불어 대한민국의 엄마들이 멋진 인생을 시작할 수 있도록 도우며 더욱 멋지게 훨훨 날아오를 박선진 작가님께 뜨거운 축하의 박수를 보낸다.

내 인생 마인드파워 멘토,

조성희 대표님 (조성희 마인드스쿨 대표)

"그는 늘 꿈을 꾸는 사람"

얼마 전 산에 갔다가 작은 돌에 새겨진 다음과 같은 글귀를 읽게 되었다.

'아는 것을 안다고 하는 것은 지식이지만 모르는 것을 모른다고 하는 것은 지혜 이니라'

정곡을 찌르는 말이다. 산행 내내 그 문구가 나를 괴롭히는 느낌을 받았다. 세상에는 지식을 자랑하는 사람들은 넘쳐나지만 지혜를 드러내는 사람은 드물다. 그래서 세상이 이렇게 어지러운 걸까?

글쓰기에 대해서, 육아에 대해서 그리고 자기계발에 대해서 혁혁한 사계의 권위자들이 강연을 하고 책을 쓰고 사람들을 감동시킨다. 그런데 종종 이론과 실천이 모순을 보여 사람들을 실망시키기도 한다. 여기 예외적인 사람이 있다. 그 사람이 책을 썼다. 박선진이다. 아직은 저명한 작가도 아니고 권위 넘치는 강사도 아니다. 그는 전업맘이기도 하고 워킹맘이기도 하다. 무엇보다도 그는 꿈이 있는 사람이다. 꿈이 없는 사람의 삶은 상상하기조차 끔찍하다. 섬세하고 아름다운 마음씨, 세계를 관조하는 사려 깊음, 타인을 배려하는 인간적인 면… 여기까지가 내가 아는 박선진의 모든 것이었다. 그러나 이것은 단견이었다.

책을 읽으면서 나는 전율했고 부끄러웠다. 그리고 한없는 신뢰와 우정을 느끼게 되었다. 어떻게 젊은 나이에, 바쁜 직장 생활에, 전문 작가도 아닌 사람이 이토록 사람을 감동시킬 수 있는가? 그 감동은 어디에서 오는 걸까? 그것은 그가 늘 꿈을 가지고 있고 또 그것을 실현시키고자 하는 열정과 파워에 있다. 더 중요한 것은 그의 말은 토씨하나도 자신의 경험과 어긋나지 않는다는 데 있다. 놀라운 일이다.

나는 감히 이 책을 기꺼운 마음으로 만천하에 추천한다. 그리하여 이 땅의 엄마들이 자신의 정체성을 찾고, 사랑과 행복의 원천을 발견하여 자신의 삶을 풍부하고 아름답게 가꾸어 나가는 길에 들어서기를 간곡히 바라는 것이다.

내 인생 정신적인 지주,
안상기 선생님 (전 천안오성중학교 교장)

육아기간은 '꿈의 잉태기'

'한 번 뿐인 인생인데 엄마로서만 살래?'

작가님의 이 말이 가슴에 팍 박힙니다.

'왜, 무엇 때문에 엄마로 사는 삶은 행복하지 않는 걸까?'

세상 엄마들이 가지게 되는 질문들을 먼저 던져보고 그 답을 얻기 위한
치열한 시간을 보냅니다.
그리고 답을 얻어냅니다.

"엄마란 두 번째 삶의 기회입니다."
"육아는 신의 축복이고 성장의 길입니다."

힘주어 거듭거듭 강조하고 있습니다.

엄마로서 사는 삶이 충분히 행복할 수 있음을 알려줍니다.

육아 +글쓰기를 제시합니다.

육아와 글쓰기가 만나면 어떤 성과가 있는지를 정확하게 짚어줍니다.

꼭 글을 써야하는 사람이 육아하는 엄마임을 거듭 강조하고 있습니다.

설득하는 글이 아닙니다. 작가님의 삶의 체험을 그대로 들려주는 책입니다. 육아기간은 '꿈의 잉태기' 라고 말합니다. 작가님도 육아기간 글쓰기를 통하여 꿈을 만납니다. 꿈을 잉태하여 드디어 세상에 나온 책입니다.

육아 진행 중인 엄마이신가요? 꿈을 이뤄낼 최고의 기회시네요. 나로서도 오롯이 행복할 수 있는 최고의 성장의 기간이시네요. 진심으로 축하드립니다. 그리고 응원합니다. 이 책이 그런 삶으로 반드시 데려다 줄 것입니다. 따뜻하고 자상한데 강력한 책이기 때문입니다.

내 인생의 등불,

옥복녀 선생님 (율하 초등학교 교사, PET 전문 강사, 서툰엄마 저자)

Contents | 차 례

Chapter **01**

〈제1장〉 엄마의 글쓰기, 그 이유

육아일기를 쓰기 시작했다. 나 혼자 두 아이를 데리고 할 수 있는 일상은 매우 제한적이고 비슷한 하루의 반복이었다. 그런데 글을 쓰기 위해 일상 속에서 특별함을 찾고, 가치를 부여하는 나를 발견했다. 어쩌면 사는 것이 다 똑같을 거라는 생각이 들었다. 비슷한 삶 속에서 어떤 사람은 돌멩이에도 가치를 부여해 진주로 만들고, 또 어떤 사람은 진짜 보석을 보고도 그냥 지나칠 수 있을 거라는 깨달음이었다. 글을 쓰며 자연스레 나에 대해 알게 되었고, 단절되어 있던 나와의 소통을 시작했다. 그 동안 나 자신에게 얼마나 무관심했는지 깨달았다. 그럼에도 불구하고 지금까지 잘 살아준 나 자신에게 미안하고 감사한 마음이 들었다. 마인드 파워 육아의 첫 번째 열쇠는 '나와의 소통'이다.

01 : 인간은 욕구 충족의 동물

"엄마 스스로 욕구를 충족시키지 못하면 가족을 통제함으로써
내 힘 욕구를 충족시키게 된다. 아이를 위해서라는 그럴싸한 명목으로 내 욕구를
충족시키고 있다는 사실을 모르는 엄마들이 많다."

*

"나, 글을 쓰는 작가가 되고 싶어."
바다 건너 중국에 있는 남편에게 고백했다.

2014년 11월 마지막 주, 남편의 중국 파견이 최종 확정되었다. 당시 첫째가 28개월, 둘째가 100일 무렵이었고 나는 육아휴직 중이었다. 아이들에게 가장 손이 많이 가는 타이밍을 맞추기라도 한 듯, 1년 3개월간 이산가족이 되었다. 눈앞이 캄캄했다. 나 혼자 핏덩이들과 잘 지낼 수 있을지 막막했다. 처자식 남겨놓고 해외파견을 지원한 남편이 원망스러웠다. '가족을 위해서'라고? 진심이 담긴 그 말이 다 가식처럼 느껴졌다. 어린 아이가 둘이나 있는 아빠에게 최우선 순위가 뭘까? 이게 아빠와 엄마의 차이일까? 남편의 빈자리는 생각보다 컸다. 매일

반복되는 허전함을 어떻게 채워야 할지 생각하고 계획하고 실행하는 것이 일상이었다. 큰 아이가 어린이집에 간 사이, 대부분의 시간은 둘째를 안고 동네 아줌마들과 수다를 떨면서 스트레스를 풀었다. 매일같이 약속을 만들었다. 약속이 없는 날은 하루가 너무 길었기 때문이다. 남편이 떠난 후 상황을 알게 된 사람들은 하나 같이 입을 모아 말했다.

"못 가게 하지 그랬어. 나 같았으면 절대 허락 안 했어. 신랑, 너무 무책임한 것 아니야?"

내 마음 풀어주려고 위로 차 해준 이야기였겠지만, 사람 마음이 웃긴 것이 다른 사람의 입을 통해 들으니 기분이 좋지만은 않았다. 내 얼굴에 침 뱉기인 셈이었다. 마음이 불편했다.

어느 정도 지나니 매일 약속을 만드는 것도 한계가 있었다. 마당발도 아니었고, 매번 만나서 쓰는 돈도 만만치 않았다. 둘째도 점점 커가면서 아기띠에서 탈출을 시도했기 때문에 아이 달래랴 아줌마들과 이야기하랴 보통일이 아니었다. 자연스레 동네 아줌마들과 만남의 횟수가 줄어들었고, 그 시간에 블로그에 육아일기를 쓰기 시작했다. 처음에는 하루 종일 아이들과의 일상을 남편과 공유하기 위해서 시작했다. 매일 통화로 전달하는 것도 힘들었고, 그 때 그 때 상황을 사진과 함께 기록해 두는 것도 의미 있을 것 같았다. 신기한 것은 아줌마들과 수다를 떨 때보다 일기를 쓰고 있을 때 롤러코스터를 타던 마음이 고요해졌다. 물론 말을 내뱉는 순간 뻥 뚫리는 시원한 느낌은 덜했지만 내뱉고 난 후 찝찝함은 없었다. 일기를 쓰며 허전함이 채워지는 느낌은 잔잔하게 오래 지속되었다. 아줌마들과 이야기할 때에 방해물이 되었던 아이가 일기를 쓰기 시작하니 글의 소재가 되었다. 글을 쓰기 위해 아이에게 더 집중하게 되었고, 일상에 의미를 부여하니 모두가 하나의 글로 재탄생되었다. 육아일기로 시작한 글쓰기는 나를 찾는 글쓰기로 확장되었다. 그러다 보니 이제 다른 사람을 도와주는 글을 쓰고 싶다는 생각이 들었다. 예전의 나였다면 '내가 무슨 글을 써? 나보다 똑똑하고 글을 잘 쓰는 사람이 얼마나 넘치는데...'라며 스스로 포기했겠지만, 글쓰기로 찾은 나는 더 이상 예전의 내가 아니었다.

대한민국 의무교육인 12년 동안 끝냈어야 했던 고민을 서른이 넘고 시작했다. 두 팔, 두 다리 모든 것이 자유롭고 시간이 넘치다 못해 흘러 주체하지 못할 때는 무슨 생각을 하며 지냈을까? 내 몸이 나만의 것이 아니고 혼자만의 시간 따위는 사치가 되어버린 두 아이의 엄마가 되고 나서야 꿈을 찾아 헤맸다. 대한민국 교육 시스템에 문제가 많다고 생각하지만, 학창시절 꿈을 찾지 못한 이유를 교육 탓으로만 돌리려는 것은 아니다. 분명 누군가는 어렸을 때의 꿈을 찾고 이루기 위해 끊임없는 노력의 과정을 통해 성공한다. 하지만 많은 사람들은 커서 무엇이 되고 싶은지, 어떤 사람이 되고 싶은지와 같은 어릴 적 끝냈어야 하는 고민을 평생하기도 하고, 결국 답을 찾지 못하는 경우도 많다. 요즘 신세대 엄마들은 무조건 공부만을 고집하지는 않지만 우리 엄마 세대는 공부 잘하는 게 최고였다. 나는 고등학교까지는 좋은 대학에 가는 것이, 대학을 졸업한 후에는 좋은 기업에 취직하거나 공무원이 되는 것이 엘리트 코스라고 여기며 성장했다. 중간 중간 공부 이외의 뭐라도 해보려고 하면 그건 나중에 취업하고 취미생활로 해도 충분히 즐길 수 있다고 핀잔을 들었다. 생각해 보니 아무리 좋아하는 일 이라도 직업이 되면 힘들어진다는 말이 틀린 것 같지 않았다. 어린 시절 부모님 말씀은 거스를 수 없는 어명 같은 것이었다. 그래서 부모님이 원하는 대로 착한 딸, 남들 보기에 괜찮은 딸, 동생들의 본보기가 되는 모범적인 언니의 삶을 살아왔다. 특별할 것 없는 평범한 삶이었다. 나쁘지도 좋지도 않은 하루하루. 평범한 삶을 꿈꿀 만큼 힘든 어린 시절을 보낸 사람이 듣는다면 배부른 소리한다고 할 지 모르겠다. 나 또한 이렇게 자랄 수 있었던 상황에 감사하지 않는 것은 아니지만 뭔가 허전했다. 밥을 많이 먹어도, 많이 웃어도, 기분 좋게 술에 취해도, 칭찬을 받아도 채워지지 않았다. 자기계발이 부족해서 그럴까? 하는 생각이 들어 어학 공부도 하고, 요가도 꾸준히 하고, 살사댄스 동호회 활동도 해봤다. 하지만 몸이 바빠질수록 마음도 바빠지고, 밑 빠진 독에 물을 붓고 있는 것 같은 공허함과 헛돌고 있다는 생각이 들었다. 무엇이 문제인지, 어떻게 채워야 할지 모르겠다는 것이 가장 큰 문제였다. 이런 고민은 성인이 되어서도 여전히 나를 따라다녔다. 엄마가 되고 나서는 새로운 역할에 적응하느라 정신이 없다가 여유가 생겨 할 만해지면 같은 고민이 시작되었다. 거기에 남편의 빈자리까지 더해지니 빈 공간은 너무나 컸다. 문득, 매일 글을 쓰기 시작하며 나도 모르는 사이 허전하다는 생각을 하지 않고 있는 나를 발견했다. 이제 위기는 기회라는 말을 100퍼센트 신뢰한다. 남편의 부재 덕분에 글을 쓰기 시작했으니 말이다.

선택이론을 이야기한 정신의학자 윌리엄 글라서(William Glasser)는 현실치료에서 인간 존재의 핵심에는 유전적인 속성을 따라 지속적으로 충족시켜야만 하는 다섯 가지 기본 욕구가 있다고 이야기한다. 구 뇌에서 유발되는 생리적인 욕구인 생존의 욕구와 신 뇌에서 유발되는 사랑(소속감), 힘(성취), 자유, 즐거움의 네 가지 심리적 욕구이다. '우리는 왜 행동하는가?' 라는 질문에 인간은 '유전적인 속성'에 따라 욕구 충족을 위해 행동한다고 이야기할 수 있다. 욕구가 없는 삶은 살아있다고 할 수 없다. 즉, 유전인자의 욕구를 잘 충족시켜 주는 것이 인간 최대의 의무인 셈이다. 사람마다 욕구의 정도는 다르겠지만 모든 욕구의 조화가 잘 이루어졌을 때 진정한 행복을 느낀다. 엄마로 예를 들어보면 사랑하는 남편과 아이를 통해 사랑 욕구를 충족한다. 물론 관계가 늘 좋지는 않겠지만 그런 과정을 통해 더욱 유대감이 생기고 소속 감을 느낀다. 워킹맘 중 소명을 가지고 일을 하고 있는 사람이라면 힘 (성취)의 욕구도 충족이 되겠지만 그렇지 않은 대부분의 사람들, 생계를 위해 혹은 다른 이유로 원하지 않는 일을 하는 사람들의 경우, 육아와 병행하다가 결국 직장을 포기하는 경우가 많다. 힘 욕구를 충족하는 것은 둘째 치고 있는 힘까지 쭉 빠진다. '내가 왜 이러고 사나, 진정 다른 방법은 없는 걸까?' 항상 갖고 있는 마음이지만 이제 와서 진지하게 생각할 여유도 없고, 애 딸린 아줌마를 누가 써주기나 할까 자존감도 떨어진다. 가장 큰 두려움은 용기를 내어 변화를 시도했는데 지금보다 상황이 더 나빠지지는 않을까 하는 우려일 것이다. 자유와 즐거움의 욕구 또한 행복하고자 하는 인간의 본능이지만 대한민국의 엄마가 당당히 요구하기 어렵다. 부모님 세대보다는 많이 나아졌다지만 엄마의 자유와 즐거움은 여전히 소수만의 특혜인 것 같다. 나의 경우에도 마찬가지였다. 사랑(소속) 욕구는 어려움 없이 충족할 수 있었다. 자유와 즐거움 욕구 역시 결혼 전에는 내가 마음만 먹으면 충족할 수 있었던 욕구다. 결혼 여부와 상관없이 충족되지 않는 욕구가 있었으니 바로 성취 욕구인 '힘' 욕구다. 부모님 때문에, 선생님이 시키니까 어쩔 수 없이 한 공부였기에 성적도 그저 그랬고, 최선을 다하지 않았으니 성취감 또한 없었다. 성적에 맞춰 들어갔던 대학에서도, 얼떨결에 운이 좋아 입사한 대기업에서도 마찬가지였다. 내가 그토록 노력해도 채워지지 않았던 공허함은 '힘 욕구'가 충족되어야 했던 그 자리였다는 것을 현실치료를 공부하며 알게 되었다. 남편이 중국으로 간 후에는 나홀로 육아로 자유와 즐거움의 욕구까지 충족하기 힘든 상황이 되어 버렸다. 아이를 통해 느끼는 즐거움 또한 즐거움의 욕구 중 일부겠지만 '아이'라는 대상을 통한 욕구 충족은 내면의 힘에서 우러나오는 즐거움이라고 하기는 어렵다.

대한민국에서 엄마로 살면서 다섯 가지 욕구를 쉽고 건전하게 그리고 확실하게 충족시킬 수 있는 방법이 과연 있을까? 가장 좋은 방법은 '글쓰기'다. 결론부터 이야기하면, 글쓰기는 '나는 누구인가? 왜 나는 육아를 하는가? 내가 좋아하는 것은 진정 무엇인가? 앞으로 어떻게 살아야 하는가?'와 같은 영영 찾지 못할 것 같은 질문으로 시작해 답을 찾아가는 과정이다. '아무개 엄마'에서 내 이름 석 자를 지킬 수 있는 최고의 방법이다. 진짜 나의 인생을 찾아가는 성장의 도구이다. 아이를 키우는 것만으로도 여유가 없는데 글을 쓸 시간이 어디에 있냐고? 단언컨대, 글쓰기는 충분히 육아와 병행할 수 있는 자유로운 행위이다. 노트와 펜만 있으면 지금이라도 바로 시작할 수 있고 그것도 번거롭다면 요즘은 스마트 폰을 이용해서도 언제 어디서든 기록할 수 있다. 추가로 많은 돈이 들지 않는 다는 점이 매력적이다. 시간은 마음먹은 만큼 생긴다. 어떻게든 만들어야겠다고 마음먹으면 생기는 게 시간이고, 핑계를 만들면 절대 생기지 않는 것이 시간이다. 인터넷 포털 사이트, TV, 스마트폰, SNS 중 하나만 내려놓아도 글을 쓸 시간은 충분히 나온다. 글을 쓰지 않는 이유는 써보지 않았기 때문에 드는 두려움 때문이다. 글쓰기라고 해서 모두 책을 내자는 것은 아니다. 글쓰기는 일상에 대한 나의 이야기를 술술 이야기하듯 풀어내는 것이고, 억누르고 감추었던 나를 하나씩 끄집어내는, 나와 마주하는 과정이다. 나를 성찰하고 성장하며 나를 통제함으로써 힘의 욕구가 채워진다.

힘 욕구를 엄마 스스로 충족시키지 못하면 아이나 남편을 잡을 확률이 크다. 인간은 어떤 식으로든 잘 살기 위해 다섯 가지 욕구를 충족해야만 하기에 스스로 욕구를 충족시키지 못한다면 편하고도 약한 존재인 가족, 특히 아이를 통제함으로써 내 힘 욕구를 충족시키게 된다. 아이를 위해서라는 그럴싸한 명목으로 나의 욕구를 충족시키고 있다는 사실을 모르는 엄마들이 많다.

일단 써보자!
나를 살리는 일이고, 우리 가족을 살리는 일이다!
누가 아나? 글 쓰는 엄마들이 많아질수록 나라가 행복해지고 발전하게 될지.

02 : 엄마의 하루

"나를 중심에 놓아야 육아도, 내조도, 일도 편해진다.
내 마음이 편해야 가족을 돌볼 여유도 생긴다. 엄마의 하루는 희생으로 버티고 견뎌내는
시간이 아니다. 절대 돌아오지 않을 인생에 단 하루이다."

＊

　　　　　어린 나의 눈에 비친 엄마는 꽤 편해 보였다. 전업 주부
이셨기 때문에 가족들 삼시 세끼 잘 챙겨주고, 아빠가 출근 하시고, 나
와 동생이 학교에 가면 자유라고 생각했다. 하교 후, 같은 반 친구 엄
마들과 계모임 하고 있는 걸 보면 그렇게 행복해보일 수 없었다. 나는
또 학원에 가고 숙제도 해야 하는데 아줌마들과 이야기꽃을 피우며 하
하 호호 하는 모습이 여유 있어 보였다. 더 이상 머리 아픈 공부를 하
지 않아도 되고, 적절한 때에 잔소리만 하면 되니까 나도 얼른 엄마가
되고 싶다는 생각을 자주 했다. 아빠처럼 매일 출근을 하지 않으니 당
연히 집안일을 하는 거라고 생각을 했는지 엄마도 힘들 거라는 생각을
못했다. 마음 편한② 전업주부가 꿈은 아니었지만 편해 보이는 위치로
얼른 성장하고 싶었다. 철없던 그 땐 엄마가 되면 공부와 잔소리 없는

평화로운 세상에서 살 수 있을 줄 알았다. '학교 다닐 때가 제일 행복한 거야!!' 지금은 가슴 시리게 공감이 되는 이 말 또한 잔소리였다. '지금이 제일 행복한 거라고? 주구장창 집-학교-학원인데 뭐가 행복하다는 거야?' 하루 종일 지긋지긋한 공부 속에 사는 것보다 얼른 어른이 되어 엄마가 되는 게 낫겠다고 생각하며 어린 시절을 보냈다.

40주라는 임신기간은 엄마가 되기 위한 준비기간이지만 사실 출산과 동시에 하루아침에 엄마가 된다. 조리원에 있는 동안 '육아, 별것 아니구나. 할 만하네.' 라고 생각했는데 투자한 돈 만큼 누리는 혜택이었다는 사실을 뒤늦게 알았다. 큰 아이 낳고 조리원에 있을 때는 아이가 너무 보고 싶어 자주 방으로 데려와 수유를 하고, 안고 있었다. 꼼지락 거리는 아이가 너무 신기하고 예뻐서 계속 곁에 놓고 보고 싶었다. 내 몸도 너무 쌩쌩해서 산후풍이 나를 비켜간 줄 알았다. 둘째 아이 낳고 다시 찾은 조리원에서는 180도 달랐다. 무조건 편히 쉬며 육아 현장에 대비해 에너지를 충전했다. 당장 몸이 아무렇지 않아도 산후풍은 천천히 지속적으로 온다는 것도 이미 경험해보았기에 최우선 순위는 나의 건강이었다.

'엄마' 도 미리 체험을 해볼 수 있다면 환상을 품지는 않았을 텐데, 내가 만들어 놓은 엄마의 모습과 현실의 차이가 어마어마하게 컸다.

진짜육아는 조리원에서 퇴실한 날부터 시작되었다. 첫 아이 임신하고 설레는 마음으로 출산일을 기다리며 책으로 했던 이론공부는 역시 이론일 뿐이었다. 도움이 되는 것도 있었겠지만 급한 상황이 오면 하나도 생각나지 않았다. 하루가 어쩜 이리 길면서도 짧은지 마음의 여유가 없었다. 다행이 남편이 회사에서 아침을 먹었기 때문에 큰 일 하나 덜었지만 나의 도움 없이는 아무것도 할 수 없는 아이를 하루 종일 돌보며 만감이 교차했다. 초반에는 산후 우울증도 겪었다. 이유 없이 흐르는 눈물을 닦으며 괜찮다고, 괜찮아야 한다고 나를 다독였다. 하지만 시도 때도 없이 우는 아이를 달래며 가슴이 조여지는 답답함은 달래지지 않았다. 시간이 흐르며 자연스레 해결되었지만 아이가 돌 무렵이 되자 이번에는 회사가 나를 기다리고 있었다. 집에서 아이만 보는 것도 답답하지만, 복직해서 업무와 육아를 병행한다고 생각하니 역시 숨이 턱턱 막혔다. '이상하다... 엄마는 편해 보였었는데, 왜? 왜 나만 힘든 거지? 대체 나는 앞으로 어떻게 살아야 하지?' 지금 마음 상태로는 평생 힘들기만 할 것 같았다.

만약, 어린 시절 내 눈에 비친 엄마처럼 살게 된다면 나는 만족할 수 있을까? 램프의 요정 지니나 모래요정 바람돌이가 나타나 소원을 들어준다면서 '어떤 삶을 살기를 바라는지' 묻는다면 뭐라고 대답하지? 엄마처럼 살게 해달라고 하면 편하고 행복한 삶을 살 수 있을까?

상상 속 램프의 요정 이야기지만 진지하게 생각해볼 필요가 있다. 힘들다고, 이제 그만 좀 벗어나고 싶다고 생각은 많지만 정작 벗어나고자 하는 노력은 하지 않는다. 육아와 집안일은 당연하고, 워킹맘은 업무까지 해내야 하는 슈퍼우먼 놀이를 하느라 여유가 없기 때문일 수도 있다. 하지만 진짜 문제는 내가 원하는 것이 무엇인지 모른다는 것이다. 분명 행복해지고 싶은데, 내가 무엇을 할 때 행복하고 즐거운지 나조차 모른다. 쇼핑? 수다? 커피 한잔 할 때? 그럴 때 행복하다고 느낄까? 물론 스트레스 해소와 인간관계를 유지하기 위해 어느 정도 필요하다. 하지만 그뿐, 집에 들어서는 순간 원상 복귀다. '내가 정말 즐거워하는 일, 충만한 행복을 느낄 수 있는 것은 무엇일까? 있기나 한 것일까?' 한두 번 생각한다고 해서 답을 찾을 수 있는 질문이 아니다. 찾을 때까지 가슴에 품고 고민에 고민을 거듭해야 한다. 하지만 엄마에게 그럴 만한 여유는 없다. 이런 고민을 하고 있다고 옆집 아줌마 혹은 남편에게 이야기를 하면 '사는 게 다 그렇지, 새삼스럽게 말이야.' 할 것 같아서 쉽게 이야기를 꺼내기도 어렵다. 늘 이런 생각을 머릿속에 담고 있었다. 끝도 답도 없는 생각들로 복잡했고 생각의 정리가 필요했다. 어쩌다 시작한 글쓰기로 차근차근 정리를 시작했다.

평소 유투브를 통해 김미경 강사님의 강연을 즐겨 듣는데 이런 말씀을 하셨다.

'오늘은 우리가 그토록 바라던 로망이다.'

결혼 생활이 지긋지긋 하다고 하지만 혼기가 차니 결혼하기를 원했고, 육아하면서 나를 잃어버리는 것 같다고 우울해 하지만 내가 원해서 갖은 아기였다. 어렸을 적, 그토록 바라던 엄마가 되었는데도 그 사실을 까맣게 잊고 있었다. 그 말은, 지금 내가 또 다른 무언가가 막연히 좋아 보이고 행복해 보여서 그 모습을 꿈꾸고 이룬다고 해도 지금처럼 만족하지 못하고 또 다른 것을 찾아 헤맬 수 있다는 뜻이기도 하다. 어차피 한번 뿐인 인생이기에 미리 경험해 보고 선택할 수는 없다. 하지만 좋아 보이고 행복할 것 같아서 또 다른 무언가를 꿈꾸고 쫓는다면 같은 실수를 반복할 확률이 크다. 무언가를 꿈꾸기 전에 우리가 해야 할 일은 내가 정말 무엇을 좋아하는지, 어떤 모습으로 살아가고 싶은지 방향을 아는 것이다.

결혼 후 12년 동안 전업주부로 생활하며 아이들과 함께 공부하는 엄마로 유명한《오늘 엄마가 공부하는 이유》책의 저자 샤론코치 이미애 대표는 대부분 은퇴를 준비하는 40대 후반의 나이에 교육 컨설턴트로 제2의 인생을 시작했다. 저자는 '20대에는 개인의 의지보다 환경에 따라 직업을 선택했다면 40대, 50대에는 진짜 내 일을 가져야 한다. (…) 지금까지 살아온 삶보다 앞으로 살아갈 날이 더 많은 30, 40대

여성은 그 긴 시간을 행복하게 잘 살려면 육아기 동안 열심히 공부하고 미래를 준비해야 한다. 인생은 길다.'고 엄마가 공부해야 하는 이유에 대해 이야기하고 있다. 우리는 육아기를 약 10년으로 이야기한다. 초등학교 3학년 정도면 아이 혼자 할 수 있는 것이 꽤 많아지기 때문이다. 이 시간 동안 우리는 진짜인생을 위한 꿈을 꾸고, 그 꿈을 이루기 위한 준비 기간으로 삼아야 한다. 우리는 꿈이 없는 것이 아니다. 꿈꾸는 방법을 모르는 것뿐이다. 나도 그랬던 것처럼 저자 또한 끊임없이 공부하는 과정을 통해 자연스럽게 하고 싶은 일을 찾았다고 이야기한다.

'파랑새는 결국 내 가까이에 있다. 너무 멀리 있는 것은 꿈이 될 수 없다. 손을 뻗으면 잡을 수 있을 만큼 가까운 거리에 있는 게 바로 나의 꿈이다. 자기 몸에 맞고 어울리는 옷을 입어야 아름다운 것처럼 꿈도 내 안에 있는, 자기와 어울리는 것을 찾아야 더욱 빛난다.'

꿈은 저 멀리 있는 것이 아니라 이미 내 안에 존재한다. 단지 인식하지 못할 뿐이다.

글쓰기는 평소 인식하지 못하는 내 안의 나와 소통할 수 있는 최고의 방법이다. 어린 아이를 키우고 있는 엄마라면 누구의 눈치도 보지 않고, 당당하게 언제든지 시작할 수 있는 유일한 방법이 글쓰기라고 자신 있게 이야기 할 수 있다. 펜과 종이, 쓰고자 하는 마음만 있으면 언제든지 시작할 수 있다. 펜을 들었는데 무슨 이야기를 써야 할지 모르겠다면, 오랜만에 펜을 들었더니 무슨 이야기를 써야할지 모르겠다고 써보자. 피식 웃음이 나오면 또 그대로 옮겨 적는다. 차근차근 그동안 외면했던 나, 늘 남편과 아이에게 우선순위를 빼앗겨 뒷전이었던 나를 조심히 달래가며 친해지는 것이다. 세상에 공짜란 없다. 무시하고 외면했던 시간만큼 내 마음을 여는 시간도 필요하다. 하루에 조금씩 나와 마주하는 시간을 늘려간다면 24시간이 훨씬 알차게 느껴질 것이다. 글쓰기는 외부로 맞춰진 초점을 나에게로 돌리는 도구이다. 엄마로써 너무 이기적인 것 아니냐고 할 수도 있겠지만 분명한 것은 나를 중심에 놓아야 육아도, 내조도, 일도 편해진다. 결국 내 마음이 편해야 가족을 돌볼 여유도 생기는 것이다. 엄마의 하루는 희생으로 버티고 견뎌내야만 하는 시간이 아니다. 절대 돌아오지 않을 인생에 단 하루이다.

03 : 꿈을 포기할 수는 없다

"꿈이 있을 때와 꿈 없이 살았을 때 마음은 천지 차이다.
꿈을 이루느냐 못 이루느냐는 마지막 순간 보이는 결과일 뿐 꿈을 이뤄가는 과정이 중요하다.
우리의 오늘이 바로 꿈을 이뤄가는 과정이다."

*

　'장래희망이 뭐니?' 학기 초, 새로 오시는 담임선생님마다 학생들에게 물으셨다. 선생님, 의사, 간호사, 과학자? 생각해 보니 '나는 커서 꼭 000가 되어야지!' 했던 꿈이 없었다. 어른이 되면 자연스럽게 무언가가 될 줄 알았다. 아니, 뭐라도 되는 건 줄 알았다. 엄마는 20대 중반에 나를 낳았고, 첫 아이였으니 잘 키우고 싶은 욕심이 컸을 것이다. 나는 갓난아기 때부터 낯가림이 심한 편이었다. 유치원에 다녔던 1년도 매일 눈물바람을 하며 힘들게 다닌 기억이 난다. 초등학교 1학년 때 목포에서 학교를 2주 다니다가 아빠가 광주로 발령을 받아 이사를 했다. 새로운 학교라 더 낯설었을 텐데 2학기에 선생님이 반장을 시켜줬다. 그 당시 1학년은 선생님의 재량으로 임원을 선정했다. 빠른 생일 덕에 일곱 살에 학교에 입학해 몸도 작았고, 그렇다고 야무진 편도 아니라서 엄마의 힘이 아니었다면 반장은 힘들었을 것이다. 그렇게 나의 초등학교 생활은 엄마의 학교생활로 시작되었다.

"커서 뭐하고 싶어?"라는 질문을 받으면 엄마에게 물어봤던 기억이 난다.

"엄마는 내가 뭐가 됐으면 좋겠어?"

'커서 뭐가 될까? 내 꿈은 뭐지?' 장래희망이라는 단어가 크게 와닿지 않았다. 엄마의 대답 중 '선생님'이 가장 많아서 선생님이 되고 싶었다. 그러다가 초등학교 6학년 때 교내 방송반 아나운서로 활동을 하게 되었다. 담임선생님이 졸업식 때 대한민국 최고의 아나운서가 되라고 말씀해주신 후로 나의 꿈은 '아나운서'가 되었다. 어렸을 적 장래희망은 자연스레 엄마와 선생님의 영향으로 정해졌다.

초등학교 졸업식 날 생긴 꿈, 아나운서! 스스로 생각한 꿈은 아니었지만 아나운서가 된다면? 좋을 것 같았다. TV에도 나오고, 유명해지기도 하고, 멋있을 것 같았다. 중학교에 입학하고 얼마 후, 방송반을 모집한다는 공지가 떴다. 6학년 담임선생님의 한 마디가 아니었다면 아나운서라는 꿈도 없었을지 모른다. 그랬다면 공지를 보고 고민하지도 않았겠지. 하지만 나의 꿈은 어쨌든 당시 '아나운서'였고, 아나운서가 되기 위해서는 경험이 중요할 것 같아서 방송반에 지원을 했다. 중학교는 초등학교와 달랐다. 모든 것을 혼자 힘으로 해야 했다. 갑자기 엄마의 보호막이 사라지니 사막 한가운데 덩그러니 혼자 서있는 것 같았다. 자신이 없었다. 그 마음가짐으로 치른 오디션에서 같은 반 친구는 붙고, 나는 떨어졌다. 지금 생각해보면 방송반이 되기 위해 추가적으로 노력한 것은 하나도 없었다. 당연한 결과다. 하지만 그 때는 '내 길이 아닌가 보구나. 겨우 중학교 방송반도 떨어진 애가 어떻게 커서 아나운서를 할 수 있겠어? 그래, 일찍 포기하는 게 낫지. 내 적성이 아닌가봐. 차라리 잘됐어' 라고 생각했다. 쉽게 생긴 꿈이었기에 쉽게 포기했다. 이런 나에게 용기를 주는 사람은 없었다. 담임선생님이 누구였는지 기억나지 않을 정도로 나에게 미치는 영향이 작았고, 부모님도 마찬가지였다. 엄마 치마폭에서 자란 착한 아이었기 때문에 사춘기도 남들 보다 조용히 지나갔다. 하지만 나에게 중학교 3년은 암흑이었다. 좌충우돌 부딪쳐 가며 많은 경험을 해보고, 깨지고 했었다면 '나'를 좀 더 알 수 있었을까? 생각이 늘 많은 아이었지만 어떻게, 누구에게 쏟아내면 되는지 몰랐다. 겉으로는 얌전하고 조용한 아이었지만 안으로는 화산 폭발을 앞둔 것처럼 부글부글 끓었다. 스스로 할 수 있는 것은 아무것도 없었다. 결국 폭발하지 못하고 식어갔다. 폭발하면 위험하다는 잠재의식의 힘이 나 스스로를 잠재웠다. 그렇게 내가 뭘 좋아하는지도 모르는 채 성장하고 있었다.

조용하고 얌전하고 수동적인 아이. 스스로가 그렇게 못을 박았다.

단단하다 못해 굳어버린 고정관념을 깰 수 있었던 것은 고등학교 2학년 때였다. 1학년 때 친구 따라 에어로빅 동호회에 가입을 했다. 돌이켜 보면 소극적이던 내가 에어로빅을 하게 되었던 것은 우연을 가장한 필연이었다. 더 이상 답답하게 살지 말라고 기회를 준 것이다. 바로 위 선배들 중에는 체대에 에어로빅 특기생으로 입학하기 위해 준비하는 언니가 있어서 동아리 운영이 순조롭게 되었는데, 3학년으로 진학하며 후배들에게 자리를 넘겨주어야 했다. 우리 학년에는 특별히 재능이 있는 사람이 아무도 없었다. 누구라도 회장이 되어 동아리를 이끌어가려면 따로 배우든지 창작을 하든지 뭔가 특별한 조치가 필요한 상황이었다. 회장 해볼 사람 없냐고 선배가 묻는데 내 안에서 꿈틀거리는 것이 느껴졌다. 밑도 끝도 없이 그냥 해보고 싶다는 생각이 들었다. 지금껏 특별히 하고 싶은 것, 해보고 싶었던 것이 없었다. 그런데 왜 하필 에어로빅에 가슴이 뛴다는 말인가? 그 가슴 뜀을 주체하지 못하고 내가 회장을, 친한 친구가 부회장을 맡게 되었다. 선택의 순간 어디에서 그런 자신감과 배짱이 나왔을까? 진짜 내 모습이 기회를 엿보고 있다가 '뭐라도 걸려봐라~' 하던 찰나에 에어로빅이 걸렸는지도 모르겠다. 그렇게 나는 누구에 의해 등 떠밀려서가 아닌, 선생님이나 부모님이 시켜서도 친구 따라서도 아닌 나 스스로 회장을 하겠다고 손을 들었다. 그 때의 선택으로 내가 모르고 있던 또 다른 나의 모습을 보게 되었다. 고등학교 2학년이 정규 수업 끝나고 남들 공부할 때 에어로빅 학원에 다녔다. 집근처에 있는 동네 에어로빅 학원에서 아줌마들 틈에서서 강사님의 지시에 따라 몸을 흔드는 걸로 시작했다. 처음에는 몸치인가 싶을 정도로 잘 못 따라갔지만 이미 엎질러진 물이었고, 어떻게든 해내야했기에 포기하지 않았다. 얼마 지나니 어느새 아줌마들만큼 리듬에 맞춰 춤을 추고 있었다. 동아리 운영을 위해 연습장에서 안무를 짜기 시작 했다. 내가 생각하는 대로 구상하는 것이 재미있었다. 좋은 기회가 있어 에어로빅 대회에도 참가해 수상도 했다. 2학년 말에는 학교의 꽃인 축제에 참가해 그 당시 파격적인 옷을 입고 성공적으로 공연을 이끌었다. 스스로 선택한 일에 몰입하고 진정 즐기는 나를 발견했다. 이쯤 되니 공부보다 에어로빅이 더 좋았다. 그렇게 체대에 가서 에어로빅의 길을 걷고 싶은 꿈이 생겼다. 난생 처음으로 뭔가 하고 싶은 것이 생긴 것이다. 큰 결심을 하고 부모님께 말씀을 드렸는데 집에서는 난리가 났다. '이제 고3인데, 너무 늦었다. 에어로빅한다고 해서 나뒀더니 차라리 처음부터 말릴 걸 그랬다. 대학교 가서 취미로 해도 된다. 체대 못가면 어떻게 할래. 돈도 못 벌고 고생만 한다.' 중1 때 아나운서의 꿈을 접을 때와는 사뭇 달랐다. 집안에 견디기 힘든 적막함이 흘렀고, 일주일 동안 마음앓이만 하고 결국 포기했다. 그렇게 에어로빅하기 전의 나로 돌아왔다. 뭘 하고 싶은 의욕이 남아있지 않았다. 제대로 꿈을 품고 불살라 본 적이 없는 나였기에 엄마가 된 후에도 꿈에 목말라 있었다. 점점 나 자신이 육아에 묻혀 가는 현실이 힘들었다. 나에게 어울리는 일, 나다운 방식이 무엇인지 찾아야만 했다. 내가 잘할 수 있는 일, 정말로 즐길 수 있는 일을 찾고 싶었다. 이 모든 것을 엄마가 된 후, 백지와 마주하며 하나씩 찾아가기 시작했다.

꿈이 있을 때와 꿈 없이 그냥 살았을 때 마음은 천지 차이다. 꿈을 이루느냐 못 이루느냐는 마지막 순간 보이는 결과일 뿐 꿈을 가슴에 품고 이뤄가는 과정이 중요하다. 우리의 오늘이 바로 꿈을 이뤄가는 과정이다. 글쓰기 전 나의 인생을 되돌아보니 에어로빅에 빠져 있었을 때가 가장 행복했다. 다음날 아침 눈 뜨는 것이 신났고 학교 가는 것도 재미있었다. 대학교에 진학 한 후, 승무원이라는 그럴싸한 꿈이 있었지만 간절하지 않았던 것을 증명하듯 전혀 다른 분야의 회사에 취직을 함과 동시에 포기가 되었다. 물 흘러가듯 적당한 나이에 결혼을 하고, 두 아이의 엄마가 되었다. 10대에 학교를 다니는 것이 당연한 것처럼 육아도 시작한 이상 당연히 해야만 하는 것이다. 내가 낳은 아이에 대해 책임을 져야하며 아이가 자립할 때까지 엄마로써 최선을 다해야 한다. 어차피 시작한 육아, 분명히 끝이 있는 거라면 즐거운 마음을 갖는 것이 서로에게 좋을 것은 분명하다.

그걸 누가 모르냐고?
결론은 엄마도 '꿈' 이 있어야 한다는 것이다. '엄마도' 라기 보다

'엄마이기에' 반드시! 말이다. 꿈이 있는 엄마는 이 시간을 꿈을 위해 준비하는 기간으로 삼는다. 처음부터 글을 쓰는 것 자체를 좋아했던 것은 아니다. 남편이 중국에 가 있는 동안 두 아이의 엄마로 살면서 할 수 있는 유일한 것이 독서와 글쓰기였다. 글을 쓰는 시간만큼은 다른 생각이 나지 않았고, 오로지 내가 무엇을 원하는지, 어떤 이야기를 하고 싶은지에 집중할 수 있었다. 생각을 글로 옮기며 진정 나를 마주한다는 것이 어떤 의미인지 알 수 있었다. 그 느낌 하나로 글쓰기에 빠졌고, 작가라는 꿈이 생겼다. 나의 겉모습을 보면 어제와 오늘 달라진 것은 아무것도 없다. 단지 '작가' 라는 꿈이 생겼다는 것뿐이다. 하지만 그것만으로 아이를 대하는 태도가 달라졌다. 내 마음이 180도 바뀐 것이다. 나는 꿈이 있는 엄마다. 사춘기 소녀처럼 '꿈' 으로 설레인다. 에어로빅으로 학교생활이 즐거울 수 있었던 것처럼 작가라는 꿈으로 인해 육아가 즐겁다. 우리 아이가 밝고, 맑고, 몸도 마음도 건강한 아이로 자라기를 원한다면 내가 먼저 그런 모습을 가진 엄마가 되어야 한다. 꿈을 이뤄가는 엄마의 뒷모습을 보며 꿈을 키우는 아이로 자란다. 엄마가 진정 즐거울 때 아이도 행복하다.

육아 때문에 꿈을 포기한 엄마들이여, 다시 한 번 꿈을 꺼내자!
마음먹는 순간 육아는 꿈을 이루기 위한 기회가 된다.
'글쓰기' 는 잠들어 있던 꿈을 꺼내는 확실한 도구다.

04 : 나를 채우는 유일한 시간

"모닝페이지로 여기 저기 흩어져 있던 조각들을 한 곳에 모으며
나를 알아갈 수 있었다. 그러한 과정을 통해 나를 이해했다. 완성품은 없다.
오늘도 쓰면서 때론 비우고, 또 나를 채운다."

토요일 아침. 여전히 침대 위에서 더듬더듬 핸드폰을 찾아 시간을 확인한 순간 심장이 멎는 줄 알았다. 6시 40분에 서울로 출발하는 버스를 타야하는데 10분밖에 남지 않았다. 알람을 다섯 개나 맞춰놓았건만 어떻게 다 껐는지 기억이 없다. 오늘은 10시에 문래동에 있는 '한국심리상담연구소'에서 현실치료 사례발표가 있고, 끝나면 바로 강남으로 글쓰기 수업을 가야하는 날이다. 저녁엔 대전에 계시는 작은 시누네 집에 가서 하룻밤 자는 일정이다. 꽉 찬 일정을 소화하기 위해서 일찍 잠들었어야 했는데, 발표 준비 마무리와 짐을 싸느라 새벽 3시에 잠이 들었으니 알람을 못들을 만도 하다. 상황은 이미 벌어졌고, 모든 것은 내가 선택한 일이라는 생각에 피식 웃음이 난다. 발표를 앞두고 예상치 못한 시나리오에 더욱 긴장 상태지만 그래도 마음은

설렌다.

글쓰기와 심리공부는 이과 출신에 통계학 전공, IT 회사 근무 이력을 가진 나와는 거리가 먼 영역이다. 최근 남편이 너무 무리하는 것 아니냐고 걱정할 정도로 글쓰기와 늦공부에 빠져 지낸다. 학창시절 이렇게 공부했으면 명문대도 충분히 갔을 거라며 웃는다. 잠을 줄이고, 자투리 시간을 활용하면서 실제로 수험생 때보다 더 열심히 공부하고 글을 쓰는 나의 모습에 스스로도 놀라곤 한다. 남편은 매일 새벽부터 식탁에 앉아 있는 내가 고생스러워 보이는지, 지금은 육아에 집중하고 아이들이 좀 더 커서 여유가 생겼을 때 다시 시작하는 건 어떠냐고 조심스레 이야기를 꺼내기도 한다. 어린 아이들 육아만 하기도 힘든데 왜 굳이 지금 이러고 있는지 이해하기 힘들다는 눈치다.

'모든 일에는 때가 있다.' 그럼 공부하는 때, 글을 쓰는 때도 따로 있을까? 그 때란 언제일까? 지금보다 여유가 생기면? 시간이 생기면 마음의 준비가 안 되어있고, 이제 좀 써보려고 마음먹으면 상황이 안 따라 준다. 일은 꼭 그렇게 흘러간다. 죽기 1주일 전에 생기는 게 여유라고 했다. 여유 있는 때를 기다리다가는 결국 아무것도 할 수 없다는 이야기다. 공부와 글쓰기는 미래를 위한 준비이기도 하지만 현재의 나를 위해 꼭 필요한 일이다. 하루 24시간, 어린 아이와 함께 뒹굴고 지지고 볶는 시간 중에 내 정신으로 보내는 시간이 얼마나 될까? 대부분 휘몰아치는 육아 속에 중심을 잡지 못하고 길을 잃는다. 그리고 아이를 바라보며 내 길이 아닌 아이의 길을 찾고 따라 가려고 애쓴다.

모든 일정을 마치니 저녁 12시다. 아이들을 재워놓고 오늘 하루를 정리해야지 했는데, 함께 잠들었다가 눈을 뜬 시각이 새벽 2시다. 다시 잠들어도 되지만 잠시라도 글을 쓰며 바빴던 오늘을 진정 나만의 삶으로 소화시킨다. 혼자만의 시간이 많았던 하루지만 언제나 나를 만날 수 있는 것은 아니다. 나를 만난다는 의미는 나의 내면과 마주한다는 이야기다. 내가 하고 있는 생각들을 바라본다는 것이고, 내 마음이 무슨 이야기를 하고 싶은지 듣는 것이다. 세상이 멈춘 듯 고요한 시간, 새벽이든 늦은 밤이든 나 홀로 앉아 글을 쓰는 시간이 오롯이 나와 마주하는 시간이다. 그 시간을 통해 나의 하루가 완성된다. 육아와 집안일이 하루 일과인 엄마들은 더욱 적극적으로 혼자만의 시간을 가질 필요가 있다. 겨우 마련한 나만의 시간에 외로움 혹은 고독함을 느낄지도 모른다. 당연한 현상이다. 하지만 그 시간을 통해 내 안의 샘을 파고, 지하수를 퍼 올려야 한다. 아이들이 어린이집에 가고 없는 사이 아줌마들과 드라마 이야기, 험담, 서로 힘든 처지를 공감하고 위로하는 대신 철저히 혼자만의 시간을 갖고 적극적으로 고독을 선택해야 한다. 고독을 선택한 시간에 스마트폰이나 인터넷 서핑 대신 나의 내면과 마주해야 한다.

　나에게 2015년은 의도치 않게 적극적으로 고독을 선택한 시간이었
다. 남편이 중국으로 파견을 가게 되면서 1년 이상 혼자만의 시간이 생
긴 것이다. 그 기간 동안 독서와 글쓰기를 통해 내 안의 샘을 파고 지
하수를 퍼 올려갔다. 물론 처음부터 그렇게 해야겠다고 마음먹은 것은
아니다. 남편이 출국하기 전에는 나 혼자 어린 아이 둘과 너무 외롭고
고독할 것만 같은 시간들이 상상되어 힘들기도 했다. 지금까지 나의
삶에 늘 누군가가 옆에 있었기 때문에 혼자 모든 것을 해내야 한다는
사실만으로 지레 겁이 났다. 하지만 결국 고요하다 못해 적막이 흐르
던 시간에 나의 삶을 찾았고 내면과 마주할 수 있었다. 내가 무얼 원하
는지, 목소리가 너무 작고 깊이 숨어 있어 여태 들을 수 없었던 내면의
소리였다. 글쓰기라는 도구를 통해 한 걸음씩 조심히 다가가 내면의
소리와 교신할 수 있었다.

　줄리아 카메론의 《아티스트 웨이》에서는 매일 아침 눈을 뜨자마자
의식의 흐름을 세 쪽 정도 적는 '모닝페이지'를 쓸 것을 제안한다. 모
닝페이지에는 어떤 내용이라도 상관없이 아주 사소하거나 바보 같고
엉뚱한 생각이라도 모조리 글로 쏟아낸다. 책에서도 강조하지만 누군
가에게 보여주기 위한 글쓰기가 아니기 때문에 잘 쓰려고 애쓸 필요가

없다. 모닝페이지는 내 안에 가득 차 있는 잡다한 불필요한 감정, 생각, 의식을 흘려보내는 배수로다. 찌꺼기를 다 흘려보내고 난 후에야 나의 내면과 통할 수 있기때문이다.

그 때부터 모닝페이지로 하루를 시작했다. 세 쪽 분량을 반드시 지키라고 이야기하지만 시간이 없는 날엔 단 몇 줄이라도 쓰면서 하루도 거르지 않고 지속하기 위해 노력했다. 처음에는 뭘 어떻게 써야하는 건지 몰라 헤맸다. 그런 때에는 잘 모르겠다는 감정 자체를 글로 옮겼다. 무엇이든 일단 쓰기 시작하면 자연스레 나의 이야기로 흘러갔다. 꼭 아침에만 쓴 건 아니었다. 이날처럼 자다가 일어나 쓰기도 했다. 하루 중 언제든지 문제 상황이 닥치거나 마음을 돌아봐야 할 때면 크게 심호흡을 한 뒤 있는 그대로의 감정, 상황, 생각을 정리가 될 때까지 썼다. 원래의 나였다면 감정을 어떻게 흘려보내야 하는지 방법을 몰랐기 때문에 그 자리에서 표현하거나 꾹 참고 있다가 만만한 아이에게 감정을 쏟아 냈다. 모닝페이지를 알고 난 후로는 글쓰기로 한 차례 감정을 흘려보낸다. 그러고 나면 거짓말처럼 마음이 차분해진다. 조금 전까지 굉장히 큰 문제로 여겨졌던 것도 하나의 상황이었을 뿐이라는 것을 객관적으로 바라볼 여유가 생긴다. 하루 중 언제, 어디서든지 나를 마주하고 채울 수 있는 맞춤형 처방이다.

'그럼 글쓰기 전의 인생은 뭔데?'

글쓰기 전과 후의 삶에는 분명한 차이가 있다. 소고기 맛을 보기 전에는 그 맛이 어떤지 절대 알 수가 없다. 먼저 먹어본 사람이 입에 넣으면 사르르 녹는다고 밤새 설명을 한들 직접 먹어보기 전에는 알 길이 없듯이 말이다. 물론 소고기를 먹지 않아도 살 수 있다. 하지만 한번 맛을 본 사람은 계속 생각나고 먹고 싶다. 글쓰기도 마찬가지다. 글쓰기를 몰랐던 때에는 쓰지 않고도 잘 살았지만 글쓰기 맛을 알아버린 이상 안 쓰고는 살 수 없게 된 것이다. 글쓰기로 달라진 것은 엄마로서의 하루가 더 이상 공허한 시간이 아니라는 것이다. 모닝페이지로 여기 저기 흩어져 있던 조각들을 한 곳에 모으며 나를 알아갈 수 있었다. 그러한 과정을 통해 나를 이해했다. 완성품은 없다. 오늘도 쓰면서 때론 비우고, 또 나를 채운다.

육아! 출퇴근도 없는 가장 바쁘고 힘든 일 중 하나일 것이다. 순간이 사고이고, 매번 그 뒤처리에 집안일도 해야 하고, 나는 안 챙겨 먹어도 아이들은 끼니 때 마다 챙겨줘야 한다. 거기에 항상 예상치 못한 변수들이 존재한다. 아이가 아프다든지, 행사가 있다든지 정신없이 살다보면 내 인생이 하루살이 같다고 느껴질 때가 있다. 언제까지 이렇게 상황을 뒤처리하며 살 것인가? 아이와 함께 잠들고 아이와 함께 일어나면서 시간이 없다고 한다면, 복권을 사지도 않고 당첨되길 바라는 것과 같다. 아이가 잠든 시간에 자유를 외치며 스트레스 해소한다고 시작한 스마트폰으로 진정 자유를 느끼나? 육아를 하는 엄마는 참으로 제약사항이 많다. 내 마음대로 나갈 수도, 잘 수도, 먹을 수도, 놀수도, 울 수도, 쉴 수도 없다. 그럼에도 불구하고 마음만 먹으면 할 수있는 것은 오직 '글쓰기'다. 모두가 잠든 새벽, 최소 한 시간 일찍 시작한 그 시간이 오로지 나를 만나는 유일한 시간이다. 그 시간 동안의 글쓰기는 24시간을 나의 하루로 완성시켜 주는 완벽한 도구다.

05 : 육아에 생명을 불어넣는 글쓰기

"육아에 글쓰기가 더해지면 엄청난 시너지 효과가 난다.
육아에 지칠 때 글쓰기를 하면 상황을 문제가 아닌 사실로 바라볼 수 있다.
화와 분노를 백지에 풀어내면 많은 부분이 스스로 해결된다."

*

지금 내 눈앞에 자고 있는 아이들은 하늘에서 내려온 천사다. 날개를 잃어 다시 하늘로 올라갈 수 없는 천사. 미성숙한 나를 조금이라도 성숙된 인간으로 만들라는 특명을 받고 하늘에서 보내진 나만의 천사. '세상 참 살만 하구나' 하는 희망을 품고 온 천사. 새근새근 편하게 곤히 자고 있는 아이를 지켜보고 있으면 정말이지 세상을 다 가진 기분이다. 어떻게 저렇게도 사랑스러운 생명체가 나에게 와서 이런 행복과 충만함을 주는지, 엄마인 나는 참 복 받은 사람이다. 하루 온통 힘들어도 아이가 보여주는 천사 같은 미소, 간간히 보여주는 예쁜 짓, 수많은 노력으로 습득했을 새로운 기술을 선보이면 '아 이래서 애를 키우는구나' 싶다. 지금 이런 마음을 갖고 있는 나도 처음부터 아이를 좋아했던 것은 아니다. 식당에서 아이들이 시끄럽게 돌아다니면 왜 여기에서 이럴까, 엄마는 통제도 안하고 뭐하는 거지? 하며 눈살을 찌푸리는 사람이었다. 엄마가 되기 전까지는 조금 더 성숙한 어른들이 희생하고 피해를 본다고 생각했다.

엄마가 되면 아이를 먹이고, 입히고, 재우며 어른으로 잘 성장하게 끔 도와주는 역할이 주어진다. 친정 엄마의 힘으로 지금의 내가 있는 것처럼 나 역시 내 아이를 독립된 인격체로 성장시켜야 한다. 엄마가 된 후, 저 깊숙이 잠자고 있던 모성애가 서서히 깨어났다. 내 아이가 생기고 나니 아이가 좋아졌고, 다른 아이들도 보이기 시작했다. '엄마'라는 호칭이 익숙해질 무렵, 나도 좋은 엄마가 되고 싶다는 생각이 들면서 이렇게 진짜엄마가 되어가는 거구나 했다. 이 땅의 모든 엄마가 같은 마음일 것이다. 나의 분신 같은 아이에게 좋은 것만 주고, 따뜻하고 상냥한 엄마의 모습만 보여주고 싶은 마음. 하지만 말처럼 쉽지 않다. 아이를 키우면서 나조차 모르던 또 다른 나를 마주하는 경험을 하게 된다. 피할 수 있다면 피하고 싶은, 그렇지만 결코 피해갈 수 없는 밑바닥의 내 모습을 보는 순간.

영락없는 천사의 자태로 자고 있던 아이가 눈을 뜨는 순간 모든 것은 현실이 된다. 그리고 실전육아가 시작된다. 아이를 키워보거나 간접적으로 육아를 경험 해본 사람이라면 '애들은 잘 때가 젤 예쁘다'는 말에 격하게 공감할 것이다. 아이는 비율적으로 예쁜 짓 하나하면 내 속을 뒤집어 놓는 행동을 열 개 정도 하는 것 같다. 최근 육아에 관한 추세가 아이의 감정을 읽어주는 감성육아이기에 옛날만큼 무조건 '안 돼!' 라고 이야기하거나 화부터 내는 엄마는 많이 줄었다. 하지만 중요한 것은 근본적인 원인인 엄마의 내면의 문제가 해결되는 것은 아니다.

어느 날 아이가 쌀통에서 쌀을 한 컵 담아 바닥에 뿌리며 신나하고 있었다. 아이의 모습을 보며 순간 욱했지만 정서에 좋은 행동이라는 것을 되뇌며 불편한 마음을 누르고 공감해주었다.
"우리 아가 쌀 가지고 노니까 재미있나 보구나~"
"응!!!"
"그렇구나. 그럼 이것만 가지고 놀자, 알겠지?"
마냥 신난 아이는 계속해서 쌀통에서 쌀을 꺼내겠다며 고집을 피우며 점점 짜증을 낸다.
"이건 우리가 먹는 밥이야. 먹는 건 소중히 여겨야 하는 거야."

같은 이야기를 세 번 이상 반복 하다보면 마음의 파도가 거세지기 시작한다. 아이 입장에서는 공감해주던 엄마가 갑자기 못하게 하니 짜증이 날 법하다. 이런 상황이 닥치면 어디까지 허용해야 할지 고민하며 인내심의 한계를 느낀다. 선을 넘지 말아달라고 나 자신에게, 그리고 아이에게 마음속으로 외쳐보지만 세상은 뜻대로 되지 않는 일이 더 많다. 특히, 육아에서는 더욱더 그런 것 같다. 천사로 보이던 그 마음은 어디로 갔는지 이재는 내 인내심을 시험하러 온 천사의 탈을 쓴 악마일 수도 있겠다는 생각마저 든다. 아님 내가 전생에 지은 죄 값을 치르는 걸지도 모른다. 한계를 넘어서는 순간 마음속 파도는 멀미가 날 만큼 심해진다. 배는 뒤집히고, 아이가 아니었다면 몰랐을 법한 내가 모르던 나를 만나게 된다.

　분명 별일 아니었는데 결국 참지 못하고 아이에게 언성을 높이고야 만다. 적당히 타이르는 정도로 끝내면 좋으련만 1절이 시작되면 2절, 3절까지 간다. 어렸을 때 엄마의 잔소리가 얼마나 듣기 싫었는지는 까맣게 잊는다. 개구리 올챙이 적 시절 기억 못한다는 말이 딱 맞다. '왜 엄마는 나를 이해해주지 않는 거지?' 했던 어렸을 적 마음은 이미 사라지고, '대체 얘는 누구 닮아서 이러는 거야? 왜 애쓰는 내 마음은 전혀 몰라주는 거야? 나도 참을 만큼 참았다고, 나한테 어떻게 하란 말이야……!!!' 괜히 억울한 감정에 휩싸여 나조차 나를 어쩌지 못한다. 이성적으로는 이제 그만해야 한다는 것을 알지만 마음의 제어장치가 고장이 났는지, 그만 두지 못하는 입이 문제인지 모르겠다. 아이랑 자존심 싸움이라도 하는 듯 그렇게 고래고래 소리를 지르며 언성이 높아진다. 집 밖에서는 화조차 제대로 내지 못하는 내가 천사 같은 연약한 아이에게 잔소리를 퍼붓고 있다.

처음에는 나한테 이런 면이 있다는 사실에 놀랐고 인정하고 싶지 않았다. 단 한 번의 실수이기를 바랐다. 실컷 퍼붓고 나면 제풀에 지쳐 몸에서 힘이 빠지는 동시에 후회가 물밀듯이 밀려온다. 아이에 대한 원망을 넘어 나에 대한 자책의 단계다. '왜 자꾸 감정조절을 못하고 아이에게 화를 내는 걸까? 내 마음이 이런데 아이는 얼마나 상처가 클까?' 혹시 우울증이 아닌지 의심해보기도 하고, 어떻게 내 마음을 다스려야 할까 고민하면서 뒤 늦게 아이에게 미안함을 느낀다. 다시는 감정을 앞세우지 말자고 매번 다짐한다.

꼭 해야지! 하는 일은 시작이 어렵고, 그만 해야지 하는 일은 멈추는 것이 어렵다. 운동, 독서, 공부, 글쓰기 같은 새해 계획에 늘 빠지지 않는 항목들은 시작이 어렵다. 시작이 반이라는 말에 절로 공감이 된다. 준비물을 챙기다가 결국 시작도 못하는 경우도 많다. 흡연, 상습적인 음주운전, 절도, 폭식, 폭언, 폭력은 그만해야 하는 것들인데 멈추는 것이 어렵다. 행동하는 순간 쉽게 얻어지는 쾌감, 흥분, 통쾌, 자유, 즐거움이 그 어떠한 노력의 대가보다 크기 때문에 머리로는 하지 않아야 한다는 것을 알지만 이미 몸이 원하고 반응한다. 아이에게 화를 내고 사랑의 매를 드는 것 또한 폭언, 폭력이다. 폭언은 폭력만큼이나 어쩌면 그 이상으로 아이에게 상처를 입힌다. 스스로에 대한 통제력을 잃고 즉흥적인 감정만으로 아이를 통제하며 쉽게 충족해가는 것이다. 물론 훌륭한 엄마들도 많지만 보통의 엄마들은 도돌이표 무한반복이다. 노력하지만 어쩔 수 없다고 이야기한다.

　'계속 반복할 것인가? 아니면 이제 정말 그만할 것인가?' 어떤 것을 선택할 것인가?

　내 마음이 정말 원하는 것이 무엇인지 진지하게 물어보자. 아니라고 생각하면서 매일 반복을 하고 있다면 분명 문제가 있는 것이다. 이 상황을 개선하기 위해 나는 어떤 노력을 했는지 생각해 보자. 언제까지 후회만 하고 있을 수는 없다. 잘못은 지금까지로 충분하다.

　2015년 5월까지는 나도 그런 엄마였다. 특히 그 당시 혼자 두 아이를 돌봐야 했기 때문에 더욱 예민해져 있었다. 남들과 같이 있을 때에는 보는 눈이 많으니 덜 했지만 우리끼리 있을 때는 감정조절이 힘들었다. 아이들에게 아빠의 빈자리가 느껴지지 않도록 좋은 엄마가 되기 위해 노력했다. 그래서 화를 내지 않기 위해 참았지만 오히려 그게 문제가 되었다. 한번 터지면 참았던 것까지 한꺼번에 쏟아져 나왔다. 아이의 잘못이 10 중에 1이라면 지금 내 처지, 상황에 대한 것과 쌓아둔 것이 더해져 10을 만들었다. 작은 아이는 돌이 채 되지 않은 아기였기 때문에 첫째가 고스란히 다 받아내었다. 쌓여가는 감정을 내뱉어 낼 도구가 필요했다. 그렇게 배출의 통로가 된 것이 글쓰기였다. 한참 지나고 나서야 '아~ 그래서 글을 쓰면서 마음이 편해지고 머릿속이 가벼워졌구나' 느꼈지만 그 당시는 살기 위해 글쓰기를 했다. 글을 쓰는 동안에는 터질 것 같은 머릿속과 답답한 마음이 진정이 됐다. 쓰면 쓸수록 뒤죽박죽 했던 머릿속이 정리가 되어져갔다. 숭례문학당에서 진행하는 '온라인 100일 쓰기 프로그램'에 4기로 참여하여 매일 글을 썼다. 형식, 분량 모두 자유롭게 진행되었다. 함께 하는 동기들의 글을 보니 각자 자기 상황에 맞는 자신의 이야기를 썼다. 나 역시 100일 중 100일을 나의 이야기로 채워갔다. 남편의 부재, 나홀로 육아, 지금 내 상황, 글을 쓰면서 느끼는 감정을 매일 써내려갔다. 100일을 빠지지 않고 매일 쓰니 습관이 되었다. 그렇게 100일 과정이 끝나고 나니 허전했다. 무엇이라도 계속 써야만 했다. 쓰지 않으면 내 마음이 견디기 힘들었다. 나는 100일 동안 매일 글을 쓰는 동안 머릿속의 생각을 그려내고 감정을 뱉어낸 것을 넘어 진짜 나를 만나고, 내가 하는 마음의 소리를 처음으로 들었다. 마음이 편해지자 아이를 대하는 태도도 바뀌었다. 나를 돌아본 시간만큼 아이를 볼 여유가 생겼다. 단순히 아이에게 화를 안 내는 엄마가 아니라 정말 좋은 엄마, 따뜻한 엄마가 되고 싶다는 생각이 들었다. 다그치고 재촉하는 엄마가 아니라 아이를 있는 그대로 인정하고 기다려 주는 엄마가 되고 싶었다. 부모교육(PET) 공부는 남편이 귀국한 무렵 시작했다. 지금 나의 육아 철학이 확실히 세워진 것은 PET의 공이 크지만 PET를 배우며 온전히 내 것으로 받아들일 수 있었던 것은 먼저 글쓰기로 나의 내면을 건강하게 다져놓았기 때문이라고 자신 있게 이야기 할 수 있다. 그런 과정이 없었다면 '참좋은 이론이구나' 하고 머리로 이해하는 데 그쳤을지 모른다.

육아와 글쓰기는 환상의 콤비다.

육아와 글쓰기의 공통점은 내가 몰랐던 나의 모습을 볼 수 있다는 것이다. 피하고 싶고 인정하고 싶지 않은 나의 밑바닥을 마주하는 경험. 우리의 오늘은 매일 반복되는 일상이며 삶의 연속이다. 있는 그대로의 나를 인정하고 받아들인다면 지금보다 한 단계 성장할 수 있다. 그렇게 한 단계 성장하는 삶은 축복이다. 육아에 글쓰기가 더해지면 엄청난 시너지 효과가 난다. 육아에 지칠 때 글쓰기를 하면 상황을 문제가 아닌 사실로 바라볼 수 있다. 나의 화와 분노를 아이에게 푸는 대신 백지에 풀어내면 많은 부분이 스스로 해결된다. 육아는 글쓰기에 많은 글감을 제공한다. 육아를 하는 엄마라면 글감이 떨어질 일이 없다. 글쓰기가 좋다고 해서 한번 해보려고 하는데 도대체 뭘 써야할지 모르겠다는 사람이 많다. 아이를 키우는 엄마에게는 아이의 머리끝에서 발끝까지 모든 것이 글감이 된다. 평생 마르지 않는 샘물이다.

매일 반복되는 육아를 글로 옮긴다는 것은 생명을 불어넣는 일과 같다. 내가 의미를 부여한 순간 더 이상 똑같은 일상이 아닌 특별한 가치를 갖게 된다. 이 점들이 모여 나의 인생이 된다.

06 : '소통하는 엄마'의 글쓰기

"소통하는 방법에 글쓰기만 한 것이 없다.
글 쓰는 동안 자유를 느끼고 소통을 느낀다. 내가 나를 어루만져 주니 혼자 있어도,
군중 속에서도 외롭지 않다. 글쓰기는 나와의 소통, 세상과의 소통이다."

✳

눈이 펑펑 오던 어느 겨울 날, 창밖에 내리는 새하얀 눈 송이가 평화롭고 운치 있다. 하지만 그것을 바라보는 나라는 존재는 세상과 동떨어져 멈춰있는 것 같다. 순간 많은 감정이 교차한다. 펑펑 내리는 눈을 내 곁의 아이와 함께 바라보며 이런 저런 이야기를 해주며 애써 영화의 한 장면을 흉내 내본다. 이해하든 못하든 지금 나에게 대화할 사람이 아이 뿐이니 쉴 새 없이 혼자 떠들어댄다. 아이는 마냥 내 품에 안겨있다. 평소 같았으면 눈 오는 날 굳이 밖에 나가지 않아도 된다는 사실에 감사했을 것이다. 직장 다닐 때 특히 육아휴직 중인 선배들이 젤 부러웠다. '이런 날씨에 밖에 안 나가도 되고 사랑하는 아이와 온종일 집에서 마음 편히 뒹굴 수 있다니 얼마나 좋을까? 나도 나중에 엄마가 되면 눈 오는 날 집에서 눈 구경을 하며 자유를 만끽해야

지!!' 천국이 따로 없을 것 같았다. 육아는 그 어떤 육체적 노동과 정신적 노동을 합친 것보다 힘들다는 사실을 엄마가 되고 조리원에서 나오는 날 깨달았다. 아이와 함께 집에 있는 것을 쉬는 것으로 생각하고 선배들에게 부럽다고 이야기했던 것이 얼마나 어쭙잖은 생각이었는지 내가 겪고 난 후에야 알게 되었다. 그때 어정쩡하게 웃던 선배들이 생각난다. 오늘따라 이 날씨가 나를 더욱 답답하게 한다. 내 품에 안겨 있는 아이를 보며 나도 모르게 한숨이 나온다. 이도 저도 아닌 내 마음. 하필 눈이 펑펑 오는 오늘은 일주일에 한 번 베이비 마사지 수업이 있는 날이었다.

"문화센터? 다음 주에 가면 되지. 눈 많이 오는데 집에서 푹 쉬어~" 남편은 별일 아닌 듯 대수롭게 이야기한다. '하아, 내가 일주일 동안 오늘을 얼마나 기다렸는데...'

첫째가 백일이 되기 전에는 저녁 10시만 되면 새벽 2시 무렵까지 우는 아이 때문에 매일이 전쟁이었다. 온종일 집에 있어야 한다는 답답함도 있었지만 매일 빵빵 터지는 새로운 이벤트를 수습하는 데 정신이 없었다. 어르고 달래고 할 수 있는 것들을 다 해봐도 우는 아이를 볼 때면 내가 너무 무능한 엄마 같다는 생각이 들었다. 육아만큼 뜻대로 되지 않는 일도 없는 것 같았다. 내가 해줄 수 있는 것이 없어서 자책도 많이 했다. 나 같은 서툰 엄마를 만나서 고생하는 아이를 바라보면서 안쓰러운 마음도 들었다. 마음 한 편에는 내 마음을 몰라주는 아이가 야속하기도 하고 애는 나 혼자 낳았나? 싶을 정도로 여전히 잘 지내고 있는 것처럼 보이는 남편의 모습을 보면서 질투도 났다. 승윤이가 5개월 즈음 되니 엄마라는 역할에 조금 적응이 됐나보다. 마음에 여유가 생기는 만큼 그 자리에 답답함이 자라나기 시작했다. 답답하다고 생각하니 하루가 너무 길었다. 뭐라도 해야겠다고 생각해서 시작한 것이 문화센터 베이비 마사지였다. 창밖에 펑펑 내리는 눈을 보고 있자니 울컥했다. 아이가 없을 적엔, 이런 날엔 마음이 맞는 사람들과 영화도 보고 삼겹살에 소주 한잔 하며 즐거운 시간을 보냈었는데... 옛날 생각이 났다. 이 모든 상황이 아이 때문이라는 생각이 들면서 한없이 기분이 가라앉았다. 쓴웃음이 나오고 나도 모르게 눈물이 났다. '어......?' 눈물이 날만큼 답답한 건 아니었는데 하염없이 볼을 타고 흐르는 눈물을 느끼며 깊이 외로움이 느껴졌다. 가슴이 메여오고 목이 막힌다. '무엇이 이토록 나를 답답하게 하는 걸까?' 나만 하는 육아도 아니고, 더 힘든 상황에 있는 엄마들도 많을 텐데 정확하게 원인을 모르는 답답함을 느끼며 무릎에 얼굴을 묻었다. 한참을 그러고 있는데 문득 아이 생각이 났다. 고개를 들어보니 승윤이가 나를 빤히 쳐다보고 있다. 아마도 처음부터 나를 보고 있었던 것 같다. 거울을 보듯 아이의 눈빛과 표정이 애처롭게 비쳐졌다. 아이가 자기 때문이라고 생각했던 엄마의 마음을 느끼기라도 한 것처럼 미안한 눈빛이다. 정신이

번뜩 들었다. '내가 지금 뭐하고 있었던 거야.' 눈물을 닦고 아이에게 양손을 뻗었더니 얼른 내 품에 안긴다. 미안함과 고마움에 더욱 꽉 껴 안아주었다. 아이의 콩콩 거리는 작지만 강한 심장 박동이 느껴진다. 아이와 나의 심장이 맞닿아 리듬을 되찾음을 느끼며 안심이 된다. 나는 엄마다. 혼자가 아니다. 그런데 그 사실을 자꾸만 잊어버린다.

개인적으로 돌 이전 아이의 문화센터 활동은 큰 의미가 없다고 본다. 아이를 위하는 마음에 등록을 하지만 수업이 있는 날은 유난히 아이의 낮잠시간이 겹치기도 하고, 수업 내내 컨디션이 좋지 않아 엄마도 아이도 고생만 하고 집에 오기도 한다. 한 아이가 울면 나머지 아이들이 따라 울기 때문에 수업진행이 힘든 날도 허다하다. 절반이라도 출석하고 따라가면 성공이다. 엄마는 파김치가 되고, 아이도 결코 편하지 않다. 어린 아이의 짐은 또 얼마나 많은지. 잠깐의 외출이지만 빼놓을 수 없는 다 필요한 것들이다. 1박 2일 동안의 나들이 짐과 잠깐 외출할 때의 짐이 크게 다르지 않다. 등에는 기저귀 가방을 메고 앞으로는 아기 띠를 하는 힘이 어디에서 나오는지 모르겠다. 이쯤 되면 누구를 위한 시간인지 객관적으로 생각해볼 필요가 있다. 어린 아이에게는 전문적인 베이비 마사지 기술 보다는 익숙한 우리 집과 따뜻한 엄마 품이 최고다. 엄마, 아빠가 집에서 두 손으로 조물조물 해주는 것이 낯선 곳에 누워있는 것보다 낫다. 엄마에게도 육체적, (나가면 돈을 쓰게 되

이 있으니)경제적으로 이득이다. 이러한 비논리적인 상황을 엄마가 아닌 이상 이해할 수 있을까? 내 몸이 부서질 것처럼 힘들고 지쳐도 일주일에 한번 이 시간을 기다리고 짐을 바리바리 싸서 나서는 이유는 엄마인 내가 바깥세상과 소통할 수 있는 유일한 시간이었기 때문이다. 힘들게 다녀온 외출이지만 집에서 바깥으로 나왔다는 것만으로도 잠깐의 자유를 느낀다. 흘러간 시간만큼은 세상과 접촉을 했다는 사실에 위안이 된다. 하지만 집에 돌아오는 순간 또 다시 현실이다. 투자대비 효과가 매우 낮다. 그럼에도 불구하고 일주일 후를 기대한다. 엄마가 세상과 소통하는 데 더 효율적인 방법이 있을 거라고 생각하지 못했다.

만일 육아라는 상황 때문에 답답하고 세상과 단절된 것이라면, 남편이 중국에 가고 나 혼자 두 아이를 돌보았을 때 더 답답하고 외로웠어야 하는 것이 맞다. 2015년은 남편이 없었고, 두 아이와 온종일 집에서 뒹굴었던 한 해였다. 초반에는 큰애가 어린이집에 다니고 있었는데, 어린이집에 가있는 시간에 어린 둘째를 아기 띠에 안고 매일 약속을 만들어 사람들을 만났다. 그 중에는 나처럼 둘째를 안고 만나는 엄마도 있었고, 아직 둘째가 없어 자유의 몸인 엄마도 있었다. 육아에 지친 엄마들은 서로의 눈빛만 봐도 통한다. 그리고 서로를 끌어당긴다. 같은 아파트 라인에 비슷한 처지의 아줌마들과 돌아가며 서로 집에서

만나기도 했다. 문화센터와 아줌마들과의 수다는 엄마들의 소통채널이다. 그런데 아줌마들과의 교류에도 한계가 있다. 집에 돌아오는 순간 현실은 그대로 그 자리에서 나를 기다리고 있다. 남편이 없는 긴 밤. 아이들을 재우는 것도 힘들었고, 재우고 난 뒤에 따라오는 적막함, 고요함이 더욱 시간을 정지시켰다. 도돌이표 같은 하루하루에 아침에 눈 뜨는 것도 그다지 별다른 의미가 없었다.

그러던 중 남편과 공유 차원에서 육아일기를 쓰기 시작했다. 처음에는 아이들과 함께하는 일상 사진 위주의 글이었다. 남편이 멀리서 매일 나의 글을 보고 있다는 생각에 사진 한 장에 담긴 이야기를 상세하게 썼다. 비록 몸은 떨어져 있지만 함께하는 느낌을 받았으면 좋겠다는 마음이었다. 매일 쓰다 보니 나의 생각을 담아내는 글로 바뀌어 갔다. 나중에는 블로그에 메뉴를 따로 만들었다. '아이 성장일지'와 '엄마 성장일지'. 두 가지 모두 정해진 형식은 없었다. 그냥 내가 쓰고 싶은 대로 아이 성장에 대한 것과 나의 성장에 대한 이야기를 썼다. 지금 다시 읽어봐도 그 때의 느낌이 생생하다. 두 아이가 잠자리에 든 후, 세상이 정지하고 나 혼자만 움직이는 것 같은 시간을 글쓰기로 채워갔다. 예전의 나였다면 이 시점에 가슴이 답답하고 눈물이 났을 터였다. 타닥타닥, 고요함을 깨우는 키보드 소리를 음미하며 글을 쓰는 동안 가슴이 뻥 뚫리는 느낌을 받았다. 가슴 속에 엉켜있던 실타래가

한 올씩 스르르 풀려가는 느낌이었다. 마음이 아주 잘 맞는 친구와 이야기하며 위로 받는 것 같았다. 마음이 편했다. 엄마가 되고 처음으로 있는 그대로의 내 모습을 보았다. 실타래 한 올이 풀리니 나머지도 스르르 풀려갔다. 쓰고 있는 자체만으로 위로를 받고 치유가 되고 있다는 것을 느꼈다. 문화센터에 다니고, 아줌마들과 맞장구치며 떠들 때보다 훨씬 덜 외로웠다. 블로그에 글이 쌓이면서 내가 쓴 글을 읽는 이웃이 생기고, 나도 다른 사람들의 글을 읽으며 소통했다. 나처럼 육아와 자신에 대해서 기록하는 엄마들이 생각보다 많았다. 글쓰기에 관심이 생기니 주변 아줌마들보다 글 쓰는 엄마들과 가까워졌다. 내 에너지가 다른 방향으로 옮겨가고 있었다.

글만 쓰는 것이 정답은 아니다. 밖에 나가지 말고 집에서 글만 쓰자는 것은 더더욱 아니다. 세상은 나 혼자 사는 곳이 아니기 때문에 다른 사람과의 교류도 반드시 필요하다. 새로운 사람들과 맺는 인연을 통해 배우고 경험하는 것도 많다. 중요한 것은 나와의 소통이 먼저 되어야 한다는 것이다. 나를 먼저 제대로 알아야 한다. 육아에 대한 답답한 마음의 원인을 외부에서 찾으려고 한다면 그 순간일 뿐 다시 허전해진다. 내가 지금 원하는 것이 무엇인지 내부의 메아리를 잘 듣고, 마음 상태가 어떤지 나와의 소통이 잘 돼야 다른 사람과 어울렸을 때 진정 내 모습으로 섞일 수 있다. 사람은 하루에도 수많은 생각을 하고, 생각하는 순간에도 또 여러 가지 생각을 한다. 그래서 내가 진짜 원하는 것이 무엇인지 알아차리기가 쉽지 않다.

　손가락을 움직이면 생각이 따라온다. 손가락을 통해 백지 위에 나의 생각이 펼쳐진다. 생각이 글로 표현되며 자연스레 정리가 된다. 그 과정에서 나도 모르던 내가 원하는 것을 깨우치기도 한다. 나 자신과 소통하는 방법에는 글쓰기만 한 것이 없다. 언제 어느 때라도 내 생각을 잡아 확인할 수 있는 최고의 방법이다. 시간이 지나도 사라지지 않고 언제든 다시 확인할 수도 있다. 글을 쓰는 동안 자유를 느끼고 진정한 소통을 느낀다. 내가 나를 잘 어루만져 주니 혼자 있어도, 군중 속에서도 외롭지 않다.

　글쓰기는 나와의 소통이고, 세상과의 소통이다.

Chapter 02

〈 제 2 장 〉 육아로 성장하는 엄마

매일 글을 쓰며 묻고 또 물었다. 정답은 없었다. 마냥 묻고 답하고, 묻고 답했다. 내가 진정 원하는 것, 내 삶에 가장 가치를 두는 것, 어떤 삶을 살고 싶은지에 대한 나만의 답을 찾아가는 과정이었다. 글을 쓰는 과정을 통해 단절되어있던 나와의 소통을 시작했다. 그 결과 지금껏 한 번도 진지하게 생각해 본 적 없던 나의 '꿈'을 찾았고, 삶에 대한 '소명'이 생겼다. 소명을 다하는 삶을 살아야겠다고 마음먹으니 가슴이 꽉 찬 느낌이 들었다. 온 몸에 전율이 흘렀다. 더 이상 매일이 같은 하루가 아니다. 글쓰기와 육아를 통해 날마다 성장하고 있다.

01 : 육아를 선택하다

"육아 덕분에 얻었던 시간과 기회, 육아를 통해 성장하려던
나를 다시 한 번 돌아보았다. 두 아이가 늘 나와 함께 했기 때문에 시간이 부족했지만
답을 찾을 수 있을 거라는 믿음이 싹트고 있었다."

*

　　　결혼을 하고 한 달 즈음 후 아이를 임신했다. 스물여덟에
결혼을 했으니 친구들 보다 빠른 결혼이었는데 뭐가 급하다고 아이까
지 참 일찍 가졌다. 사실, 임신을 선택했던 이유는 순수하지만은 않았
다. 임신 사실을 알고 '하아, 나도 이제 합법적으로 마음 편하게 눈치
보지 않고 쉴 수 있겠구나.' 라고 생각했다. 대학교 4학년 2학기 중에
취업이 되어 졸업과 동시에 입사를 했다. 스물세 살이었으니 정말 어
렸다. 치열한 취업 준비과정을 거치지 않았다는 것은 행운이었지만 세
상물정을 몰랐고, 목숨 걸고 입사한 다른 동기들보다 애사심도 덜했
다. 대학교 때에 여자들의 로망인 승무원을 꿈꿨다. 한 번의 도전과 실
패를 경험하고 대기업 입사와 동시에 자연스레 접게 되었다. 부서배치
를 받은 날 선배들과 티타임을 가졌다. 퇴사절차를 밟고 있던 1년 위

선배가 신입사원인 나에게 이런 이야기를 했다.

"적성에 안 맞으면 일 년 안에 그만둬~ 계속 붙잡고 있지 말고. 일 년이면 이 길을 가야하는지 아닌지 판가름이 나거든." 참 이상한 선배라고 생각했다. 퇴사를 앞둔 입장에선 그런 생각을 할 수도 있지만, 이제 막 입사한 후배한테 할 이야기는 아니지 않나? 새싹들에게 희망을 줘도 부족할 판에 자기 퇴사한다고 너무 막말하는 거 아닌가? 지금 생각해보면 본인의 생각을 후배들에게 진솔하게 이야기해준 선배가 참 용기 있었다. 당시 흘려버린 선배의 말이 회사생활에 찾아온다는 1년, 3년, 5년의 고비를 맞으며 뇌리에 남아있었다. 정말 일 년 안에 그만두는 게 맞는 거였나? 힘들다고 노래를 부르면서도 한 달에 한번 씩 받는 달콤한 유혹의 끈을 놓을 수가 없었다. 그런 나에게 임신은 끈을 잠시 놓을 수 있는 합법적인 쉼이었다. 용기 없는 나에게 주어진 절호의 기회였다.

현실 도피의 마음도 있었지만 결혼을 했으니 자연스레 아이가 생기면 낳자고 남편과 이야기했다. 전적으로 내가 선택한 육아였다. 생각보다 아이가 빨리 생겨 당황스러웠지만, 쉴 수 있다는 사실만으로 나에게 빨리 와준 아이가 고마웠다. 나의 계획은 '육아휴직 기간 동안 제2의 인생을 위한 준비를 한 후 당당하게 퇴사를 하는 것!' 이었다. 1년 3개월이면 충분하다고 생각했다. 선배들이나 동기 언니들은 출산하고 최대한 아이와 오랜 시간을 보내기 위해 출산 직전까지 회사를 다녔다. 하지만 나는 연차를 모두 끌어오고, 휴가도 최대한 빨리 써서 출산을 8주 앞두고 쉬기 시작했다. 주변에서 후회하지 않겠냐면서 다시 생각해보라고 이야기했지만 전혀 들리지 않았다. 지금껏 풀지 못한 숙제! 나의 적성을 찾기 위한 최선의 선택이었다. 그토록 원하던 자유의 시간이 주어졌다. 지금까지 고생한 나에게 잠시 휴식을 허락했다. 그동안 직장생활하며 할 수 없었던 것들을 하면서 이 시간을 만끽했다. 산부인과 문화센터에서 하는 임산부 요가도 다니고, 평일 낮에 커피숍에 가서 책도 읽었다. 태교한다고 바느질로 땅콩베개도 만들고 십자수로 턱받이도 만들었다. '제 2의 인생'을 위한 준비를 하겠다는 강한 의지는 태교를 한다는 정당한 이유로 늘 우선순위에서 밀렸다. 막달이 되어가니 몸이 무거워져 길을 걷다가 다리에 쥐가 날 때도 있고, 누워서 잠도 제대로 못 잤다. 그렇게 유유히 시간이 흐르고 예정일을 1주일 앞둔 39주 1일에 첫째를 출산했다. 이제부터 새로운 마음으로 육아와 함께 내 적성을 찾기 시작해야겠다고 다짐했다. 아이를 낳고 조리원에서 일주일 동안의 생활을 마치고 집으로 온 날, 마음 속 깊이 그려왔던 '육아'에 대한 내 머릿속의 사진은 현실과 큰 차이가 있다는 것을 알았다. 실제와 이론은 180도 달랐다.

아이가 8개월 무렵, 《지랄발랄 하은맘의 불량육아》라는 책을 읽었다. 아이를 기관에 보내지 않고 집에서 책으로 육아를 한다는 이야기였다. 최소한 36개월 까지는 집에서 책을 꾸준히 노출시켜 주면서, 아이가 자연스럽게 책과 노는 환경을 만들어 주는 것이다. 책을 읽고 공부한다는 것이 아닌 친구로 느끼는 개념이다. 전적으로 엄마의 꾸준한 노력이 필요한 일이다. 현재 중학생인 하은이는 영어도 책을 통해 완벽히 마스터하여 아무런 사교육을 받지 않았는데도 원어민 수준의 영어를 구사한다. 책을 읽으며 혹 했다. 나는 뭘 좋아하는지도 모르겠고, 뭘 할 수 있는지도 모르겠지만 일단 엄마가 되었으니 아이만은 잘 키우고 싶다는 생각이 들었다. 아이를 잘 기르는 것도 엄마의 중요한 임무인 것은 확실하니까. 아이만큼은 자신이 뭘 좋아하는지 알고, 그 일을 즐기면서 살 수 있었으면 좋겠다고 생각했다. 승윤에게 책 육아를 하며 좋은 엄마로 재탄생하고 싶었다. 하은맘의 책을 읽으며 한줄기 희망을 보았다. '그래! 애를 잘 키우는 거야!' 그럼 자동적으로 좋은 엄마가 되는 거니까. 그렇게 하은맘이 추천하는 육아서도 읽고 육아서 안의 추천도서도 찾아서 읽었다. 아이에게 책 육아를 하기 위해 퇴사를 결심했다. 가장 큰 장벽은 남편이었다. 책 육아를 한다고 회사를 그만두겠다는 나를 이해하지 못했다. 나는 진심으로 우리 아이를 위한 일이라고 생각했는데 남편은 지금까지 내가 회사에서 쌓아온 경력과 능력이 너무 아깝다며 반대했다. 예전부터 내가 회사를 그만두고 싶어 한다는 것을 알기에 이번에도 복직하기 싫어서 선택한 것이라고 생각한 모양이다. 서로 관점이 달랐다. 나도 큰마음 먹고 결심한 건데 그렇게 이야기하는 남편이 정말 남의 편인 사람 같았다. 마치 애는 혼자 낳고 나 혼자 잘 키우려고 노력하는 것처럼 느껴졌다. 남편은 내가 정말 좋아하는 일을 찾아 시작하는 거라면 응원하겠지만 이건 회피하는 것으로밖에 보이지 않는다고 했다. 결국 일찍 휴직한 탓에 남들 보다 일찍 아이를 어린이집에 보내고 눈물의 복직을 했다. 휴직할 때 야심찼던 나의 계획은 제대로 뭘 시작해보지도 못한 채 끝나고 말았다.

아이를 낳기 전 7주, 그리고 아이를 출산하고 12개월 이라는 시간은 결코 짧은 시간이 아니다. 육아하느라 여유가 없다고, 아이를 돌보는 것만으로 충분히 힘든 일이라고 이야기하며 주변과 나 스스로에게 합리화하지만, 돌이켜 보면 진정으로 원하는 일이 무엇인지 찾으려는 노력을 제대로 하지 않았다. 막연히 시간이 지나면 찾아질 거라고 생각했다. 업무에 치이듯 육아에 치여 하루살이의 삶을 살았다. 내가 한 선택이었기 때문에 충분히 계획을 세우고 준비할 수 있었다. 나 자신부터 알아가는 것이 순서였는데 무조건 회사에 돌아가지 않겠다는 결과를 정해 놓고 어떻게 해서든 상황에 끼워 맞추려고 했다. '육아하느라 정신이 하나도 없는데 내 꿈을 찾을 시간이 어디 있어?' 불가능한 일이라고 생각했다. 글쓰기를 통해 나의 마음을 들여다보기 전까지 어디에서부터 어떻게 시작해야 하는지 방법을 몰랐던 것이다. 글쓰기를 시작한 때는 두 아이의 엄마가 되고난 후였다. 그땐 더 바쁜 일상이었다. 아이가 하나에서 두 명이 되면 일이 2배 많아지는 것이 아니라 10배 많아진다고 이야기한다. 그만큼 일이 많아지고, 사고도 많아진다. 조금 크면 둘이서 잘 놀지만 잘 싸우기도 한다. 하루 세끼에 간식까지 챙겨야 하고, 늘어난 집안일에 두 아이 상대하느라 하루가 어떻게 지나가는지 모른다. '애 하나일 땐 뭐가 힘들었었지??' 지나고 나서야 이런 생각을 한다. 그렇다면 만약 애가 셋이 된다면 그 때도 똑같은 생각을 하지 않을까? '애 둘일 때에는 뭐가 그렇게 바쁘고 힘들었었지??' 그래! 누구나 시간이 부족하고 지금이 제일 바쁘다. 결혼 전 자유의 몸일 때 시간이 없어서 꿈을 못 찾았나? 아니다. 그 당시에는 또 그 때 대로 바빴고 이유가 있었다. 이런 마음가짐으로는 평생 여유가 없고, 바쁠 것이다.

'글쓰기'는 무언가에 쫓기 듯 바쁜 나에게 여유를 찾아주었다. 나에 대한 생각, 감정, 느낌을 종이에 쭉 적다보면 잊고 살았던 것들이 새록새록 떠오른다. 내가 왜 결혼 하자마자 아이를 가졌는지, 아이를 가질 때 어떤 마음이었는지, 휴직 기간에 무엇을 원했었는지, 왜 첫째 출산 후 복직을 선택했었는지, 정말 시간이 없어 꿈을 찾을 수 없었는지, 내가 좋아하는 것은 무엇인지, 내가 원하는 모습은 무엇인지, 무엇을 할 때 가장 몰입하고 즐기는지, 스스로에게 질문하며 정답이 없는 질문에 나만의 답을 써내려갔다. 처음엔 바로 답을 찾을 수 없어 막막했다. 하지만 분명한 것은 쓰고 있는 동안에는 오로지 나에게 집중을 하고 있다는 것이었다. 좋은 게 좋은 거라는 식의 얼렁뚱땅 넘겨버리는 사고로, 하나를 깊이 있게 파고 내려가지 못하는 성격 탓에 '나'에 대해서도 깊이 생각해본 적이 없었다. 그런데 글쓰기를 하면서 나의 삶을 하나씩 파고들어 생각하고 기록했다. '육아' 덕분에 얻었던 시간과 기회, '육아'를 통해 성장하려고 했던 나를 다시 한 번 돌아보았다. 두 아이가 늘 나와 함께 했기 때문에 시간이 부족했지만 차근차근 쓰다 보면 답을 찾을 수 있을 거라는 믿음이 싹트고 있었다. 시간 확보를 위해 불필요한 일들은 최대한 정리하고 오로지 글을 쓰는 데 집중했다. 속도는 더뎠지만 매일 성장하고 있다는 것을 확신했다. 글을 쓰면서 나를 알아가는 것이 점점 재미있어졌다. 어떤 날은 내가 정말 원하는 것이 뭔지 잘 모르겠고 답답해서 손이 나가지 않을 때도 있었지만, 그런 고민을 하고 있는 내 모습이 스스로 대견하고 흡족했다. 글을 쓰면서 지금 내가 여기 존재하는 것은 육아 덕분이라는 것을 깨달았다.

육아는 내가 선택한 것이다.
육아는 더 이상 힘든 노동이 아니다.
육아는 나를 성장하게 하는 축복이다.

02 : 내 인생 가장 소중한 지금 이 순간

"톨스토이가 말했듯이 우리에게 가장 중요한 때는 현재이며,
우리에게 가장 중요한 일은 지금 하고 있는 일이고, 우리에게 가장 중요한 사람은
지금 만나고 있는 사람이다."

남편이 중국에 가고 한달 정도 지났을 무렵, 가장 힘들었
던 때가 기억이 난다. 출국 직전 이사를 했는데 처음 한 달은 집 정리
를 하느라 정신이 없었고, 승윤이를 처음으로 보낸 큰 민간 어린이집
에 적응시키느라 온 정신이 그곳에 집중되어 있었다. 남편도 새로운
것에 적응하느라 바빴을 터였다. 시간이 흐르고 하나 둘 씩 제자리를
찾아가니 마음의 평온과 함께 그만큼의 허전함이 몰려왔다. 그때서야
남편의 빈자리가 실감이 났다. 남은 11개월을 어떻게 보낼지 막막했
다. 내년 이맘때쯤 나는 어떤 모습일까? 무슨 마음을 갖고 살고 있을
까? 시도 때도 없이 1년 후 미래에 대한 상상의 생각들이 밀려들었다.
'남편이 중국에서 무사히 돌아와 네 가족 행복하게 보내고 있겠지? 주
말마다 나들이도 가고 저녁에 함께 마트에서 장도 보고 놀이터에서 아

이들 뛰어노는 모습을 함께 보며 흐뭇하게 미소 지을 수 있겠지? 남편에게 애들 맡겨놓고 자유시간도 가져야지. 거실에서 남편이 아이들에게 책 읽어주는 모습을 보며 사랑하는 가족들을 위해 요리도 해야겠다.' 이런 생각들이 당시 나를 잘 지내게 해주는 힘이 되었다면 좋았겠지만 1년 뒤 행복한 미래를 생각하면 그 시간이 과연 올까? 막막했다. 갓 자대배치를 받은 이등병의 마음이 이럴까? 현재의 나에게 집중하자고 다그칠수록 더욱 집중하기가 힘들었다. 괜찮다가도 울컥 감정이 복받쳤다. 분명히 괜찮았는데, 괜찮다고 생각했는데 말이다. 사춘기도 아니고 출렁이는 감정을 어떻게 받아들이고 흘려보내야 할지 알지 못했다. 승윤이를 어린이집에 보내고 같은 반 아이 아줌마들을 만나기도 하고 친구를 만나기도 했다.

"나였으면 남편 안 보냈을 거야. 자기는 어떻게 가라고 할 생각을 다했대?" 대단하다고 위로의 말을 해주며 잘하고 있는 거라고 파이팅 해줬다. 그것으로 잠시나마 위안을 삼았다. 나의 상황을 이해하고 공감해주는 것만으로도 그날은 조금 편하게 지나갔다. 문제는 유효기간이 짧았다. 충전이 필요할 때마다 아줌마들을 찾아다닐 수는 없었다. 시간이 지날수록 '이게 아닌데...' 라는 생각이 맴돌았다. 또 다른 불편한 감정이었다.

지금까지 참 평범하게 살아왔다. 큰 굴곡이나 어려움 없이 평탄하게 말이다. 무언가를 선택하는 데 있어서 결혼 전에는 부모님, 결혼 후에는 남편의 영향이 컸다. 나를 둘러싼 모든 것이 정해놓은 기준에서 크게 벗어나지 않았다. 그런 운명을 타고난 거라고 여겼다. 엄마가 점을 보러가도 특별히 성공을 한다거나 재능이 있다거나 늦복이 터진다는 이야기가 없었기 때문에 내 삶이 특별하다고 생각하지 않았다. 지금 생각해보면 나의 생각이나 행동이 그 틀 안에서 놀고 있었기 때문에 인과관계의 법칙에 의한 당연한 결과이지만 그땐 몰랐다. 나를 둘러싼 환경이 나를 그렇게 만들고 있다고 생각했기 때문에 상황에 맞춰살아갈 뿐이었다. TV 속 어려움을 극복하고 성공한 사람들의 이야기는 나와는 다른 세상의 이야기였다. 내 주변에 그런 영웅은 없었다. TV를 보면서 '정말 대단하다'는 감탄에서 그쳤다. 현재에 안주하면서도 마음은 늘 불편했다. '만약 내가 부자 집에서 태어났다면 더 좋은 환경에서 자라 지금보다 나은 삶을 살고 있었을 텐데', '내가 뭔가 특별한 어려움을 갖고 있었다면 TV에 나오는 사람처럼 그 과정을 극복해나가며 나의 숨겨진 재능을 발견할 수 있지 않았을까?' 지금의 자리에 오기까지 어려움을 극복하기 위한 그분들의 피나는 노력의 과정을 보지 못했다. 어찌되었건 지금 나보다 더 나은 삶을 살고 있다는 결과에만 집착했다. 모든 것의 이유를 외부에서만 찾고 있었다.

우리는 아침을 먹으면서 점심 때 뭐먹지? 고민하고, 자장면을 먹으면서 짬뽕 시키지 않은 것을 후회한다. 그렇게 미래를 고민하고 과거를 후회하며, 내가 선택하지 않은 것에 미련을 둔다. 도전하지만 성공하지 못하는 많은 것들, 살을 빼지 못하는 이유, 영어 점수를 올리지 못하는 이유, 금연하지 못하는 이유, 늘 작심삼일에 그치는 이유를 외부환경에서 찾는다. '지금은 아이 때문에 (혹은 특별한 상황 때문에) 힘들어. 다른 누구라도 나 같은 상황에선 어쩔 수 없을 걸?' 남편을 파견보내기 전까지 습관처럼 그렇게 살아왔다. 시간이 지나면 습관은 일상이 되어 받아들이고 맞추며 사는 사람도 많지만, 문제는 나는 그렇지 못했다는 것이다. 문제를 해결하기 위해 자기 계발을 하며 노력했지만 수박 겉핥기였다. 누군가는 어떤 환경에서도 자신의 꿈을 찾고 이뤄가며 성장한다. 그 사람도 나와 같은 한 사람이라는 것에 희망과 열등감을 동시에 느꼈다. 지금은 감히 다행이라고 웃으며 이야기할 수 있는 남편의 중국 파견은 나를 성장하게 만든 기회였다. 만약, 끝내 혼자 해보려 하지 않고 친정 엄마나 누군가의 도움을 받는 길을 선택했다면 지금과 다른 결과가 있었을 것이다.

"일단 혼자 해보겠다"
평소와 다른 새로운 선택으로 작은 변화가 시작되었다.

레프 톨스토이의 《살아갈 날들을 위한 공부》에 '지금 이 순간' 이라는 글이 있다.

지금 이 순간

당신에게 가장 중요한 때는 언제인가?
당신에게 가장 중요한 일은 무엇인가?
당신에게 가장 중요한 사람은 누구인가?

당신에게 가장 중요한 때는 현재이며,
당신에게 가장 중요한 일은 지금 하고 있는 일이며,
당신에게 가장 중요한 사람은 지금 만나고 있는 사람이다.

'지금 이 순간을 살자!'

단 한 번뿐인 우리의 삶을 충실하게 살아내는 삶의 진리다. 지금은 뼛속까지 와 닿는 이 글귀도 예전의 나였다면 '너무 당연한 말 아니야? 지금 나도 그렇게 살고 있어!!!' 라고 여겼을 게 분명하다. 어느새 1년 3개월이라는 시간이 지나고 남편이 돌아왔다. 꿈을 꾼 것만 같다. 그 기간 동안 하루에도 수차례 출렁이는 감정을 느끼며 오만가지 생각들을 했다. 다행이 나는 우연히 시작한 글쓰기로 그것들을 풀어냈다. 만약 글쓰기로 풀어내지 않았다면 모든 것들은 쌓이고 쌓여 사랑하는 아이들에게 화살이 향했을 것이고, 남편을 원망했을 것이다. 그때 보내지 않았어야 했다고, 과거의 선택을 후회하면서 평생을 보냈을지 모른다. 톨스토이가 말했듯이 우리에게 가장 중요한 때는 현재이며, 우리에게 가장 중요한 일은 지금 하고 있는 일이고, 우리에게 가장 중요한 사람은 지금 만나고 있는 사람이다. 누구나 좋은 엄마가 되고 싶다. 하지만 육아를 하며 나를 잃어버리는 것 같다고 이야기한다. 나를 중심에 세우고 지금 현재 육아에 집중한다면 길을 잃을 리 없다. 혹여 길을 잃더라도 금세 찾아온다. 육아의 시간이 나를 성장하게 하는 원동력이 되어주기 때문이다. 하지만 온종일 아이와 함께 하면서 나를 중심에 세우기란 어디 쉬운 일인가? 잠시 정신 줄을 놓는 순간 나도 모르게 육아의 소용돌이에 휘말린다. 하루에도 수차례 반복된다. 어떠한 상황에도 나를 중심에 놓고 삶의 균형을 맞추기 위해서 나만의 시간이 필요하다. 단 한 줄이라도 내면의 글쓰기를 한다면 나를 만나게 되고 흐트러진 마음을 정돈할 수 있다. 이러한 시간이 쌓이며 성장한다.

　글을 써보니 내 안에 하고 싶은 말들이 너무나 많았음을 깨달았다. 일상에서의 답답함, 끊임없이 남과 비교하며 느끼는 열등감, 멋지게 성공하고 싶지만 어디에서부터 시작해야 좋을지 알 수 없는 막막함. 이것들이 글을 쓰며 하나씩 정리가 되었다. '오늘은 글쓰기를 하며 내가 무엇을 좋아하는지 알아가야지!!' 정해놓고 시작해도 좋지만 일단 그냥 시작해도 좋다. 자유롭게 쓰다보면 신기하게도 하나씩 튀어나온다. 생각의 물꼬를 트기까지 시간이 걸리는 날도 있지만 트이기 시작하면 타자속도가 생각의 속도를 못 따라 올만큼 나에 대한 이야기가 쏟아져 나오는 경험을 할 것이다. 지금은 현재의 나에 집중하고있다. 과거의 나를 후회하지 않고 막연한 미래, 타인의 삶을 동경하지 않는다. 오직 나를 있게 하는 것은 지금 이 순간의 나임을 알고 있기 때문이다. 이 순간만큼은 어떠한 것도 나를 흔들어 놓지 못한다. 이 순간이 모여 성숙한 나의 인생을 만든다.

03 : '진짜엄마'로 거듭나는 글쓰기의 힘

"글쓰기를 통해 성장할 수 있다는 사실을 인식하는 것만으로
예전의 내가 아니었다. 나는 여전히 집에서 두 아이를 키우는 휴직 중인 전업주부였지만
내면은 점점 성장하고 있다는 것을 느꼈다."

✻

마음이 편해지길 바랐다. 직장생활을 할 때 금요일 퇴근하면서부터 월요일을 걱정할 정도로 마음이 힘들어서 선택한 육아였다. 엄마가 되면 아이를 바라보고만 있어도 마음이 평화롭고 광고에서 나오는 것처럼 세상을 다 가진 듯 온화하고 편안한 미소가 지어질 줄 알았다. 처음 엄마가 되고 나서 갈대처럼 흔들리는 마음에 '나는 좋은 엄마가 아닌가?' 생각이 들어 당황스러웠다. 하루에도 수십 번 흔들리는 내 마음을 잡고자 문득 책을 읽어야겠다는 생각이 들었다. 책을 좋아한다고 생각했는데 한 달에 한 권도 제대로 안 읽고 있었다는 것을 깨달았다. 육아서를 중심으로 독서를 시작했다. 서형숙 선생님의《엄마학교》라는 책을 보며 육아의 교과서라고 생각을 했고, 박혜란 선생님의 책들을 보며 글을 통해 마음의 위로를 받을 수도 있다는 것을 느

겼다. 그러면서 막연히 나도 언젠가 힘이 되고 위로가 되는 글을 쓰고 싶다는 생각이 들었다.

'내 아이를 행복한 아이로 키우기 위해서는 내가 먼저 좋은 엄마, 행복한 엄마가 되어야 한다.' 당연한 말이지만 현실에서 실천하기 힘든 것 중 하나이다. 동생에게 배려하는 오빠로 성장해주길 바라면서 '나는 내 욕심보다 상대방을 먼저 배려하는 사람인가?' 생각해보자. 동네 분들께 칭찬받는 인사성 밝은 아이이길 바라면서 '나는 먼저 인사를 잘하는 사람인가?' 생각해보면, 말로 할 때는 이토록 쉬운 일이 실천하기까지 얼마나 큰 용기가 필요한 일인지 알 수 있다. 아이의 인격을 존중하고 감성을 어루만져 주라는 육아서를 집필한 선생님들은 원래 아이를 예뻐했고, 나와 다른 성향을 가진 분이기에 그런 말을 할 수 있는 거라고 생각을 했다. 하지만 서형숙 선생님의 《엄마학교》 내용 중 '엄마가 되기 위한 대가를 치렀다'는 문장을 읽으며 그 분들 역시 처음 해보는 육아가 쉽지 않았음을 느꼈다.

"나는 아이 기르는 대가를 치렀다. 아이는 예쁘고 사랑스럽고 자고 나도 시들지 않는, 이 세상 무엇과도 견줄 수 없는 아름다운 꽃이다. 아이와 함께 산다는 것은 최고의 축복이다. 아이는 엄마 품에 안겨 아무런 의심도 하지 않는다. 엄마를 온전히 믿는다. 우리가 살면서 이렇게 전폭적인 지지를 받았던 경우가 얼마나 있는가. 내가 아이를 낳아주었기에 그 아이도 나를 이렇게 믿어주는 것이다. 그런 아이와 함께 사는데 힘든 것도 좀 감내해야지 하고 나는 마음먹었다. 손수건 하나를 사도 값을 치르는데 아이의 이런 사랑을 받으면서 대가를 치르지 않을 수는 없었다." – 《엄마학교》 중,

　내 마음을 꿰뚫고 있는 듯한 육아서들을 읽으며 위안이 되고 힘을 얻었다. 문제는 책을 읽으며 밑줄을 치고 다짐을 하는데 그 마음이 오래가지 않았다. 잠든 아이를 내려다보면 천사가 따로 없다. 낮에 안 된다고 소리친 것들이 사실 별거 아니었는데 왜 허용하지 못했을까 반성하며 내일은 좀 더 허용하는 엄마가 되자고 다짐한다. 설거지하는 내 바지자락을 잡고 늘어지며 공룡놀이를 하자고 조르는 아이에게 조금 있다가 하자고 해놓고 결국 못해준 것이 떠오르면서 내일은 좀 더 아이와 함께 놀아주는 친구 같은 다정한 엄마가 되어야지! 다짐하면서 잠이 든다. 다음날 아침 어제의 다짐을 되새기며 해맑은 아이의 얼굴을 보니 오늘은 뭔가 다를 것 같다. 이미 좋은 엄마가 된 것 같다. 하지만 아이의 입장에서 보면 오늘은 어제와 다를 것이 없는 하루다. 어제 했던 행동을 오늘도 무심코 하게 된다. 처음엔 밤새 충전된 긍정파워로 받아주지만 시간이 흐르며 내 몸은 피곤해진다. 반면 아이의 에너지는 지칠 줄 모른다. 우리 아이들은 잠이 별로 없어서 낮잠도 자는 일

이 거의 없다. 결국 오늘도 아침의 마음은 어디로 갔는지 버럭 하고야 만다. '그래, 그분들은 대단한 분들이니까. 나는 지금까지 공부한 것도 없고 전공도 아닌데 책 몇 권 읽었다고 무슨 기대를 한 거야!!' 화를 내고 후회했다가 독서로 충전하며 반성하고 다짐하고, 또 다시 화를 냈다가 후회하고... 악순환이다. 책을 보지 않는 엄마보다야 낫겠지만 알면서도 실천하지 못하는 내가 더 답답했다. 매일 똑같은 실수를 되풀이하면서 근본 원인을 찾고 해결책을 찾아야 할 필요성을 느꼈다.

사람은 모두 각자의 삶이 있다. 하루 종일 어린이집에서 똑같은 생활하고 하원 버스를 타고 엄마 품으로 돌아온 아이일지라도 엄마 손을 잡고 집에 가는 길에 들른 빵집에서 나누는 대화, 함께 고르는 빵, 집에까지 가는 길은 모두 다르다. 같은 대화에서 느끼는 감정도 제각각이다. 내가 자라온 환경, 평소 습관의 경험이 모두 다르기 때문이다. 각각의 경험에 의해 현재 나의 행동이 결정되어진다. 육아서도 마찬가지다. 한 줄 한 줄이 주옥같은 이야기지만 그분만의 경험을 토대로 써놓은 것이지 그 책을 읽는다고 해서 서형숙 선생님처럼 될 수는 없는 것이다. 그러한 사실을 고려하지 않은 채 책속의 그분과 같은 삶을 살고 싶었다. 세상에 단 하나뿐인 내 아이의 성향을 고려하지도 않고 나만의 육아철학도 없이 말이다. 진통제를 먹고 몇 시간이 지나면 약발이 떨어져 다시 먹어야 하는 것처럼, 시간이 지나면 흐릿해졌다. 책에서 깨달은 것을 현실에 적용하며 나만의 방식을 찾고 좋은 엄마로 성장하고 있는 것이 아니라, 읽는 동안 내 마음을 위로 받고 위안을 삼는 그 이상도 이하도 아니었다.

눈으로 마냥 input하는 독서에서 벗어나야겠다는 생각이 들었다. 단 한 권이라도 삶에 적용해서 조금이라도 변화할 수 있다면 10권을 읽는 것보다 낫다. 나의 독서는 눈과 머리가 아닌 손과 가슴이 함께 하는 독서로 바뀌었다. 전에는 다 읽고 나서도 새 책 같았는데, 문제집을 풀 때처럼 한손에 펜을 들고 밑줄을 그어가며 여백에는 나의 생각을 기록했다. 바로 적용할 수 있는 것들을 뽑아내고 조금씩 적용해가기 시작했다. 책을 읽고 난 후에는 책 윗면에 날짜를 써 두었다. 재독하면 그 아래 다시 새로운 날짜를 적으면 된다. 그리고 기록을 했다. 지금까지 나의 행동에 대한 반성의 글, 깨달음의 글, 어떻게 적용하면 좋을 것인지 포인트를 잡아가는 내용을 담은 서평을 넘어 나만의 글쓰기였다. 시간은 배로 걸리지만 나중에 기록해 둔 것만 읽어보아도 책을 다시 읽는 효과를 느낄 수 있다. 우리가 행동하는 목적은 변화하기 위한 것이라는 사실을 잊지 말자.

아이를 키우며 몸은 더 힘들고, 자유 시간은 사치가 되었지만 온전히 '육아'에 몰입하며 나를 알아갈 수 있는 기회라는 생각이 들었다.

대학교 방학은 인생의 '마지막 휴가' 라는 이야기를 들은 적이 있다. 어쩌면 '육아' 란 살면서 나의 진짜 적성과 능력을 점검하고 재설계할 수 있는 '마지막 기회' 라는 생각이 든다. 이 시간을 어떻게 보내느냐에 따라 진정 새로운 인생을 시작하기 위한 디딤돌로 만들 수 있는 것이다. 언제까지 이전의 나에 얽매여 육아가 힘들고 적성이 아닌 것 같다고 한탄만 하고 있을 것인가? 혹은 엄마가 되기 이전에도 찾기 힘들었던 나의 꿈을 어떻게 육아하며 찾을 수 있겠냐고 단정지어버릴 것인가. 더 이상 이런 저런 핑계로 미루지 말자. 그래! 공부!!

육아서를 읽으며 좋은 엄마가 되겠다는 것에 그치지 않고 육아를 넘어 나 자신을 위한 공부를 해야 한다는 것을 깨달았다. 엄마도 공부해야 한다는 것, 그리고 쓰기를 통해 성장할 수 있다는 사실을 인식하는 것 자체만으로 예전의 내가 아니었다. 나에게 이미 주어진 '엄마' 라는 하나의 역할을 넘어 나의 인생에 초점을 맞추었다. 육아의 틀을 벗어나 자유롭게 꿈을 꾸고 생각을 했다. 앞으로의 내 인생을 위해 어떤 공부를 할 것인지 즐거운 마음으로 찾기 시작했다. 그리고 가장 중요한 '왜?' 하려고 하는지도 함께 생각했다. 외면이 달라진 건 없었다. 나는 여전히 두 아이의 엄마였고, 집에서 아이를 키우는 휴직 중인 전업주부였다. 하지만 나의 내면은 점점 성장하고 있다는 것을 지금 이 순간에도 느끼고 있다. Input(독서)를 하면 자연스레 Output(글쓰기)의 욕구가 생긴다. Input하며 나의 내면을 채우고 Output하며 나만의 삶을 정리하자.

자! 성장의 글쓰기로 고고!!!

04 : 인생을 결정하는 엄마의 시간관리

"언젠가는 아이도 독립을 하지만 엄마도 독립을 해야 한다.
그 때를 위한 장기적인 목표가 필요하다. 지금은 진짜인생을 위한 준비기간이다.
엄마의 시간 관리는 진짜인생을 위해 필수적인 것이다."

*

한때 아침 형 인간, 새벽 형 인간이라는 말이 유행이었다. 미용, 패션에는 별로 관심이 없어 유행을 쫓는 타입은 아니었지만 자기 계발 분야엔 늘 관심이 있어 대세를 따랐다. 모두가 '아침 형 인간!!' 을 외치고 있는데 가만히 있을 수 없었다. 나도 책을 사서 읽고 아침 형 인간!!을 외치며 대열에 합류했다. 하지만 이런 쪽으로는 성격이 급해 조금 해보고 힘들면 나와 안 맞는 것 같다며 금세 포기하곤 했다. '나는 원래 뒷심이 부족해. 시작은 잘하는데 마무리가 힘들다니까.' 같은 실수를 반복하면서도 원래 그런 사람이라고 자기합리화하며 위안을 삼았다. 유행의 기류를 타는 것만으로 남들보다 앞서가지는 못해도 뒤쳐지지는 않는다고 생각했다.

2006년 기숙사가 있는 곳에서 사회생활을 시작했다. 회사와 기숙사가 회사버스로 5분 거리였다. 출근시간은 8시까지, 기숙사에서 출발하는 7시 30분 마지막 버스를 겨우 탔다. 다른 회사에 비하면 이른 출근시간이지만 이곳 기준으로 보면 막차다. 마지막 시간 버스인 만큼 사람이 너무 많아 출근시간 강남의 지하철을 방불케 했다. 그 시간을 피하고자 남들보다 일찍 출근을 하기 시작했다. 일찍 출근해서 뭘 했는지 기억이 잘 나지 않는다. 졸려서 책상에 엎드려 잠을 보충하기도 했고, 휴게실에서 커피 한잔하며 잠을 깨기도 했다. 특별한 목적을 위함이 아닌, 단순히 사람이 많은 것이 싫어 일찍 출근했기 때문에 그다지 의미 있는 아침시간은 아니었다. 그럴 거라면 차라리 마음 편히 잠이라도 푹 자는 것이 낫지 않았을까? 그런 생각이 들기도 한다.

승윤이를 출산하고 육아휴직 중이있을 때는 아이가 먼저 일어나 나를 깨우는 시간이 기상시간이었다. 모유 수유를 했기 때문에 밤새 뒤치다꺼리에 피곤했던 나는 아이가 내 몸을 올라타고 놀자고 흔들어 깨워야 겨우 눈을 뜰 수 있었다. 막 엄마가 되었던 그 시절에는 육아 외에 다른 것은 모두 사치였다. 휴직 전에는 이 시간을 잘 활용해 새로운 인생을 시작해보자고 다짐하고 지인들에게 선포하고 다녔지만 육아는 현실이었다. 그렇다고 육아를 제대로 하는 것도 아니었다. 다른 엄마들 보면 블로그에 아이 성장기록, 개월 수에 맞는 엄마표 놀이, 영양

만점 이유식도 먹음직스럽게 만들어 포스팅하던데, 나는 해외직구로 이것저것 구매하는 부지런한 엄마들의 발톱의 때만큼도 못 따라 갔다. 뭐하나 야물게 하는 것이 없었다. 나 혼자만의 시간을 도통 낼 수가 없었다. 나만 여유가 없는 것인지는 모르겠지만 늘 시간의 결핍을 느꼈다.

하루살이(오늘 하루도 무사히) 육아를 하며 어영부영 휴직이 끝나고 복직을 하게 되었다. 나의 모습이 썩 마음에 들지는 않지만 예전에 사회생활을 했을 때와 마음가짐이 달라져 있었다. 어쨌건 아이를 낳고, 돌 때까지 기른 것은 작은 성공 경험으로 쌓여서 예전보다 자존감이 올라가 있는 상태였다. 출산 전 직장은 하루에도 수차례 퇴사를 생각했을 만큼 힘들었고, 다시는 꿈을 찾아 되돌아가지 않겠다고 다짐한 곳이었다. 휴직 동안 꿈은 찾지 못했지만 예전보다 회사 생활을 잘할 수 있겠다는 자신감이 있었다. '애도 낳고 키웠는데 뭘 못하겠어?' 란 아줌마 파워! 나도 모르게 조금 성장해 있었다.

출근을 하며 집에서 아이와 온종일 함께 했을 때 자유롭지 못했던 시간, 그토록 바라던 나만의 시간을 갖는 것이 너무 좋았다. 몸은 피곤했지만 일단 집을 나서면 퇴근해서 다시 집에 올 때까지 자유의 몸이었다. 6시 회사버스를 타고 출근해서 아침을 먹고 내 자리에 앉으면

6시 40분 정도다. 6시 버스를 놓쳐도 남들보다는 일찍 출근했다. 어떤 날은 책도 보고, 또 어떤 날은 책상 정리도 하고, 산책을 하기도 하고, 인터넷 서핑을 하기도 했다. 일이 많은 날은 업무를 먼저 시작했다. 매일 하는 게 고정적이지 않았다. '독서를 해야지! 하루 1시간 영어 공부를 해야지!' 생각은 했지만 명확한 목표가 없었기 때문에 10분 하고나면 지겨워서 졸리기 시작했다. 회사에 일찍 도착은 했는데 특별히 하고 싶은 것이 없을 때는 식당에 앉아 멍하니 뉴스를 보기도 했다. 출산 전과 후의 업무시작 전 아침시간을 대하는 나의 마음은 확실히 달랐지만, 시간 관리 측면에서 보면 크게 다를 바 없었다. 다시 그때로 돌아간다면 줄줄 새는 시간을 효율적으로 활용해 훨씬 나은 현재의 모습이 될 수 있을 것 같지만, 솔직하게 생각해보자. 과연 그럴까? 그때로 돌아간다면 지금 다른 내가 되어있을까? 지난날 나를 되돌아 생각해보니 시간을 펑펑 낭비해봤기에 오늘 시간을 잘 쓸 수 있고, 시간의 결핍을 절실히 느껴보았기 때문에 시간의 소중함을 느낄 수 있는 것 같다.

많은 사람이 아침 형 인간! 새벽 형 인간! 을 외치며 도전하지만 실패하는 이유는 뭘까? 왜 어떤 사람은 도전하는 것마다 성공하는데 나는 제대로 끝까지 마무리 하는 것이 하나도 없었던 걸까? 학창시절 공부 잘하는 애들이 음악도 미술도 체육도 잘하면서 교우관계까지 좋은 걸 보며 신은 불공평하다고 생각했다. 좀 더 일찍 깨달았으면 지금보다 잘 살고 있었을까? 지금 생각해보니 이유는 이것이 있고, 없고의 차이였다.

바로 'Why?' 이다.

즉, 아침 형 인간이 되어야만 하는 이유가 없기 때문이다. 일찍 일어나서 자기 계발하는 이유가 뭔데? 왜 꼭 해야 하지? 무엇을 위해 나는 자기 계발을 하는 것인가? 에 대한 고민이 없는 도전은 수박 겉핥기다. 단순히 '일찍 일어나서 독서를 해야지! 매일 30분씩 영어 방송을 챙겨 들어야지!' 하는 정도로는 부족하다. 매일 책을 읽고 어학공부를 하면 좋겠지만, 하지 않아도 큰 문제가 되지 않는다. 특히나 지금 아이를 키우는 엄마라면 더욱이 그렇다. 뭐든 하면 좋지만 하지 않아도 되는 합당하고도 타당한 이유가 널렸다. 남들이 일찍 일어난다, 아침시간을 활용하니 너무나 좋다고 이야기하니까 나도 일어나야지!! 다짐하는 것은, '좋은 건 알겠지만 하지 않겠다!' 는 것과 다르지 않다. 특히 원고를 쓰고 있는 지금과 같은 겨울에는 몸에 착 감기는 극세사 이불에서 새벽시간에 빠져나오기란 하늘에 별 따기다. 웬만한 의지로는 빠져나올 수가 없다. 엄마가 자아성찰을 위해 새벽에 일어나고 시간 관리를 해서 자투리 시간까지 낭비하지 않고 활용 한다고 하면 '왜 그렇게 타이트하게 사냐고, 무슨 부귀영화를 누리려고 빡빡하게 사냐

고?' 물어본다. 그 시간에 애나 잘 키우지 이제 와서 무슨 자기 계발이

냐고 탓하는 어른이 있을지도 모른다. (물론 나를 위해 공부하는 것이 맞지만 굳

이 이해시키기 위해 풀어서 이야기하자면) 아이를 잘 키우고 남편의 내조를 잘

하기 위해서 엄마의 공부와 시간 관리는 어느 누구보다 필요하다. 그

렇다고 단 한순간의 시간도 낭비할 수 없다! 는 야무진 계획을 세우고

실천하자는 이야기가 아니다. 특히 나에게는 더더욱 그렇다. 엄마들이

라면 굳이 말하지 않아도 알겠지만, 육아란 계획을 세운다고 그대로

되지도 않거니와 예상치 못한 일들이 훨씬 많이 생기기 때문이다. 너

무 타이트한 시간 관리는 오히려 스트레스를 가져온다.

그럼 대체 시간 관리를 하라는 거야, 말라는 거야? 앞서 이야기했지

만 나에게 시간 관리가 필요한 이유 즉, 시간을 관리해서 무엇을 얻고

싶은지? 앞으로 엄마와 아내로써 그리고 가장 중요한 온전히 나로써

어떤 삶을 살고 싶은지? '삶에 대한 고민'이 선행되어야 한다. 고민의

결과가 제대로 녹아있는 엄마의 시간 관리는 진짜 나의 인생을 시작할

수 있는 터닝 포인트가 될 것이다.

'시간 관리를 통해 무엇을 얻고 싶은지, 어떤 삶을 살고 싶은지?'에

대한 자아성찰을 위해 누구나 당장 시작할 수 있는 일은 글쓰기다. 글

도 잘 못쓰는데 언제 글을 써서 그 어렵다는 자아성찰을 할 수 있을지

걱정이 앞설 것이다. 나무를 보지 말고 숲을 보라는 말이 있다. 자아성찰은 평생에 걸쳐 꾸준히 하는 것이다. 특히 아이의 탄생에서 24개월 무렵까지 영유아 육아는 인생을 마라톤으로 비유했을 때 힘들고 지루한 타이밍이다. 다이어트라고 치면 정체기라 할 수 있고, 금연이라고 하면 견디기 힘든 초기 금단현상 기간이라 할 수 있다. 모두 장기적인 계획이 필요하듯이 육아의 시간을 성장하는 골든타임으로 보내기 위해서는 장기적인 전략이 필요하다. 10년 후에 어떤 엄마, 아내 그리고 가장 중요한 어떤 모습의 내가 될 건지 그려본 다음 5년, 3년, 1년, 한 달, 일주일, 하루로 쪼개어 본다.

나는 10년 후, 나만의 브랜드로 책을 쓰고 강의를 하고 있을 것이다. 짧게 보면 1년 내에 책 한 권을 집필할 것이고, 부모교육 강사 자격증을 취득할 계획이다. 그러기 위해 한 달 후, 초고를 완성해야 한다. 매주 한 챕터가 완성이 되어야 하고, 매일 한 꼭지 A4 2.5매 분량의 글을 써야한다. 아이들이 깨는 동시에 엄마 모드로 변신해야 하기 때문에 오늘 분량의 글을 쓸 시간은 오로지 아이들이 깨기 전 새벽시간뿐이다. 그런 목표가 있으니 4시에 일어날 수밖에 없다. 부모교육 강사 과정은 일정에 맞춰 수강을 하면 된다. 극세사 이불의 촉감이 나의 온 몸을 감싸 안고 풀어주지 않더라도 그 틈새로 기어 나올 수밖에 없다. 빠져나온 후 작은 성공을 느끼고, 매일 글을 쓰며 하루하루를 저축

한다. 한번 뿐인 인생인데 엄마 역할만 할 것인가? 언젠가 아이도 독립을 하지만 동시에 엄마도 독립을 해야 한다. 그 때를 위한 장기적인 목표가 필요하다. 지금은 진짜 인생을 위한 준비기간이다. 엄마의 시간 관리는 진짜 나의 인생을 위해 필수적인 것이다. 매일 새벽 나만의 시간을 충분히 갖는다면 아이에게도, 남편에게도 더 집중할 수 있다. 시간의 소중함을 느끼게 해준 아이에게, 덕분에 성장할 수 있는 이 시간이 감사하다.

05 : 성장하지 않는 삶은 의미가 없다

"성장하지 않는 삶은 의미가 없다.
아이가 성장하는 것처럼 엄마도 성장하자. 무엇부터 어떻게 해야 시작할지 막막하다면
종이와 펜만 들고 조용한 곳으로 가서 글쓰기를 시작하자."

*

다섯 살 승윤이의 내복이 어느새 딱 맞다. 올 해 초에 너무 큰 사이즈를 선물 받아 몇 년은 입을 수 있겠구나 생각했는데 블록놀이 하는 아이의 소매를 보니 내년 봄엔 새로 사줘야겠다. 매일 붙어지내서 그런지 평소에는 아이가 크는 걸 실감하지 못하다가 한번 씩 훌쩍 커버린 것을 알아차린다. 건강하게 잘 자라주는 아이가 기특한 한편, 너무 빨리 커버리는 것 같아 아쉽기도 하다. 아이가 노는 것을 지켜보고 있으니 손놀림 또한 예전과 다르다. 마음대로 되지 않으면 짜증부터 내고 나에게 해달라고 매달리던 아이었는데 이리저리 돌려가며 제법 모양을 갖춘 완성품을 만들어낸다. 무작정 만드는 것이 아니라 골똘히 생각을 마친 뒤 망설임 없는 손놀림으로 빠르게 모양 하나를 완성하는 눈빛이 진지하다. 꽤 오랜 시간 집중해서 만든 작품을

들고 나에게 다가와 이게 뭐 같은지 묻는다. 혹시 틀리거나 못 맞추면 마음 상해 할까봐 긴장하며 대답한다. 헌데 아이는 내 대답에 크게 개의치 않는다. 틀리면 더 즐겁고 기쁘게 '땡~~~!!!' 하고 외친다. 오히려 한 번에 맞추는 것보다 여러 번에 걸쳐 맞춰주는 것을 더 좋아한다. 열심히 무언가를 생각하며 만든 것일 텐데 못 맞추면 속상해 할 거라는 어른의 생각과, 과정 자체가 재미있는 아이와의 생각에는 큰 차이가 있다. 결과보다 과정 자체를 즐길 줄 아는 아이는 이미 나보다 훌륭하다. 가르쳐 주지도 않았는데 그런 삶을 살고 있다. '성인이 되어 책이나 강의를 통해 학습하는 삶의 지혜들은 우리는 이미 알고 태어난 게 아닐까?' 하는 생각이 든다. 부모님, 어린이집, 학교, 사회에 의해 그들이 요구하는 것에 맞춰 살다보니 서서히 잊어버리는 것 같다.

승윤이도 대체로 빠른 편이었지만 둘째 승언이는 성장속도가 정말 빠르다. 첫째는 어떻게 큰지 모르게 훌쩍 자랐는데, 승연이는 둘째라 그런지 하루가 다르게 성장하는 과정 하나하나가 눈에 보였다. 7개월 무렵부터 침대 위에서 혼자 서려는 연습을 했다. 방법은 내 손을 잡고 일어섰다가 혼자 중심잡기를 시도하며 내 손을 놓는다. 처음엔 1초도 서있지 못하고 엉덩방아를 찧는다. 침대라 전혀 아프지 않다. 놀이하듯 넘어져도 즐거워한다. 잠들기 전까지 몇 번이나 같은 동작을 반복하며 일어서 있는 시간을 늘려갔다. 걸음마도 제자리 뛰기도 같은 방법으로 터득했다. 침대에서는 넘어져도 아프지 않으니 침대 위에서만 열심히 넘어지고 다시 일어서는 연습을 했다. 다음날 아침이면 전날 하지 못했던 발달행동을 '짠~' 하고 선물처럼 보여주었다. 태어난 지 8개월밖에 되지 않고 옹알이만 하는 아이가 침대에서 넘어지면 아프지 않다는 것을 알고 안전한 곳에서만 연습을 하는 것이 신기하다. 8개월 반에 걷기 시작하고 10개월 때에는 뛰어다녔다. 막 말문이 트이기 시작할 때의 일이다. 아이 침대 옆에는 뽀로로 볼 텐트가 있는데 볼 텐트에 그려진 캐릭터의 이름을 외우기 시작했다. 뽀로로, 크롱 정도만 알던 아이는 오빠가 하는 이야기를 잘 듣고 있다가 복습했다. 모르는 이름을 손가락으로 가르치며 나에게 물었다. '포비'라고 이야기해주면 비슷하게 따라한다. 머리에 인식이 될 때까지 수도 없이 같은 질문을 하고, 나는 처음 알려주는 것처럼 최대한 상냥하게 대답해주었다. 잠들기 전까지 뽀로로 친구들의 이름을 되뇌던 아이는 하루에 하나씩 더 많은 이름을 알아갔다. 또래 아이보다 키, 몸무게는 평균 이하지만 오빠를 따라하다 보니 말하는 것도 생각하는 것도 참 빠르게 성장한다. 두 아이를 키우는 엄마로써 아이들이 성장하는 모습을 지켜보면 참 뿌듯하고 행복하다. 이래서 아이를 키우는 거구나 싶다. 성인은 더 이상 키가 자라지 않는다. 신체적인 성장은 멈추었고, 이제는 노화가 진행될 뿐이다. 우리의 마음이나 생각은 어떠한가? 아이가 자라는 만큼 성장하고 있을까? 아이의 성장을 보며 나도 성장하고 있다고 생각하는 것은 착각이다. 엄마도 성장을 위한 노력을 할 때만이 성장하는 것이다.

아이를 잘 키우는 것은 엄마의 중요한 역할이다. 아이가 자립할 때까지 몸도 마음도 건강한 성인이 될 수 있도록 지켜봐 주고 지원해주어야 하는 의무와 책임이 있다. 우리나라에서 아이를 잘 키운다는 것은 공부를 잘 하는 아이, 선생님과 부모님 속 썩이지 않고 말 잘 듣는 착한 아이로 성장하여 좋은 대학, 좋은 곳에 취직시키는 것까지를 의미한다. 그래서 어린 아이일 때부터 좋은 환경을 조성해주기 위해 매월 100만원이 훌쩍 넘는 놀이학교를 보내고 영어유치원을 보낸다. 그걸로 부족해 예체능 학원을 보내고 동요 과외까지 시킨다고 한다. 그 정도 투자가 가정 경제에 전혀 문제가 없다면 모르겠지만, 형편이 여의치 않은데 아이의 성공을 생각하며 '너 하나라도 잘 키우자!' 는 심정이라면, 그것이 정말 아이를 잘 키우는 방법인지 백번 다시 생각해야 한다. 아이가 좋은 대학을 간다고 치자. 그 다음엔? 인생에 더 많은 좋은 기회들이 올까? 엄마 치맛자락에서 놀던 아이가 기회를 스스로 알아차리고 잡을 수 있을까? 아이는 엄마의 육아철학, 교육 계획에 맞춰 성장하기 시작한다. 초등학교에만 입학하면 아이가 공부에 집중 할 수 있도록 엄마는 최선을 다한다. 아이 대신 공부 외의 것들을 처리해주며 좋은 엄마라 착각한다. 그렇게 성장한 아이가 마음이 탄탄한 아이로 성장할 수 있을까?

　부모에게서 아이의 완전한 독립은 언제일까? 육아에 지친 엄마들은 언제 그 날이 올까, 얼른 그런 날이 오길 손꼽아 기다린다. 아이만 없으면 뭐라도 할 수 있을 거라고 생각한다. 아이가 나에게서 독립한 뒤 드디어 육아에서 해방되면 만세를 외치며 홀가분하게 나의 인생을 시작할 수 있을까? 이제부터 시작하는 진짜 나의 인생을 무엇으로 채우며 살아갈 것인가? 그 때가 되면 뭐든 있지 않겠냐고?? 지금까지 인생 경험에 비춰봤을 때 준비되지 않은 상태에서 결과는 '아무것도 없다.' 아이의 성장을 지켜보며 '오냐오냐, 잘한다.' 할 것만이 아니라 엄마 또한 아이와 함께 성장해야 한다. 내가 선택한 것은 '글쓰기'였다. 처음부터 성장하기 위해 글을 쓴 것은 아니다. 뒤엉켜 있는 생각을 긁적이던 것이 시작이었다. 내가 무엇을 원하는지, 나는 지금 무슨 생각을 하고 있는지 쓰다 보니 내 삶의 소명까지 알게 되었다. 하루아침에 찾아지지는 않는다. 분명한 것은 글쓰기를 통해 매일 조금씩, 때론 훌쩍 나도 모르는 사이 성장한다는 것이다.

　인간의 성장은 삶의 의미이고 곧 행복이다. 아이의 성장이 엄마의 삶의 목표가 되어서는 안 된다. 아이도 때가 되면 자립을 한다. 혼자 설 수 있는 힘은 어렸을 때부터 조금씩 길러나가야 한다. 고등학교 때까지 공부만 하던 아이가 하루아침에 사회에 나가 목소리를 낼 수 있을까? 나의 어린 시절만 돌아보아도 객관적으로 생각해볼 수 있다. 부모님의 영향이 컸던 나 역시 대학교 때 갑자기 주어진 자유에 어디에서부터 무엇을 해야 할지 모르고 헤맸던 기억이 있다. 그토록 어른이 되고 싶었지만 막상 성인이 되니 자유와 책임의 무게가 너무나 컸다. 다시 아이로 돌아가고 싶을 정도였다. 부모님의 품을 떠나 독립된 한 가정을 꾸렸듯이 우리 아이도 언젠가 가정을 꾸리며 완전히 독립한다. 아이의 성공이 목표가 되어버린 엄마는 결혼한 아이의 삶에도 간섭하고 싶을 것이다. 모두에게 좋지 않은 결과가 눈에 뻔하다.

자신감 넘치고 독립적이고 현명하고 지혜롭고 따뜻한 마음을 가진 아이로 멋지게 성장하기를 바라는가? 책도 많이 보고 시키지 않아도 스스로 공부하며 그 자체에 재미를 느끼는 자기수도 학습을 하기를 기대하는가? 아이의 독립과 동시에 우리도 독립하기 위해 내가 먼저 그렇게 살아가자. 무엇부터 어떻게 해야 할지 막막하다면 종이와 펜만 들고 조용한 곳으로 가자. 내가 지금 무얼 하면 좋을지? 어디에서부터 시작해야할지? 에 대한 글쓰기를 시작하자.

아이의 성장과 함께 엄마도 성장하자.
성장하지 않는 삶은 의미가 없다.

06 : 멈추는 순간 두려움은 시작된다

"글쓰기는 어쩌면 종교적 믿음과 같다.
글쓰기를 통해 보이지 않는 내면의 나를 믿는 것이 종교적인 신념과 통하는 것 같다.
종교가 신을 믿는 것이라면, 글쓰기는 내 안의 '나'를 믿는 것이다."

＊

100일 글쓰기를 처음 시작했을 때 원고지 기준으로 세 장을 넘기기가 힘들었다. 자유로운 주제로 글을 쓰되 원고지 다섯 장 이상 쓰는 것이 규칙이었다. 어느 정도 양인지 감을 잡을 수 없었다. 원고지 매수 계산하는 사이트가 있었는데 나름 열심히 타이핑한 다음 복사해서 붙여 넣으면 겨우 세 장을 넘기는 정도가 되었다. 블로그에 육아일기를 쓰기 시작한 지 100일이 넘었던 때라 분량 맞추는 건 크게 어렵지 않을 거라고 생각했다. 일기에 아이들 사진이 많이 들어가긴 하지만 꽤 많은 양의 글을 쓰고 있다고 생각했다. 원고지 다섯 장은 한 글이나 워드로 치면 A4 반 페이지 정도다. 블로그에 육아일기 쓰던 것을 복사해 A4에 붙여보았다. 놀랍게도 겨우 세 장분량이다. 블로그에 바로 글을 쓰다 보니 지금껏 어느 정도 분량의 글을 쓰고 있었던 건지도 몰랐다.

다섯 장은 채우고 싶은 마음에 기존 문장에 수식어를 더 넣는다든지, 한두 줄 더 채워 넣는 식으로 분량을 지켰다. 쓰다 보면 어떤 날은 금세 채워지는 날도 있고, 또 첫 문장에서 막혀 겨우겨우 완성시키는 날도 있었다. 지난 글들을 훑어보니 초등학교 때 일기 쓰듯이 하루 동안의 나를 되돌아보며 생각을 옮겨 적은 날은 술술 풀렸고, 너무 일기만 써도 될까? 생각이 들어 주제를 짜내어 시작한 경우는 마지막 문장까지 힘들고 어려웠다. 아무것도 쓰지 않는 것보다 무엇이라도 쓰는 편이 낫겠지만, 분량의 차이를 넘어 하루를 보내는 내 마음가짐도 달랐다. 나의 마음, 감정, 생각을 읽어주며 시작하는 하루는 달랐다. 잘 다듬어진 글쓰기가 아닌 아침에 일어나 부스스한 상태로 마음과 손이 가는대로 있는 그대로의 날것을 담은 글쓰기. 글을 쓸수록 잘 쓰고 싶다는 욕심이 생겼지만 자유로워지고 싶다는 생각이 더 컸다. 일단 100일을 완주하자는 목표로 마음이 가는대로 글쓰기를 지속했다.

글쓰기로 시작한 하루는 아이의 울음을 대하는 내 마음부터 달라진다.

"승연아, 어른인 엄마도 가끔 이유 없이 짜증이 나기도 하고 울고 싶을 때도 있어. 우리 아가가 어딘가 불편한가 보구나. 엄마가 곁에 있어줄게. 네 마음이 편안해질 때까지 꼬옥 안아줄게. 기억은 할 수 없지만 엄마도 우리 아가 만할 때가 있었겠지. 할머니도 엄마와 같은 마음이었겠구나. 아가야, 네가 편해졌으면 좋겠어. 사랑해, 사랑해, 사랑해,"

아이가 이해를 하든 못하든 마음속 깊이 내 마음이 아이에게 전달되는 것을 느끼며 중얼거렸다. 글쓰기로 내 마음을 다독이기 시작하며 마음의 여유가 생겼다. 내면의 평화가 무엇인지 어렴풋이 느끼며 나에 대한 사랑, 아이에 대한 사랑을 느꼈다.

"너는 육아가 적성이라 그런 거야~!"

종종 듣는 이야기다. 하지만 나는 단언컨대 육아가 적성인 사람이 아니다. 원래 아이를 좋아하지도 않았었고, 지금도 다른 생각하지 말고 마음 편히(?) 아이만 키우라고 한다면 못할 것 같다. 직장생활 할 때는 애만 키우라고 한다면 만사 걱정 없을 것 같았다. 그렇게 바라던 로망이었는데 내가 막상 아이와 온종일 있어보니 차라리 회사가 낫다는 생각이 들 정도로 답답했다. 보통 그렇듯 나도 승윤이를 낳고 얼마 지나지 않아서 산후 우울증을 겪었다. 특히, 아이가 우는 것에 엄청 예민했고, 스트레스를 받았다. '이런 내가 육아가 적성이라니!!!!!!' 주변에서 그렇게 느낄 정도로 내 마음이 많이 편해진 것이라고 생각한다. 승윤이는 백일 무렵까지 밤 10시만 되면 울기 시작해 지쳐 잠들 때까지 세 시간 정도 자지러지게 울었다. 안아줘도 달래지지 않는 아이를 보며 친정 엄마도 두 손을 들었을 정도다. 해가 지는 것이 두려웠다. 우는 아이를 달래면서 화냈다가 사과했다가 무시했다가 또 다시 달랬다가 그렇게 몸도 마음도 지쳐갈 즈음 100일의 기적을 맞이했던 기억이 난다. 그 때 내 마음을 나 스스로 챙길 줄 알았더라면 몸은 똑같이 힘들었을지라도 마음은 그렇게 힘들지 않았을 거라는 생각이 든다.

(함께 성장하기)

나의 내면과 소통하는 글을 쓰지만 외부와의 소통도 필요하다. 글을 쓴다는 것은 나를 표현하는 것이고 누군가 알아주기를 바라는 마음이 내제되어 있다. 우리는 독립된 개체이지만 혼자서 살아갈 수 없다. 사회 공동체의 일원으로 다른 사람과 함께 할 때만이 내 존재도 가치가 있다. 그렇기에 우리는 결혼을 하고, 또 하나의 가족을 만들고 아이를 낳고 살아가는 것이 아닐까? 또한 다른 사람의 글을 통해 타인을 이해하고, 상황에 공감하며 나를 다시 한 번 되돌아 볼 수 있다. 나의 경우 개인적인 일기는 노트에 직접 쓰고, 함께 나누며 에너지가 커지는 감사일기는 블로그를 통해 기록하고 있다.

어느새 나는 혼자만의 글쓰기에서 '어떻게 하면 많은 엄마들이 내가 경험한 것처럼 글쓰기를 통해 성장할 수 있을까? 를 고민하게 되었다. 무작정 '책을 쓰자!' 는 소망을 품고 도전한 것도 고민을 해결을 위한 하나의 방법이다. 혼자서 무언가를 시작한다는 것은 쉽지 않고, 지속하기란 더욱 힘들다. 지금까지 내가 그래왔기 때문이다. 지금 이 순간에도 어떻게 하면 엄마들과 함께 글쓰기를 이어갈 수 있을지 고민하고 있다. '너무 바쁘다. 시간이 없다. 글을 쓸 여유가 없다' 는 수많은 이유들에 대한 생각의 전환은 다음 장 '마인드' 에서 자세히 이야기하려고 한다.

'일을 하면 성과를 내라!'

직원들이 성과를 내면 개인적으로 보상이 주어지고, 크게는 회사가 발전한다. 육아와 글쓰기가 만나면 어떤 '성과' 가 있을까? 먼저 나 스스로의 자아 재발견, 자존감 상승, 성취감이 있을 것이고, 자연스레 아이에게 대하는 태도와 말투가 달라지기 시작한다. 건강한 자아를 가진 엄마와 함께 성장한 아이 역시 건강한 몸과 마음, 정신을 가진 사람으로 성장할 것이다. 이런 아이들이 주역이 될 우리의 미래는 지금보다 훨씬 발전될 것이다. 결국 엄마의 글쓰기의 최종적인 성과는 나로부터 시작하여 우리 아이와 나라의 미래까지 이어진다. 시간이 걸리는 일이기에 내 눈으로 확인하지 못할 수도 있지만 충분히 상상할 수 있는 일이다. 나의 글쓰기로 이루어지는 미래! 상상만으로도 짜릿하다. 많은 엄마들이 큰 뜻을 품고 글쓰기를 시작한다면 반드시 이루어 질 거라고 믿는다.

(지속성장하기)

매일 조금씩 나를 성장시켜 나가는 것은 평생 과제이다. 다이어트처럼 계속 관리해주지 않으면 원래의 나로 되돌아가려는 회귀본능이 있다. 현상 유지만을 위한 글쓰기라면 시간이 지날수록 흥미가 떨어질 수밖에 없다. 물론 흥미를 위한 글쓰기는 아니지만 아이들이 놀이를 통해 배우듯 글쓰기 걸음마 단계인 우리에게는 놀이와 같은 재미 요소가 필요하다. 즐거워야 지속할 수 있다. 다이어트도 55kg이 목표였다면 목표를 달성하고 나서는 근육 량을 늘린다든지, 라인을 만든다든지 등등 한발 더 나아가기 위한 목표가 필요하다.

글쓰기도 마찬가지다. 나를 돌아보고 이해하는 자아성찰의 글쓰기 습관이 자리 잡았다면 한 걸음 더 나아가는 것이 필요하다. 성찰의 도구로 글쓰기를 이야기 하고 있지만 꼭 글쓰기여야만 한다는 법은 없다. 글쓰기든 다른 무엇이든 상관없다. 나는 엄마들의 성장을 위한 메시지를 전하고자 하는 작가로서의 소명이 있었기에 글쓰기의 확장을 원했다. 그렇게 책을 출간하기 위한 도전을 시작했다. 출간기획서 작성 후 출판사에 투고하기, 브런치북 프로젝트 응모, 초고를 완성하는 도전으로 계속해서 글쓰기가 이어졌다. 이 글이 책이 되기까지 많은 과정이 있었다. 성공하느냐 실패하느냐의 여부는 크게 중요하지 않다. 오히려 실패 없는 성공은 내가 대기업에 단번에 입사했을 때처럼 가치가 낮다. 실패의 과정은 결과를 더욱 빛나게 해준다. 그만큼 스스로 가치를 부여한다. 이제는 실패를 즐기는 것 같다. 오히려 한 번에 성공하는 것이 두려울 정도다.

나는 종교가 없지만 어쩌면 글쓰기는 종교와 같다는 생각이 든다. 눈에 보이지 않는 존재인 신을 믿는 마음을 신념이라고 한다. 글쓰기를 통해 보이지 않는 내면의 나를 믿는 마음이 종교에의 신념과 통하는 것 같다. 두 개의 차이점은 종교는 신을 믿는 것이라면, 글쓰기는 내 안의 '나'를 믿는 것이다. 종교도 그렇듯 글쓰기도 직접 경험해보지 않고서는 알 수 없다. 글쓰기를 통해 사고를 확장하자 교인들의 종교에 대한 믿음까지 이해할 수 있게 되다니 놀라운 발전이다.

글쓰기의 맛을 본 사람은 기록은 내 삶의 전부라고 이야기한다.
글쓰기를 멈추는 순간 길을 잃을까 두렵다. 하지만 걱정할 필요가 없다.
늘 쓰고자 하는 마음만 있다면 지금 당장 가능한 것이 글쓰기니까.

성장을 위한 글쓰기

*

우리는 매일 넘치는 정보의 홍수 속에 살고 있다. 필요한 정보를 얻기 위해 직접 검색을 하고 교육을 듣기도 하지만 가만히 있어도 흘러들어오는 정보도 많다. 가정을 운영하고 아이를 양육하며 일까지 병행해야 하는 우리 엄마들은 생존을 위해 더욱 많은 정보에 귀 기울이고 받아들인다. 그러다보면 계속되는 Input으로 내가 무슨 생각을 하며 사는지 모른 채 나에게 벌어지는 상황에 따라 생각하게 되고 바로 내 삶이 되어버린다. '과유불급'이라는 말처럼 넘치는 것은 부족한 것만 못하다. 나만의 생각이 정리되어 있지 않은 상태에서의 무차별적인 정보는 성장은 고사하고 내 삶에서 가장 중요한 나를 잃어버리게 한다.

혼자서 육아를 하는 동안 남편의 빈자리를 책으로 채워가며 많은 부분 의지했다. 계속되는 Input에 내 생각들은 꼬리에 꼬리를 물고 이어졌다. 생각은 자꾸만 많아지는데 도통 정리가 되지 않았다. 지금 하고 있는 생각이 진짜 내 생각인지도 모르겠고, 원하는 것이 무엇인지 하고 싶은 것이 무언인지 모든 것이 혼란스러웠다. 청소하듯이 누가 내 머릿속을 정리해줬으면 했다. 끌어당김의 법칙일까? 그 시점에 '온라인 100일 글쓰기' 과정이 눈에 띄었다. 글쓰기를 전문적으로 배워본 적은 없다. 이과 – 통계학 전공 – IT분야 근무경력이 전부인 내가 100일 동안 글을 쓴다는 것은 지금 생각해도 쉽지 않은 도전이었다. 어디에서 나오는 용기였는지 모르겠지만 일단 저질렀다. 그만큼 내 머릿속은 터질 것 같았고 정상적인 삶을 위해 정리가 필요했다.

01. 생각을 정리하는 '100일 글쓰기'

"매일 하는 청소처럼 우리의 생각도 정리가 필요하다.
상황에 끌려가는 하루살이 같은 삶을 살지 않기 위해서, 우리의 생각대로 삶을
만들어 가기 위해서 생각 정리는 필수다."

✳

2015년 8월 24일, 온라인 100일 글쓰기가 시작되었다. 주제, 형식 모두 자유였다. 어떠한 글이든 매일 쓴다는 것에 의의를 두었다. 처음에는 매일 무슨 이야기를 써야할지 막막했다. 어떤 날은 내가 왜 이걸 시작했을까 한 날도 있었지만 내가 쓴 글이 쌓일수록 내가 무슨 생각을 하면서 살고 있는지 나에게 가장 중요한 가정/육아/일에 대해 진정 내가 원하는 것이 무엇인지 보이기 시작했다.

> **[1일] [2015년 8월 24일] 지금 나에게 인생의 거짓말은?**
> 『대다수의 사람들은 자신이 수행해야 할 인생의 과제 앞에서 그것을 회피하기 위한 구실로 열등콤플렉스를 끄집어낸다. 그런데 그런 구실은 대부분 주변 사람들이 '그런 이유라면 어쩔 수 없을 것 같다'고 생각하도록 만들기만 할 뿐이다. (...) 그러나 아들러가 보기에 그건 핑계에 지나지 않는다. 그런 구실을 통해 타인뿐 아니라 자기 자신도 속이고 있다는 것이다.

그래서 아들러는 그와 같은 구실을 '인생의 거짓말'이라고 불렀다.」

《아들러 심리학을 읽는 밤》

11월 중순 복직을 앞두고 있는 나.

독서를 하며 생각도 많이 해보고 내린 결론은 현재 나에게 가장 중요한 것은 돈보다는 육아라는 것이다.

운 좋게 대기업에 들어갔지만 10년 가까이 일하면서 내가 성장하고 있다는 느낌은 단 한 번도 없었다. 그야말로 수동적인 직장생활이었다.

현재 계획으로는 일단 아이들이 어느 정도 클 때까지 육아와 내조에 힘쓰고 독서와 글쓰기를 꾸준히 하며 진짜 내가 원하는 것을 찾아보고 아이가 초등학교 들어갈 무렵 정말 나를 성장시킬 수 있는 일을 시작할 생각이다.

하지만 한편 드는 생각은 '이것을 핑계로 내가 회사를 그만 두려는 것은 아닐까?' 하는 마음이다.

계속해서 그만두고 싶었던 회사다. 그만 둘 그럴싸할 구실이 없었기 때문에 그만 둘 용기도 없었다. 누구나 지금의 내 상황을 알게 된다면 회사를 그만 둘 어느 정도 합당한 이유가 된다. 나는 그걸 바라는 것일까?

아니라고, 그것보다 더 중요한 것이 나의 삶이고 육아라고, 이번 기회에 진짜 원하는 일을 찾은 후 시작할 거라고 믿는다.

지금까지 이런 저런 핑계로 회사생활을 그만두지 못했던 것이 인생의 거짓말이다!

읽고 있는 책에 대하여 생각의 확장이 이어졌다. 글쓰기가 아니었다면 읽으면서 좋다고 생각하는 것에 그쳤을 것이다. 하루 하나씩 생각이 정리되면서 마음의 묵은 때를 벗기는 느낌이었다. 쓰는 만큼 가벼워졌다.

[24일] [2015년 9월 16일] 글쓰기의 힘

항상 머릿속이 복잡했다. 끊임없는 생각들로 가득 찼고 생각이 생각의 꼬리를 물며 뒤죽박죽이었다. 정리하려고 할수록 더 엉켜버리는 느낌. 의식적으로 매일 글쓰기를 하다 보니 처음에는 무엇을 써야하나 힘들었지만 (지금도 여전히 쉽지는 않다) 매일 쓰니 쓰고 싶은 이야기도 생기고, 다를 것 없는 하루를 보내면서도 그냥 흘려버리지 않으려고 내 몸이 반응하는 것을 느꼈다. 아주 사소한 것이라도 조금만 각도를 틀면 글감이 되는 신기한 경험을 하는 중이다.

메모하는 습관도 생겼다. 아직 메모의 기술은 부족하지만 순간순간 기억하고픈 것이 생기면 우선 메모를 해둔다. 두 아이를 출산하고 급격히 저하되는 기억력이다. 10분 전 아들이 했던 예쁜 말들을 자주 잊어버리곤 했는데 바로바로 어딘가에 메모를 하고 자기 전 곱씹어 보면 흐뭇한 미소와 함께 행복한 꿈나라 여행을 떠날 수 있다. 앞으로는 메모하는 기술을 터득해야 할 것 같다. 메모 량이 많아지면서 어디에 메모를 해뒀는지 기억이 안날 때가 있다. 아직은 평범한 사람인지라.

글쓰기가 하루 일기가 되어버리는 경우가 대부분이지만 '기록'을 해두니 평범한 하루가 특별한 하루처럼 느껴진다. 기록하지 않았다면 아무것도 남지 않았을 하루. 하루하루에 묻혀 버리는 그런 똑같은 하루.

모든 역사는 '기록'에 의한 것처럼 나의 인생도 '기록'하지 않으면 존재하지 않는 거나 마찬가지라는 생각이 들었다. '기록'에 의해 '박선진'이 존재한다.

본격적인 독서와 글쓰기를 함께 하니 효과가 더 있는 것 같다. 책을 읽다가 글감이 떠오르기도 하고, 글을 쓰다보면 턱없이 부족한 어휘력에 책을 더 읽고 싶은 충동을 느낀다. 지금 내가 이야기 하고자 하는 적확한 단어가 바로 떠오르지 않을 때가 많다. 한참 고민하다가 얼추 비슷한 의미의 어휘를 찾아 끄적이지만 만족스럽지 못하다. 특히 오늘 글쓰기를 하다 더 느꼈다. 절대적인 어휘력 부족.

매일 어떤 것을 꾸준히 해나간다는 것은 분명 엄청난 힘이 있는 것 같다. 아직 그게 무엇인지 잘 모르겠지만 차차 알게 되리라 믿는다. 이제 24일째니까. 마음으로 느낄 수 있기를...

31일차 글쓰기 마지막 문장을 옮겨본다. 2015년, 나와 함께 해준 강사님과 동기 분들께 지면을 빌어 감사하다는 이야기를 전한다.

『뜻이 맞는 사람들과 함께 하는 글쓰기. 함께 하는 힘이 이 정도로 큰 줄 몰랐다. 나중에 작가가 된다면 내 첫 책의 프롤로그에 류경희 강사님과 4기 동기들의 이야기를 쓸 것 같다. 그 날이 오기를... 간절히 바라본다.』

96일째 되는 날 '어떤 사람이 되고 싶은가?' 라는 질문을 나에게 던지며, 앞으로 나에 대한 답을 찾으려 하지 말고 어떻게 나를 만들어갈지 생각해보기로 했다. 글쓰기를 통해 관점이 바뀌며 생각하는 범위가 확장되고 있음을 느꼈다.

100일 글쓰기를 하며 좋았던 것은 함께하는 동기들이 있었다는 것이다. 글쓰기의 기역도 몰랐던 내가 혼자서 시작했다면 결코 완주하지 못했을 것이다. 아무리 작은 일이라도 한 가지를 끝까지 해내는 경험은 중요하다. 100일 글쓰기 완주는 글쓰기의 근육을 키워주었을 뿐 아니라 성취 경험도 선물해주었다. 지극히 개인적인 글도 있었지만 우린 이미 한배를 탄 동지였다. 나의 글을 누군가 매일 읽어준다는 것, 댓글로 소통하며 나누는 에너지는 100일 글쓰기를 완주할 수 있었던 원천이다. 소규모 인원으로 엄마들끼리 100일 글쓰기를 한다면 몇 배의 시너지가 창출되는 그룹이 되지 않을까?

매일 하는 청소처럼 우리의 생각도 정리가 필요하다.
상황에 끌려가는 하루살이의 삶을 살지 않기 위해서,

우리의 생각대로 삶을 만들어 가기 위해서
생각 정리는 필수다.

02. 나를 알아가는 발자취 '마이북'

"프로젝트를 진행하며 사고가 확장되었고,
새로운 삶의 방향을 정할 수 있었다. 지금까지 단 한 줄이라도 꾸준히 글을 쓰며
나를 피하지 않은 결과, 내면의 깊이와 꿈의 뿌리가 단단해졌다."

✳

100일 글쓰기를 완주할 무렵 앞으로 글쓰기를 어떻게 이어갈지에 대해 고민했다. 당시 인큐 윤소정 대표가 쓴 《인문학 습관》을 읽고 있었는데 그걸 알기라도 하듯 100일 글쓰기를 함께 완주한 동기가 인큐에서 주관하는 '마이북 프로젝트'를 한다고 했다. 인큐 카페에서 양식지를 다운받아 50일 동안 매일 질문에 답하는 글쓰기를 하는 미션이었다.

100일 글쓰기의 성공 경험 덕분에 이번 프로젝트도 끝까지 할 수 있을 것 같은 자신감이 있었다. 100일 동안 내가 어떤 생각을 하며 살고 있었는지 내 마음을 들여다보고 정리하는 시간이었다면, 마이북을 진행한 50일은 조각조각 흩어져 있던 나에 대한 정보를 퍼즐처럼 맞춰가는 과정이었다. 지금껏 삶의 목적도 특별한 꿈도 없이 매일을 살았던 원인은 내 삶에 대해 진지하게 생각해본 적이 없기 때문이라는

사실을 마음 깊이 받아들였다. 50일 동안의 글쓰기는, 오늘의 내가 있기까지의 과거를 돌아보고 앞으로 나의 삶을 어떻게 채워갈 것인지 고민에 고민을 거듭했던 시간이다.

또 한 가지 기록의 힘을 느낄 수 있었던 사건이 있다. 마이북 7일째에 내 인생에 멘토가 있었으면 좋겠다는 글을 썼다. 특정한 사람을 염두에 둔 구체적인 소망은 아니었다. 단지 내 인생에도 조언을 해주고 길잡이가 되어주는 그런 분이 계시면 좋겠다는 간절한 마음을 담아 썼을 뿐이다. 그런데 마이북 36일째에 당시 읽고 있던 책(가짜부모 진짜부모)의 저자를 멘토로 삼고 싶다는 구체적인 소망을 썼고, 그 바람은 39일째에 이루어졌다.

#.미래명함 첨부

마이북에 대한 이야기를 책에 담기 위해 처음부터 끝까지 정독했다. 그리고 2017년 1월 만들었던 나의 미래명함이 1년 전부터 계속해서 생각해 오던 것들의 결과물이라는 사실을 알게 되었다.

만약 이러한 시간을 거치지 않았다면 이만큼 이룬 지금의 나도 분명히 없을 것이다. 육아휴직 중인 평범한 엄마가 누군가의 성장을 돕겠다는 꿈을 갖고 책을 집필할 생각을 어떻게 할 수 있었을까?

[#32일] [2016년 1월 3일] 글쓰기의 힘

10년 뒤, 육아하며 힘든 사람, 마음이 힘든 사람, 조금의 힘이 필요한 사람들에게 힘을 주고 싶다. 힘을 준다는 것보다 스스로 힘을 갖기 위해 디딤돌이 되고 싶다. 그들의 특징은 아주 조금의 힘이 필요하다는 사실이다. 모든 불행과 불운이 본인을 중심으로 돌아가는 것이 아니라는 사실. 인생은 정말 조금 다르게 마음먹기에 달렸다는 것. 모든 경험은 본인의 소중한 자산이라는 사실. 이런 사실은 누구나 머리로는 알고 있지만 그토록 마음으로 받아들이기 힘들다. 어떻게 하면 마음으로 느낄 수 있을지에 대한 힘을 함께 나누고 싶다. 물론, 내가 당장 그럴만한 능력은 부족하지만 10년 후엔 충분히!!! 가능할 것이다.

[#42일] [2016년 1월 13일] 경험을 디자인하라

오늘의 핵심은 경험이다.

'우리가 쌓아야 하는 실력은 경험에 비례한다. (…) 결국 우리가 어떤 분야의 전문가가 되든지 각 분야에 필요한 사람이 되기 위해서는 경험을 만들어 나가야 한다.'

나에게 필요한 것은 나의 업을 만들어 갈 경험인 것이다. 이는 지난 마이북 37일차에서 1년, 3년, 10년 목표와 달성하기 위한 구체적인 행동에 대한 것과 같은 맥락인 것 같다. 나의 업을 만들어 가기 위해, 즉 나의 목표를 달성하기 위한 구체적인 행동(=경험). 그래서 오늘은 그간 수정된 내용을 보완하여 정리해보려고 한다. 방향은 같으나 경험해야 할 것들이 수정되었다.

> **2016년.** 마이북 완주, 부모교육(PET) 수료, 글쓰기 PJT 참여
> 지인들과 육아에 대한 이야기 나눠보기(내가 경험해보지 못한 것들에 대한 간접경험)
> **2017년 ~ 2018년.** 부모교육 강사 강의수료, 부모교육 강의 시작, 내 책
> 출간, 재능기부
> **2019년.** 강사로서 안정된 위치, 승윤이 초등학교 적응, 봉사를 통한 나눔
> 실천
> **2020년.** 전문성을 위해 필요한 공부 매진
>
> 지금 진행 중이며 앞으로 하루도 빠짐없이 계속 해야 할 일은 독서와 글쓰
> 기이다. 그리고 가장 중요한 것! 육아에 매진하는 것을 포함하여 가족 경영
> 을 잘 하는 것이다.

50일 프로젝트를 진행하며 사고가 확장되었고, 새로운 인연으로 삶의 방향을 정할 수 있었다. 지금도 여전히 더욱 구체적인 계획을 세우고 수정하며 나만의 것으로 만들어가고 있다. 지금 내가 자신 있게 꿈에 대해 이야기할 수 있는 이유는 지금까지 한 줄이라도 꾸준히 글을 쓰며 나를 피하지 않았기 때문이다. 그 시간 동안 내면의 깊이와 꿈의 뿌리가 단단해졌다. 그 과정은 모두 기록으로 남아있다.

내가 했다면 당신도 충분히 할 수 있다.
이제, 마음이 조금이라도 움직인 당신 차례다.

Chapter 03

〈제 3 장〉 마인드파워로 쉬운 육아하기

많은 사람들이 엄마는 당연히 '희생'을 감수해야 하고, 육아는, '경력단절'이라고 생각한다. 사회적으로 틀린 말은 아니다. 하지만 남편 없이 두 아이를 육아하면서 글을 쓰고 꿈을 찾은 나에게 엄마란? '두 번째 삶의 기회'이고, 육아란? '축복이며 성장'이다. 우리가 살면서 마주하는 모든 것은 경험에 의해 결정되며 내가 어떤 가치를 부여하느냐에 따라 달라진다. 누구나 이 세상에 태어난 이상 고유한 자신만의 가치가 있다. 아이를 잘 키우는 것도 가치 있는 일이지만, 그것이 우리 삶의 전부일 수는 없다. 아이들이란 어쩌면 삶을 한 단계 더 성장시키기 위해 우리에게 온 선물일 수도 있다는 생각을 한다. 이러한 생각을 할 수 있는 '건강한 내면'을 만드는 것이 마인드파워 육아의 두 번째 열쇠다.

01 : 선택이론, 내부통제 vs 외부통제

"육아가 호락호락하지 않다는 것은 인정하지만,
육아를 하며 생기는 우울증 역시 내가 선택한 것이다. 그렇지 않다면 엄마들은
모두 우울증에 걸려야 하는 게 맞는 논리다. 하지만 그렇지 않다."

＊

　　　　　　우리는 매 순간 선택을 하며 살아간다. 눈도 뜨기 전 기상시간 휴대폰 알람 소리에 지금 일어날지 조금 더 잘지를 선택하며 하루를 시작한다. 등원 시간에 맞춰 아이를 준비시키기 위해 시계를 봐가며 내가 해야 할 행동을 선택하고, 오늘은 사랑하는 가족들을 위해 어떤 요리를 할지 선택한다. 바쁜 일상을 보내고 잠자리에 들기 전까지 오늘 하루에도 얼마나 크고 작은 많은 선택을 했을까? 하지만 우리 삶에는 선택할 수 있는 것이 있는가 하면 선택할 수 없는 것도 있다. 많은 것을 선택하면서 살고 있다고 생각하지만, 어떤 결과를 기대하며 선택한 것이 끝까지 내 의도대로 흘러간 적이 얼마나 되는지 되돌아보자.

선택할 수 없는 것 중 인생에 가장 큰 영향을 미치는 것은 '가족'이다. '돈 많은 집에서 태어났으면 이렇게 힘들지는 않을 텐데... 부모님이 조금만 더 지원해 줄 형편이었으면 지금보다 훨씬 잘 살 수 있었을거야. 부모 잘 만난 애들은 진짜 좋겠다.' 누구나 한번쯤 이런 생각을 해봤을 것이다. 지금 내 처지가 100프로 부모님 탓만은 아니지만, 부모 잘 만나 출발부터 다른 친구들을 보면 조금 억울한 마음이 들기도 한다. 성인이 되고 엄마가 되어서도 마찬가지다. 육아를 하면서는 '내 아이의 기질이 좀 더 순한 아이였으면 숨통이 좀 트이지 않았을까? 옆집 애는 볼 때마다 잘 먹고, 잘 웃고, 잘 놀고... 너무 편하겠다.'고 생각하면서 내가 세상에서 젤 힘든 것 같았다. 그런 것 외에도 선택할 수 없는 것은 날씨와 같은 자연적인 것, 불의의 사고, 흘러가는 시간, 상대방의 마음 등등... 수없이 많다.

"오늘 산에 가기로 한 날인데 비가 오려고 하잖아! 꼭 내가 어디 가려고만 하면 이렇더라!"

"너는 꼭 시간 없을 때 옷 다 입혀 놓으면 응가한다고 하더라!"

"이 날은 절대 안 되는데, 왜 하필 이 날인 거야... 늘 일이 꼬인다니까!"

위의 문장을 소리 내어 읽어보자. 최근 나의 일상을 돌아보며 이런 적은 없었는지 생각해보자. 눈으로 읽으면서도 벌써 기분이 좋지 않다. 이처럼 내 의지로 선택할 수 없는 일에 많은 불평과 불만을 품고 살고 있다.

12시에 만나기로 약속한 친구가 30분이나 늦었다. '누군 시간이 남아서 제시간에 나오나? 나도 시간 맞추기 위해 얼마나 바빴는데... 다른 사람 만날 때도 늦을까? 나와의 관계를 소중하게 생각하지 않는 거 아니야?' 생각할수록 짜증이 난다. 지금 내가 기분이 나쁜 이유는 뭘까? 당연히, 나는 약속을 지켰지만 친구가 약속시간에 늦게 나왔기 때문이다. 그렇다면 내가 기분이 좋으려면 어떤 상황이어야 할까? 이 경우라면, 친구가 일찍 나오는 방법밖에 없다. 결국 나의 기분을 친구에게 맡기는 것이다. 앞으로 이런 상황이 생길 때마다 내 기분은 친구 때문에 좋지 않을 것이다.

그렇다면 내가 선택할 수 있는 것은 무엇일까? 매 순간 선택을 하면서 산다고 생각했는데, 읽다보니 실제로 내가 선택할 수 있는 것이 하나도 없는 것처럼 느껴질 수 있겠지만, 다행히도 우리는 인생의 가장 중요한 포인트를 스스로 선택할 수 있는 힘이 있다. 주어진 상황에 어떻게 마음먹고, 생각하고, 행동할 것인지 선택할 수 있다. 즉, '나'에 대한 것이다.

'12시 반인데 왜 안 오지? 지난번에 예슬이 엄마 만났을 때, 그날따라 아침부터 일이 꼬여서 40분이나 늦었었지... 그 때 그 엄마가 별다른 말은 안 했지만 기분 안 좋았겠네. 살다보면 이런 일도 있고 저런 일도 있는 거지, 뭐. 내가 짜증내 봤자 결과가 달라지는 것도 아니고, 책 보면서 편하게 기다리자.'

나의 기분은 내가 선택하는 것이다. 다르게 생각했을 뿐인데 마음 상태가 달라진다. 늦은 친구에게 하는 행동에도 영향을 미칠 것이다. 이렇게 나의 생각을 선택함으로써 나의 감정과 상대방과의 관계까지 지킬 수 있다. 약속시간에 늦게 도착한 친구는 이미 미안한 마음을 갖고 있다. 그런 친구에게 짜증을 전달한다고 해서 나아질까? 서로 감정만 더 상할 뿐이다.

선택이론(Choice Theory)을 발전시킨 윌리엄 글라서(William Glasser)는 이 개념을 외부통제와 내부통제라는 용어로 정의했다. 내부통제란 나의 생각과 행동은 오직 내부, 즉 나 스스로 판단하여 선택한다는 것이다. 반대로 외부통제란 주변 환경이나 다른 사람들에게 나의 생각과 행동을 맡기는 것이라 할 수 있다. 그렇기에 외부통제를 할 경우 나의 의지로 결정한 것이 아니기 때문에 '남 탓'을 하게 된다. 책임을 회피할 수는 있겠지만 진정 스스로 통제하며 살지 않는다면 내 인생이라고 할 수 없다.

남편을 흔쾌히⑦ 중국으로 보내고 나서 주말에 나들이 가는 가족, 마트에서 오순도순 장을 보는 가족의 모습을 보면 남편이 원망스러웠다. 그 순간 나는 남편 없이 어린 아이 둘을 혼자서 키우는 처량한 여자가 됐다. 한참 아빠, 엄마 사랑을 받아야 할 시기에 한쪽 사랑만 받는 아이들까지도 불쌍하게 느껴졌다. 하지만 사실 남편이 지원할 수 있도록 허락해 준 것도 나의 선택이었다. 선택한 이상 다시 되돌릴 수 있는 상황도 아니었다. 선택이론을 공부하기 전이었지만 경험으로 부딪히며 깨달아갔다.

육아도 마찬가지다. 아이를 키우다 보면 영유아기일 때에는 답답함에 우울하기도 하고, 자아가 형성되면서부터는 말을 듣지 않기 시작해서 엄마 속을 뒤집어 놓는다.

'아이 때문에 진짜 미칠 것 같아요...'
'아이도 남편도 다 나를 힘들게 하는 존재예요, 내가 왜 이러고 살아야 하는지...'
'육아하느라 책 읽을 시간도 없다니까요... 아무것도 할 수가 없어요.'

육아가 호락호락하지 않다는 것은 인정한다. 하지만 누구나, 처음으로 엄마가 되기 위해 힘들게 거쳐 가는 과정이다. 육아를 하며 생기는 우울증 역시 내가 선택한 것이다. 그렇지 않다면 엄마들은 모두 우울증에 걸려야 하는 것이 맞는 논리다. 하지만 그렇지 않다. 심한 사람은 삶의 의미를 잃어 자살 충동을 느끼고 극단적인 선택까지 하는 반면에, 건강한 사람은 스스로 마인드 컨트롤을 하며 슬기롭게 잘 극복해나간다. 매일의 삶이 힘들고 불평, 불만이 가득한 사람은 외부통제를 하며 살고 있을 확률이 크다. 그 대부분은 외부통제를 하며 살고 있는지조차 인식하지 못한다. 몰라서 못하는 경우가 많다. 통제의 개념을 인식하는 것만으로도 마인드를 컨트롤하는 데 많은 도움이 된다.

불평하고, 남 탓하고, 우울해하는 것은 스스로 만든 습관이며, 자신의 삶에 효과적이지 못하다.

나의 의지로 바꿀 수 없는 상황이나 문제를 비난하는 대신 해결을 하는 데 에너지를 활용하자.

'모든 것은 나의 선택이다.' 라는 마인드를 장착하자!

02 : 상황을 살 것인가, 삶을 살 것인가?

"내 삶에 의미를 부여할 수 있는 것은 오직 나 자신 뿐이다.
자신에게 맞는 자신만의 자아성찰 방법을 찾자. 상황을 살지 말고 나만의 삶을 만들자.
가치 있는 상황이 모여 의미 있는 하루가 된다."

*

나에게는 평생 함께 꿈을 이뤄갈 '꿈가족'이 있다. 혈육 관계인 가족은 내가 선택할 수 없는 영역이지만 꿈가족은 그렇지 않다. 각자의 꿈을 향해 가는 과정에 마치 자석처럼 서로를 끌어당긴 멤버로 구성되어 있다. 옛말에 '끼리끼리'라는 말이 있다. 어렸을 적엔 '끼리끼리 논다'는 말이 썩 좋지 않게 느껴졌는데, 요즘은 공감이 되어 너무나 좋아하는 말이 되었다. 꿈가족끼리는 서로의 에너지를 공유한다. 내가 부족할 때에는 그들에게 충전을 받고, 반대로 그들이 필요할 때 주기도 한다.

꿈가족 중 지금은 나와 같은 꿈을 가지고 있지만 너무나 다른 환경, 다른 성향, 다른 성격, 다른 경험을 가지고 있는 언니가 있다. 닉네임이 같아서 많은 사람들에게 혼란을 주었던 언니와 알게 된 지는 4개월 정도밖에 되지 않는다. 처음에는 온라인으로 소통을 하다가 3월 초, 처음으로 오프라인에서 만났다. 첫 눈에 밝은 에너지를 느꼈고 같은 꿈을 향해 달려가고 있으니 나와 비슷한 점이 많을 거라고 생각했다. 그 후로 정기적인 독서모임과 개인적인 만남으로 더욱 친해지게 되었는데, 만날 때마다 놀람의 연속이었다. 언니와 나는 비슷한 점을 손에 꼽아야 할 정도로 달랐다. 살아온 환경, 성격, 성향... 뭐 하나 비슷한 점이 없었다. 그런데도 우리는 서로 다른 경험을 통해 같은 삶의 지혜를 배워가고 있었다. 그렇게 같은 꿈을 꾸고, 같은 사명을 갖고 성장하고 있었다.

한때 내 인생이 너무나 평범하고 굴곡이 없다는 사실에, 재미도 없고 지루하다는 생각을 한 적이 있다. 친정 부모님은 초등학교 1학년 때 살던 집에서 아직까지 살고 계신다. 거의 30년이 되어간다. 어린 마음에 이사를 자주 다니는 친구들이 부러웠다. 변화를 찾기 힘든 일상 속에서 늘 새로운 것에 목이 말라 있었던 것이다. 어린 아이였던 나는 스스로 할 수 있는 일은 아무것도 없다고 생각했다. '좀 더 크면, 네가 어른이 되면, 지금은 아직 어리니까, 커서 후회하지 말고 어른들 말 들어...' 이런 이야기를 수없이 듣고 자랐다. 물론 나 잘 되라고 하신 이야기라는 것은 알지만, 어렸을 적부터 몸에 밴 태도가 성인이 되어서까지 영향을 미쳤다. 변화, 도전, 새로운 것에 대한 두려움이 컸다. 결혼하기 전에는 부모님, 결혼 후에는 남편 눈치를 보면서 스스로 할 수 있는 일에 대해서도 스스로 울타리를 쳤다.

책을 보면 성공한 사람에게는 특별한 어려움이 있었다. 찢어지게 가난하거나 고아였거나 부모님이 알코올 중독이었거나 어렸을 때 큰 사고를 당했거나 가족 중에 장애인이 있거나 혹은 자신이 장애를 가졌거나 등... 이런 어려운 환경을 극복하는 과정에 자아성찰을 하고 '나는 누구인가'에 대한 해답을 찾아가며 성장하는 스토리다. 실제 어려움에 닥친 사람들은 그 경험을 인생의 터닝 포인트로 삼아 인생 반전을 이루기도 한다. 그렇다면 평범한 사람들은 성공할 수 없을까? 지금까지 나는 특별하지 않기 때문에 특별해질 수 없다고 생각했다. 특별하기 위해서는 남들과 다른 무언가를 꼭 겪어야 한다고 생각했던 것 같다.

언니 삶의 스토리를 듣는 동안, 지난날 내가 했던 생각들이 너무나 부끄러워졌다. 내가 알고 있는 것이 언니 삶의 몇 퍼센트 정도 되는지 모르겠지만 아마 절반도 채 되지 않을 거라 생각된다. 그럼에도 불구하고 언니의 삶은 치열했다. 그리고 지금 현재 똑같이 육아를 하고 있는 상황도 마찬가지다. 나였으면 어땠을까? 지금 언니처럼 이렇게 씩

씩하고 멋지게 살 수 있었을까? 내가 그토록 갈망하던 인생의 굴곡인데, 과연 나였다면?

언니의 둘째 아이는 2015년부터 뇌전증을 앓고 있다. 뇌전증은 아직까지 의학에서 명확한 원인이 밝혀지지 않았기에 완치할 수 있는 약이 없다. 증상을 완화 시키고 재발하지 않게 하기 위해 할 수 있는 일은 꾸준히 약을 먹이는 방법뿐이라고 한다. 상황이 조금 좋아지면 약을 하나씩 줄여갈 뿐, 근본적인 치료를 위한 처방은 아직 없는 상태다. 내가 언니랑 친해졌을 땐 둘째의 건강이 비교적 괜찮은 상태였는데, 최근에 발병이 되어 입원을 했다가 퇴원했다는 소식을 들었다. 그런데 불과 며칠 후, 다시 상황이 안 좋아져 구급차를 타고 응급실에 실려 갔고 결국 또다시 입원을 했다. 언니에게 연락은 해야겠는데 뭐라고 위로의 이야기를 해야 할지 멍해졌다. 그보다 더 큰 아픔이 있는 사람이나 연륜이 있는 어른이 힘내라고, 다 괜찮을 거라고 이야기한다면 다소 위로가 되겠지만, 겪어보지도 않은 어린 동생이 다 괜찮아질 거라고 이야기해서는 전혀 위로가 될 것 같지 않았다. 잠시 호흡을 가다듬고 집중해서 언니의 모습을 떠올려 보았다. 다시 응급실에 가고 있다는 조금 전 언니의 메시지를 떠올려 보니, 아마 지금쯤은 병원에서 그 상황에 순응하며 잘 헤쳐가고 있을 모습이 상상되었다.

불현 듯 마침 재독하고 있던 나폴레온 힐의 〈놓치고 싶지 않은 나의 꿈 나의 인생〉에 나오는 한 구절이 생각났다. 손 글씨로 정성스럽게 적은 다음 휴대폰으로 찍어 언니에게 보내주었다. 왠지 언니라면 이 상황 또한 잘 헤쳐 나갈 것이고 또 성장할 거라는 믿음이 있었다. 지금 언니에게 단순히 힘내라는 말은 필요 없어 보였다.

지금은 이렇게 강한 마인드를 소유한 언니지만, 2015년 어느 땐가 처음으로 아이가 아팠을 때에는 하늘이 무너지는 것 같았다고 이야기한다. '왜 나에게 이런 일이...' 눈물이 참 많은 여린 언니가 얼마나 많이 울었을까 상상이 간다. 이 상황을 피하고 싶고, 억울하고, 아이에게 미안하기도 하고, 아이를 보면 짠하고, 이 자체가 화가 나기도 했을 것이다. 이 상황을 내 인생의 걸림돌이 아닌 디딤돌로 삼게 된 데에는 사람의 힘이 컸다고 한다. 우리 아이보다 더 심각한 상황에 있는 아이의 엄마가 내곁에 살아있는 아이의 존재만으로 감사하는 모습을 보면서 말이다. 나혼자만 힘든것이 아니었다.

내가 메시지를 보낸 그날, 언니는 쓰고 있던 책의 초고를 완성했다. 그 상황에서도 말이다. 정말 감탄하지 않을 수가 없었다.

같은 경험을 겪었다고 똑같이 성장할 수 있을까?

언니와 나를 보며 문득 이런 생각이 들었다. 모든 사람이 하나의 상황을 겪을 때 같은 결과를 내지는 않는다. 아니, 열이면 열 모두 마치 다른 경험을 한 것처럼 다른 결과가 나온다. 개인의 생각, 과거 경험, 마인드에 따라 받아들여지는 것이 다르기 때문이다. 역으로, 다른 경험을 통해 같은 것을 깨닫고 같은 꿈을 꾸기도 한다. 언니와 나의 경우처럼 말이다.

결국, 상황을 어떻게 받아들일 것인지 마음가짐의 차이다. 이 상황을 딛고 성장할 것인지 주저앉을 것인지는 내 마음먹기에 따라 달린 일이라는 것이다. 긍정적인 마음을 갖기 위해서 중요한 것은 내가 건강한 마인드를 갖는 것이다.

《격언련벽》에는 '곤욕이 근심이 아니라 곤욕을 괴로워하는 것이 근심이다. 영화가 즐거운 것이 아니라 그 영화를 잊어버리는 것이 진정한 즐거움이다.' 라는 문장이 있다. 어떠한 상황에 놓여있을지라도 상황에 지배받지 않고 그 상황을 누리며 사는 삶이 지혜롭다는 뜻이다. 육아가 괴로운 것이 아니라 육아를 괴로워하는 것이 근심이다. 워킹맘의 삶이 근심이 아니라 워킹맘의 삶을 괴로워하는 것이 근심인 것이다. 지금의 나는 이 말을 조금 이해할 수 있다.

전혀 다른 경험, 다른 성격을 가진 우리는 지금 같은 꿈을 향해 가고 있다. 각자의 인생에서의 크고 작은 일들을 요리조리 버물려 꿈을 만들어 성장하고 있다. 언니와 나의 공통점은 꿈엄마(멘토)가 같다는 것, 독서와 글쓰기를 통해 나와 상대, 그리고 세상을 알아간다는 것이다. 그 중에서도 가장 큰 포인트는 육아를 통해 성장했고, 지금도 매일 조금씩 성장하는 삶을 살고 있다는 것이다.

언니 외에도 꿈가족들은 각자의 경험을 통해 자아성찰을 하며 인생의 주체가 되는 삶을 살아가고 있다. 우리는 삶의 소명이 뚜렷하고 나의 가치를 통해 보다 큰 가치를 실현하기 위해 행동한다. 각자 성격, 삶의 경험, 하고 있는 일도 다르지만 같은 곳을 향해 간다. 전국 각지에 흩어져 있지만, 늘 서로에게 에너지를 보내고 받으며 응원한다. 사촌이 땅을 사면 배가 아프다고 하는데 꿈가족의 성장은 나의 성장과도 같다. 한 명이 성장하면 나머지 가족들도 분명 성장할 것이라는 사실을 알기 때문이다. 우리는 진정 또 하나의 가족이다.

우리의 가장 큰 공통점은?
바로, 상황이 아닌 삶을 살고 있다는 것이다.

개인마다 자아성찰을 위한 자신만의 방법이 있다. 명상, 요가, 수

행, 기도, 기타 자기계발을 통해 내면의 나를 만날 기회를 주어야 한다. 어쩌면 글쓰기를 만나기 전의 나처럼 아직 자신만의 방법을 찾지 못한 사람도 있을 것이다.

요즘 추세가 글쓰기라고 해서 나도 꼭 글을 써야할 필요는 없지만, 아직 나만의 방법을 찾지 못했다면 일단 글쓰기를 해볼 것을 추천한다. 글쓰기는 누구나 마음만 먹으면 지금 당장 시작할 수 있는 가장 효율적이면서도 효과적인 방법이다. 이 책의 여백에 시작해도 좋다. 책을 읽으며 깨달은 점, 나에게 적용해볼 포인트를 생각하며 조금씩 뻗어나가는 글쓰기도 좋다. 결국 나로 향하는 글쓰기로 마무리 될 것이다. 똑같은 일도 글로 옮기며 나만의 가치를 부여하게 된다. 가치 있는 상황이 모여 의미 있는 하루가 된다.

오로지 내 삶에 의미를 부여할 수 있는 것은 나 자신 뿐이다. 자신에게 맞는 자신만의 자아성찰의 방법을 찾자. 상황을 살지 말고 나만의 삶을 만들자.

03 : 내 감정이 곧 내 아이 감정이다

"내 감정을 다른 사람에게 맡기지 말자.
공부 잘 하는 아들을 둔 옆집 아줌마에게 휘둘리지 말자. 내가 흔들리면 아이도 흔들린다.
내 감정은 내가 선택하는 것이고, 내 감정은 아이의 감정이 된다."

＊

EBS에서 「다큐프라임 퍼페트베이비」라는 5부작의 다큐멘터리를 제작하였다. 큰 아이가 두 살 무렵 남편과 함께 매우 흥미롭게 보았다. 5부작 중 가장 재미있게 봤던 부분은 '2부, 감정조절능력' 편이었다.

한 공간 안에 선생님과 아이가 있고, 선생님은 선물을 준다며 포장을 하는 동안 눈을 감고 있으라고 이야기한다. '선물'을 받는다고 생각하면 어른인 나도 어떤 선물일지? 기대가 되고 궁금하다. 아이들 역시 그런 마음으로 선물이 무엇일지 궁금해 하며 기대할 것이다. 포장을 하는 부스럭 소리로 더욱 아이들의 궁금증을 유발한다. 어떤 아이는 끝까지 선생님과의 약속을 지켜내고, 어떤 아이는 곁눈질로 흘끔거리기도 한다. 그토록 기다리고 기다리던 선물 상자를 받고 두근거리는 마음으로 상자의 뚜껑을 연다. 그런데 선물은 바로 '카메라 뚜껑'이다. 아이들은 황당한 선물을 보고 당황스러워 한다. '이게 뭐지? 선생님이 선물을 잘 못 넣으셨을까? 설마 이게 진짜 선물일까? 웃어야 하나 말아야 하나?' 많은 생각들이 교차했을 것이다.

"선생님 선물 어때? 마음에 들어? 정말 멋지지 않니??"라고 선생님이 아이들에게 묻는다. 이쯤 되면 선물을 잘 못 넣은 것은 아니라는 판단을 할 것이다. 아이들에게서 어떤 반응이 나왔을까?

이 실험을 하기 전, 녹화를 위해 아이와 엄마가 대기실에서 기다리며 '젠가'라는 게임을 하도록 했다. 주어진 시간 내에 블록을 쌓고 아래에서 하나의 블록을 빼내어 위로 쌓아가는 게임이다. 엄마와 아이가 합심하여 잘 쌓아가고 있는 도중 갑자기 방으로 청소하시는 분이 들어온다. 청소하는 도중 의도된 실수로 밀대가 탁자를 건드리고 블록은 와르르 무너지고 만다. 또 하나의 사전 실험이었던 것이다. 엄마들의 여러 반응을 볼 수 있었다. 아이보다 더 실망하면서 빨리 하자고 다그치는 엄마, 한숨을 쉬며 뒤로 빠지는 엄마가 있는 반면에 어떤 엄마는 10분이나 남았다며 다시 쌓기에 충분한 시간이라고 편안한 표정으로 아이에게 이야기해준다. 청소하다보면 그럴 수 있다고 우리가 아줌마를 이해하자고 이야기해주는 엄마도 있었다.

조금만 더 쌓으면 끝이었는데 다른 사람의 실수로 처음부터 다시 시작해야 하는 상황이 온다면 대체로 '화'라는 감정이 가장 먼저 생길 것이다. 마음에 이미 생겨버린 이 감정을 어떻게 받아들이고 대처하는지가 나의 감정조절 능력인 것이다.

이 두 실험은 어떤 메시지를 주려는 것이었을까? 실험 결과 블록 쌓기에서 본인의 감정조절을 잘 했던 엄마의 아이는 선물이 마음에 드는지 물어보는 선생님의 질문에 마음에 든다고 대답한다. 정말 마음에 들었던 것일까? 겨우 열 살 정도 되는 아이들이 선생님의 입장을 헤아린 것이다. 선생님이 나를 위해 정성껏 포장해준 선물이기 때문에 비록 내 마음에 들지는 않지만 기꺼이 마음에 든다고 이야기한 것이다. 결국, 엄마의 감정조절 능력은 곧 아이의 감정조절 능력이라는 이야기이다.

내가 어렸을 때만 해도 정기적으로 검사하면서 중요하게 여겼던 수치는 'IQ'였다. IQ가 높으면 영재로 분류되어 특별 관리대상으로 분류되었다. 하지만 요즘은 이야기가 달라졌다. IQ가 높다고 해서 공부를 잘 하고 학교생활을 잘 할까? IQ 높은 아이들이 행복할까? 특히, 요즘 시대에 크고 작은 사건 사고들을 보면 본인의 감정을 조절하지 못해 벌어지는 일들이 참 많다. 그 한 사람으로 인하여 피해를 보는 사람 또한 너무 많다. 요즘은 감정조절 능력이 뛰어난 사람이 공부도 잘 하고 인간관계도 잘 맺는다. 사회생활에서도 학교생활에서도 가장 필요한 능력이다.

나와 내 아이를 객관적으로 바라본다는 것은 힘든 일이지만 한 번 점검해볼 필요는 있다. 우리 아이는 어떠한가? 그리고 나의 모습은 어떠할까? 다시 생각해보면 그럴 수도 있는 일 때문에 아이에게 화를 내지는 않는가? 남편에게 서운했던 감정을 아이에게 쏟아내지는 않았었나? 나 자신에게 화가 났으면서 아이에게 '너 때문에 엄마가 못 살겠다'고 이야기하지는 않았나? 나는 잘 못하면서 아이에게 '너 잘 되라'는 식으로 내몰지는 않았나?

위 실험에서 이야기하듯이 감정조절 능력이 높은 아이로 자라기 위해서는 내가 먼저 감정조절 능력이 높은 엄마가 되어야 한다. 감정이 중요하다는 것은 알고 있었지만 엄마의 감정이 아이에게 이렇게 많은 영향을 미치는지 알지 못했다. 이때 깨달은 것이 나의 행동에 많은 영향을 주었다. 매번 실천에 옮기지는 못했지만 의식적으로 나의 감정을 조절하려고 노력했다. 아이를 위한 일이었지만 동시에 나를 위한 일이었다. 아이가 클수록 엄마가 행동을 바꾸기란 쉽지 않을 것이다. 서로 어색하기도 하고 아이가 달라진 엄마를 받아들이는 데 시간이 걸린다.

아이의 변화가 당장 눈에 보이지 않는다고 포기한다면 평생 지금과 같이 살아야 할 것이다. 지난 과거는 중요하지 않다. 오로지 현재만 있을 뿐이다. 과거의 점들이 모여 오늘이 된 것이라면 지금 이 점들이 모여 나의 미래가 된다.

승윤이와 블록 맞추기나 쌓기 놀이를 하다가 아이가 속상할 만한 상황이 생기면 당황하지 않고 침착하게 이야기해주었다. 속상했을 아이의 감정을 먼저 읽어주고, 어떻게 하면 좋을지 함께 이야기를 나눴다.

"승윤아, 열심히 쌓던 블록인데 무너져서 속상했겠다, 그치~ 엄마도 승윤이가 엄청 열심히 하는 모습 지켜봐서 알고 있으니까 속상한 거 있지~? 우리 그럼 무너지지 않게 더 튼튼하게 차곡차곡 쌓아볼까?"

"승윤아, 색칠까지 꼼꼼하게 다 한 건데 찢어져 버렸구나. 깜짝 놀랐지~ 엄마였으면 정말 깜짝 놀라서 울었을지도 몰라. 그런데 이렇게 엄마한테 이야기해주는 모습을 보니까 대견하다. 이거 어떻게 하면 좋을까? 승윤이 생각은 어때?" 하고 물으면 곰곰 생각하다가 이야기한다.

"엄마, 우리 다시 찢어지지 않게 테이프로 단단하게 붙이자!!!"

첫째와 둘째는 25개월 차이가 난다. 둘째가 네 살이 되니 오빠를 따라다니면서 참견하고 오빠가 하는 것은 다 해보고 싶어 한다. 결국 문제가 터질 때까지 쫓아다닌 후에야 상황이 종료되는데 그럴 때마다 엄마 입장에서 어떻게 상황을 마무리 지어야 할지 고민을 한다. 내가 세 자매의 첫째이기 때문에 큰 아이에게 무조건 동생에게 양보하라는 이야기나 혹은 '네가 오빠니까~'라는 말은 하지 않으려고 노력한다. 그런데 요즘은 그런 고민을 할 필요가 거의 없다. 굳이 내가 개입하지 않아도 아이들끼리 상황을 정리하기 때문이다. 한 명씩 와서 나에게 상황을 설명하며 자기편을 들어달라고 이야기하면 이렇게 대답한다.

"너희들끼리 잘 놀아보려고 하다가 생긴 문제잖아... 그치? 서로 이야기하면서 해결했으면 좋겠어. 연이가 속상한 건 알지만 오빠도 속상할거야. (혹은 반대로, 승윤이가 많이 속상했겠네.. 그런데 연이도 일부러 그런 게 아니니까 속상하지 않을까?) 둘이 다시 이야기해봐. 알겠지?"

어떻게 하는지 안 보는 척 지켜보면, 서로 간에 언성이 높아질 때도 있지만 그러다가 또 화해를 하고 언제 그랬냐는 듯 신나게 놀고 있다. 블록이 무너지면 승윤이가 먼저 "괜찮아! 다시 쌓으면 되지."라고 이야기하거나 "승연아! 괜찮아! 우리 더 튼튼하게 만들자~!!" 이야기해주면서 서로 으싸으싸 한다. 내가 봐도 승연이가 일부러 무너뜨릴 때

에는 승윤이도 사람인지라

"야! 조승연! 이거 오빠가 만든 소중한 거야! 무너뜨리면 어떻게 해! 한번만 더 그러면 혼낸다!"고 이야기하고 금세 평정심을 되찾고 다시 만들기에 집중한다. 가끔은 승윤이가 너무 참는 건 아닌지, 속으로 스트레스 받는 건 아닐까? 하는 생각에 일부러 연이를 혼내기도 한다. 그러면 승윤이는

"엄마, 연이 혼내지 마. 연이가 몰라서 그런 거야. 더 튼튼하게 만들면 되지~!" 하고 이야기한다. 물론, 항상 그런 것은 아니지만 아이가 이 정도로 본인의 감정을 조절하는 것도 대단하다고 생각한다. 남편과 우스갯소리로, 승윤이가 우리집 최고 양반이라고 이야기한다. 둘째는 아직 양보와 배려를 받는 것에 익숙하지만 아빠, 엄마 그리고 특히 오빠를 보며 배울 것이라고 확신한다.

부모라면 누구나 감정조절을 잘 하는 아이로 키우고 싶을 것이다. 아이들끼리 서로 배려하고 양보하고 건강한 경쟁을 하며 잘 자라기를 바랄 것이다. 방법은? 심플하다. 아이를 어떻게 가르쳐야 할까? 고민하고 공부할 시간에 내 감정조절을 위한 공부와 수련을 하면 된다. 나의 감정을 조절할 수 있는 만큼 아이는 그대로 배울 것이다. 더 이상 나의 감정을 다른 사람에게 맡기지 말자. 공부 잘 하는 아들을 둔 옆집 아줌마에게, 땅을 산 사촌에게 휘둘리지 말자. 내가 흔들리는 만큼 아

이도 흔들린다.

나의 감정은 내가 선택하는 것이고,
나의 감정은 아이의 감정이 된다.

04 : 나를 위한 진짜공부를 시작하다

"오늘 내가 지혜로운 삶을 살아가는 데 필요한 진짜공부는
'삶의 의미' 를 찾는 것이다. 살아가며 위기의 상황을 이겨나갈 때 생기는 질문,
나의 길을 개척하는 데 필요한 지혜는 내부에 있다."

*

육아휴직을 포함해서 약 10년 동안 나의 20대를 회사에
바쳤다. 대학교 4학년 2학기 때 처음으로 지원한 대기업에 단번에 입
사를 했다. 남들은 재수, 삼수 한다는데 별다른 노력 없이 쉽게 입사한
것을 내 인생에 큰 행운이라고 여겼다. 나 뿐 아니라 누가 봐도 그렇게
생각했기 때문에 스스로 그만둘 용기가 없었다. 마치 사랑이 식은 남
자친구를 정리하지 못하고 질질 끌고 있는 것과 같은 경우라 할 수 있
다. 과연 이 사람보다 좋은 사람을 만날 수 있을까? 또 다른 사랑이 오
기는 할까? 알 수 없는 미래에 대한 두려움으로 아닌 것을 알면서도
잡고 있는 것처럼 말이다.

내 용기가 부족해서 그런 것을, '나 아닌 누구도 쉽게 그만두기는 힘

들 것'이라며 나의 좋은 운까지 탓했다. 첫째 육아휴직 전까지는 사내에서 1년에 의무적으로 수료해야 하는 교육시간이 정해져 있었다. 개인의 업무능력 향상을 위해 시간과 돈을 투자하는 것이다. 물론 회사의 취지대로 그 시간을 통해 업무능력을 향상시키는 사람도 있지만 나의 경우는 자체 휴가였다. 보통 일주일 정도 서울에 있는 캠퍼스에서 교육을 이수하면 의무시간을 채울 수 있었는데, 이 시간은 가뭄에 내리는 '단비'와 같았다. 교육이 지루해지면 인터넷도 마음껏 하고, 오랜만에 서울에 사는 친구와 동기들도 만나고, 거기에 교육 출장비까지! 그럴 땐 진심으로 회사에 감사했다. 교육 출장은 나에게 또 다른 기회였다. 새로운 길을 탐색할 수 있는 기회. 서울 문화를 마음껏 느껴볼 수 있는 기회. 출근길에 지옥철을 타는 것이 싫었기 때문에 특별히 할 것은 없었지만 새처럼 가벼운 발걸음으로 새벽같이 출근을 했다. 역에서 나눠주는 신문을 옆에 끼고, 커피 향 가득한 카페에서 커피 한 잔을 사서 서울에 근무하는 커리어 우먼처럼 교육장으로 향한다. 교육 시작시간은 9시인데 7시 30분이면 도착한다. 가장 먼저 하는 일은 여유를 만끽하며 PC를 켜는 것이다. 포털 사이트 메인 페이지를 시작으로 요즘 무슨 재미있는 일이 있는지 훑어본 다음, 회사에서 나오면 먹고 살만한 것은 뭐가 있나 찾기 시작한다. '돈보다는 시간이 자유로운 게 좋아. 여유롭게 살고 싶어.' 그런데 막상 이제 와서 내가 할 수 있는 게 있을까 싶다. 전공을 통계학에 경력을 IT회사에서 몇년의 근무가 전부고, 프로그래밍이 적성에 맞지 않다고 생각했기 때문에 같은 업종으로의 이직은 큰 의미가 없다. 즐기면서 할 수 있는 일은 없을까? 생각해보니 대학교 때 1년 넘게 했던 커피숍 아르바이트가 참 재미있었다. 바리스타는 어떨까? 생각만으로 두근거린다. 설레는 마음으로 검색을 시작한다. '흐음...' 밑바닥부터 시작해야 하고 이름을 날릴 정도의 바리스타가 되기 쉽지 않을뿐더러 이미 시장에 넘치고 넘치는 것이 바리스타네? 헉! 게다가 근무조건도 최악이다. 주말 근무는 기본이고 시간이 더 빡빡한데다가 급여도 너무 적다. 이건 힘들 것 같다며 금세 마음을 접는다. 학원 강사는? 교과목 공부에 관심도 없고. 이런 식으로 하루 8시간, 일주일 40시간을 보내다 보면 업무했을 때보다 더 피곤하다. 몇 번의 검색 끝에 회사 밖도 별거 없단 생각에 우울해지고 아무것도 시작하지 않았는데 벌써 마음이 지친다. 저녁에 친구와 동기들을 만나서 모두 나와 같은 마음이라는 것을 확인하고, 삶이 원래 그런 것이라며 위안을 삼는다. 그리고 일주일의 교육이 끝나면 언제 그랬냐는 듯 회사로 복귀하고 일상에 적응한다. 매년 같은 과정을 반복했다. 그 자리에서 출구를 찾지 못하고 헤매고 있었다. 네비게이션의 목적지가 없으니 뭐 당연한 일이다.

어렸을 적부터 외부의 영향을 많이 받았다. 일명 착한아이 콤플렉스다. 부모님은 내가 소란 피우지 않고 차분하고 착하게 공부 열심히 하는 아이로 자라기를 바라셨다. 그리고 동생들의 본보기가 되는 착실한 언니의 모습을 원하셨다. 부모님의 뜻에 맞춰 사는 것이 정답인줄 알았다. 다른 방법이 있다는 것조차 모르고 자랐다. 그게 몸에 배어 성인이 되어서는 스스로 제한을 두었다. 작은 것 하나를 결정하는 데도 전쟁을 치르는 것 마냥 내부 갈등을 겪었다. 대부분 진짜 원하는 마음의 소리보다 외부의 목소리가 승자가 되었다. 아무도 나에게 뭐라고 하지 않는 경우에도 스스로 눈치 보기를 선택하고 합리화시키며 나의 의견을 접었다. 인간은 유일하게 생각하는 동물이라고 한다. 누구나 하루에 오만가지 생각을 하면서 살고 있다. 남들보다 더 많은 생각을 하면서 살고 있다고 생각했는데 진짜 나의 삶, 나의 인생을 위한 생각은 하지 않고 있었다. 남의 생각만 주구장창 했으니 피곤할 수밖에. 그렇게 몸만 자란 나는 자연의 법칙에 따라 엄마가 되었다. 그 때까지도 내가 무엇을 좋아하는지 모르는 채로 말이다. 내 삶을 하나의 시스템으로 비유해보면 내가 좋아하는 것을 결국 찾을 수 없는 구조로 설계되었다고 볼 수 있다. 생각의 주체가 내가 아닌데 어떻게 찾을 수 있을까? 지금껏 소위 말하는 '꿈'을 찾을 수 있는 기회 자체를 차단하고 있었던 것은 아닐까?

요즘은 정보의 홍수시대이다. 우리는 앉은 자리에서 손가락만으로 대부분의 정보를 검색할 수 있다. 중요한 것은 '내가 진정 어떠한 삶을 살기를 원하는가?, 내가 힘들어도 즐겁게 몰입할 수 있는 일은 무엇인가?' 와 같은 질문에 대한 답은 어디에서도 찾을 수 없다는 것이다. 누군가에게 의지하고, 책임을 지지 않으려는 데 익숙한 우리는 이러한 질문마저 외부에서 답을 찾고 싶어 하는 거 같다. 사람마다 시간의 차이는 있겠지만 '어떻게 살 것인가?'에 대한 답을 찾으려는 노력은 우리가 살면서 하는 가장 중요하고 가치 있는 일이 아닐까? 내 안의 외침을 정확히 들을 수 있다면 외부의 정보는 언제든 찾을 수 있다. 내가 원하는 것이 명확해진다면 끌어당김의 법칙에 의해 그것에 맞는 정보와 기회가 나를 찾아온다.

> 인간은 자기가 필요하다고 생각하는 것만 본다.(선택적 지각, 'selective perception')
> 창조적 인간은 남들이 지나치는 자극을 잡아챈다.
> 정신질환은 그 자극 중 부정적인 것만을 받아들인다.
>
> – 에디톨로지 김정운

지금까지 나는 가장 중요한 질문을 내가 아닌 외부에 던지고, 외부에서 찾고 있었다. 나의 지난 인생은 지극히 평범해 특별할 것이 없기에 나와 창조적인 것은 거리가 멀고 내 안에서 답을 찾을 수 없다고 생각했다. 스스로 기회를 차단하고 있다는 사실을 알지 못했다.

'위기는 기회다'
'위기는 기회일까?'

정답은 위기는 기회라고 믿는 사람에게 위기는 기회가 된다.

내 인생에 그렇다 할 기회를 갈망했지만 진정 위기를 기회로 만들 수 있다는 생각은 하지 않고 살았다. 말이 좋아서 기회지, 나한테 닥치면 위기일 뿐이다. 현실은 현실이니까. 대단한 사람만이 위기를 기회로 바꿀 수 있다고 생각했다. 내가 생각하는 나는 대단한 사람이 아니었다. 나 자신을 믿지 못했다.

그랬던 내가 지금은 180도 다른 마인드가 장착되었다. 위기라고만 생각했던 남편의 부재 상황에서 진정한 내 목소리를 듣는 기회를 맛보았기 때문이다. 처음엔 내게 닥친 상황이 힘들다고만 생각했지 기회가 될 거라고 전혀 생각하지 못했다. 그런데 마음을 조금 다르게 먹는 순간 기적처럼 위기는 기회가 되었다. 이와 같은 상황에서 누구는 나처럼 기회를 만들겠지만 또 어떤 사람은 기회를 보지 못하고 힘든 상황을 이겨내는 데에만 초점을 둘 것이다. 누구에게나 공평하게 삶의 '위기'는 찾아온다. 그리고 누구에게나 '위기'를 '기회'로 바꿀 수 있는 기회가 주어진다. 그것을 바꿀 마음이 있느냐 없느냐의 차이인 것이다. 즉, 다른 누구도 아닌 내 자신의 마음에 달린 일이라는 사실을 깨닫게 되었다.

'내가 처한 상황은 진짜 위기상황이라고!!!' 이야기하고 싶겠지만 같은 공식이 적용된다. 물론 현재 나를 지치게 하고 힘들게 하는 '육아'에서도 마찬가지다. 내가 정의한 것이 아니라 모든 책에서 이야기하고 있는 하나로 통하는 진리다.

'공부'란 무엇일까?

학창시절 하루 종일 엉덩이 붙이고 하던 공부가 진정 나의 인생을 살아가는 데 필요한 진짜공부가 아니라는 사실은 누구나 알고 있다. 대학교 때 배웠던 공부 또한 어느 정도 사회생활에 활용을 하지만 대부분 새로 배워야만 한다. 오늘 내가 현명하고 지혜로운 삶, 나다움을 지키며 살아가는 데 필요한 진짜공부는 '삶의 의미'를 찾는 것이다. 살아가면서 많은 위기의 상황을 이겨나갈 때 생기는 질문, 나의 길을 개척해나가며 필요한 지혜는 내부에 있다. 내면의 목소리를 제대로 이해하고, 표현하고, 알고, 내 삶으로 적용하기 위해 우리는 평생 공부를 해야 한다. 어린 시절의 주입식 공부가 아닌 내 삶을 위한 공부 말이다. 내부에 이미 존재하는 보석을 알아볼 수 있는 힘이 필요하다. 힘을 기르기 위해 독서와 글쓰기는 가장 확실하고 빠른 방법이다. 더불어 육아를 하고 집안일을 하면서도 언제 어디에서나 즉시 가능한 유일한 방법이라고도 할 수 있다. 불안한 마음에 지금은 때가 아니라고 생각한다면 '그때'는 절대 오지 않을 것이다. 결과는 나중에 생각해도 늦지않다.

05 : 내면의 힘을 기르기 위한 독서

"질문하고 답할 수 있는 힘은 내면의 힘이다.
내면의 힘이 생길수록 그대로의 나를 사랑할 수 있다. 독서를 통해 앞서간 분들의
생각을 배워 사고를 바꾸고 나를 확장시키며 힘을 기르자."

✳

(4월 11일)

학원을 갔다가 집에 와보니 엄마가 안 계셨다. 그래서 보영이네 집에
갔다. 보영이네 할머니가 엄마는 시내에 갔다고 하셨다. 그래서 나는 보
영이네 집에서 놀기로 했다. 엄마랑 보영이 엄마가 인형을 보여주시면서
보영이랑 선진이 중에서 시험을 올백 맞으면 3만원 하는 인형을 주신다
했다. 너무 놀랐다! 나는 그 인형을 갖고 싶었다. 그렇지만 안 된다. 그 이
유는 올백 나온 사람이 가져야 하기 때문이다.

(5월 1일)

오늘은 할머니네 집에 갔다. 다녀오니 어디선가 전화가 왔다. 보영이네
엄마였다. 보영이 엄마가 빨리 와보라고 하였다. 엄마는 나랑 함께 갔다.

가보니 시험지가 있었다. 그걸 해보라고 하였다. 그러면 몇 개 틀렸는지 안다고 하셨다. 그런데 5~6개 틀린 것 같았다.

초등학교 3학년 때 일기다. 어렸을 적 일을 모두 기억하지는 못하지만 확실한 것이 있다. 공부를 하며 재미있다, 즐겁다고 느낀 적이 한 번도 없다는 것! 선생님과 부모님은 '너를 위해서'라며 '기-승-전-공부' 이야기를 했다. 분명히 좋은 분위기로 이야기를 시작했는데 '그러니까 공부 열심히 해. 다 너를 위한 거야.'로 끝이 나버리니 공부는 어린 나를 힘들게 하는 것 그 이상도, 이하도 아니었다. 참 이상하다. 어떤 말로 시작해도 같은 결론이니 말이다. 지나친 관심과 기대가 공부에 대한 흥미를 갖기도 전에 큰 부담으로 와 닿았다. 또 하나 기억나는 일은 시험을 앞두고 학습지 풀이를 할 때였다. 시간 계산하는 문제였는데 유난히 헷갈렸다. 같은 문제를 연이어 틀리는 나를 보며 엄마도 많이 참았을 것이다. 내가 제대로 이해할 때까지 엄마는 그 문제에 매달렸다. 그래야 내가 제대로 이해할 수 있을 거라고 생각하셨던 것이다. 지금도 생각나는 건 그 문제를 제대로 이해해야겠다는 것보다 마음을 먹고 문제에 집중하려고 하는 만큼 집중하기가 힘들었다는 것이다. 나를 쳐다보고 있는 엄마의 시선과, 또 틀리면 어쩌지? 하는 걱정이 앞섰다. 어떻게 하면 이 순간을 모면할 수 있을까 하는 생각으로 가득 찼다. 이 순간이 너무 숨 막히고 싫어서 눈치로 상황을 해결했다.

그렇게 눈치력(눈치 보는 실력)은 커졌다. 동일한 수학문제였는지 정확히 기억나지는 않지만 같은 문제를 계속해서 틀리니까 엄마가 시험 보는 날 아침까지도 주의를 주었던 기억이 난다. 이 문제는 A가 아니고 B 방법으로 해야 하는 거라고 밥을 먹으면서까지 이야기를 들었다. 가슴이 먹먹했다. '대체 엄마는 왜 나를 믿지 못하는 걸까? 내가 그렇게 못 미덥나?' 생각이 들었다. 등교하는 내가 염려스러워 잊어버리지 말라고 몇 번이나 이야기를 하셨다. 그런데, 나는 결국 그 문제를 틀리고야 말았다. 스스로 나에게 실망감이 컸다. 하지만 그보다 엄마가 화를 낼 것이 더 걱정되었다. 엄마는 왜 나를 못 믿지? 생각했는데 나도 나 자신을 믿지 못하게 되었던 것이다.

'나는 왜 이럴까?'

어렸을 적 책 읽기도 마찬가지였다. 엄마가 큰마음 먹고 84권짜리 과학앨범을 사주셨다. 그 당시 나름 거금을 투자하셨을 테니 나와 동생이 잘 읽어주기를 바라셨을 것이다. 독서습관이 잡혀있지 않던 나에게 흥미를 북돋아 주기에는 턱없이 부족한 딱딱한 과학책이었다. 읽지 않으면 엄마한테 혼날까봐 딱 혼나지 않을 만큼만 눈치껏 읽었다. 어렸을 적 나는 똑똑하지는 않았지만 눈치는 있었다. 아직도 그 책은 친정집에 꽂혀 있는데, 놀러 가면 여섯 살인 아들은 재미삼아 책을 빼온다. 읽어달라고 해서 읽어주기도 하고 책 자체를 가지고 놀기도 한다. 둘째는 오빠 따라서 책에 있는 그림을 보며 논다. 지금 읽으면 재미있으려나? 하고 나도 몇 장을 읽어보는데 여전히 딱딱하고, 손이 가지 않는다. 어릴 적 나는 공부나 책, 그 어떤 것에도 큰 관심이나 욕심이 없었다. 이런 것들이 진정 나를 위한 것이라고 생각하지 않았다. 내가 하는 행동들은 나를 위해서가 아닌 타인을 만족시키기 위한 것이 더 컸기 때문이다.

아직도 내면은 어린 아이지만 시간은 흐르고 흘러 아이를 낳고 엄마가 되었다. 얼떨결에 육아를 시작하고 맨땅에 헤딩하던 때에 읽기 시작한 육아서. 미리 읽어뒀으면 좋았겠다며 뒤늦은 후회를 했다. 마음만 급했다. 얼른 읽어서 아이에게 적용을 하고 싶은데 마음처럼 쉽지 않다. 독서습관이 안 잡혔기 때문에 책을 읽기도 어려웠지만 아이가 책대로 움직여주지 않아서 당황스러웠다. '그러니까 애지' 라는 당연한 사실을 받아들일 마음의 여유가 없었다. 조급한 마음에 짜증이 늘어갔다. 현실의 도피처로 선택한 육아였는데 점점 피해의식이 들었다. 나만 고생하는 것 같아 억울했다. 너(아이)를 위해 내가 노력하고 애쓰고 있는데... 전혀 몰라주는 아이에게 화가 나기도 했다. 아이가, 남편이, 이 상황이 원망스러웠다. 여전히 엄마가 된 후에도 내가 아닌 '너를 위해서' 라는 관점으로 생각하고 행동하고 있었다.

'생각도 습관이다.'
나는 어렸을 적 뿌리 내린 깊고 단단한 나쁜 습관으로 힘들었다.

'이 애들은 언제 크지?'
'아이가 좀 크면 그땐 괜찮을까?'

어렸을 적에는 잔소리가 듣기 싫어 눈칫밥 공부를 했다. 직장생활을 하며 힘들었을 때도 무엇이 문제인지, 어떻게 해결할 수 있는지 깊이 있게 생각하지 않고 그 상황을 모면하기에 급급했다. 결국 벗어날 수 없을 것 같은 현실이 싫어 임신을 선택했다. 엄마가 된 후에는 육아에 발을 담근 이상 돌이킬 수 없다는 사실이 나를 더욱 힘들게 했다. 왜 스스로 무덤을 파고 들어갔는지 나를 원망하며 이 시간이 지나기를 바랐다. 매번 힘들어하면서도 해결하기 위해 근본적으로 차근차근 생각해보지 않는다는 것이 문제였다.

학창시절 시험을 본 후에는 꼭 오답노트를 작성하게 한다. 문제를 맞고 틀린 것이 중요한 것이 아니라 진짜 나의 것으로 소화시키기 위해 다시 한 번 스스로 생각하고 풀고 써보게 하는 것이다. 만약 또 틀렸다면 다시 한 번 손으로 쓰면서 내 것으로 만들어야 한다. 완벽하게 내 것으로 소화시킬 때까지 반복하면 결국 내 것이 된다. 나는 틀린 문제를 또 틀리는 것이 창피했고, 숨기고 싶었다. 몰라서 틀린 것이라고 인정하고 싶지 않았다. 그래서 한 번 틀려 정리한 문제를 또 틀렸을 경우에는 실수라고 생각하며 오답정리를 하지 않았다. 시간낭비라고 생각해서 문제만 써놓고 빈칸으로 비워놓기도 했다. 그게 쌓이고 쌓여 결국 제대로 정리하지 않은 문제가 훨씬 많게 되었다. 승윤이를 낳고 육아 책을 읽을 때도 그랬다. 마음이 급해 눈으로 스캔하듯 책을 읽었다. 읽을 때는 다 이해하는 것 같고, 나도 원래 알고 있는 거라고 우습게 넘기곤 했다. 격하게 공감을 하는 문구도 읽을 때 뿐이었다. 책을 덮는 순간 흐릿해져 갔다.

그러던 중 우연히 이지성 작가의 《독서천재가 된 홍대리》를 읽게 되었다. 내 인생에 참독서를 시작하게 해준 '인생 책'이다. 책을 읽으며 지금까지 굉장히 중요한 것을 놓치고 살았다는 생각이 들었다. 처음으로 책의 일부를 발췌하여 필사를 하며 내용을 곱씹고 또 곱씹었다. 왠지 이번만큼은 내가 가진 문제의 근본 원인을 찾을 수 있을 것 같았다.

지금까지 살면서 '열망'이라는 것을 가져본 적이 있었나?
진정한 꿈이라고 할 만한 것이 하나도 없다는 것을 깨달았다. 내 삶에 성공이나 성장이란 단어는 잊혀진 지 오래였다. 나에게 닥친 상황이 무사히 지나가기를 바랄 뿐이었다. 책을 읽으며 가슴이 세차게 두근거렸다. 아직도 그런 마음이 남아있다는 것에 설렌다. 지금까지 나의 사고방식을 통째로 바꾸고 싶었다. 많은 독서가들이 이야기하듯이 '책 속에 길이 있다'는 것을 믿어보자고 생각했다. 그리고 책을 내 것으로 만들기 위한 노력을 하며 읽기 시작했다. 눈으로만 쓱 읽었던 내가 공부하듯 책에 밑줄을 긋고 정리를 하며 읽었다. 마음을 울리는 구절을 발췌하여 필사를 하고 내 생각을 정리했다. 마지막으로 공유하고 싶은 것은 블로그에 올렸다. 시간은 배로 걸렸지만 확실히 예전과는 다른 독서였다.

그 당시 독서법, 인문학 입문서, 자기계발서를 집중적으로 읽으며 의식과 사고가 조금씩 깨어가며 조금은 다른 내가 되고 있음을 느꼈다. 이지성 작가의 《생각하는 인문학》 중 '격물치지'에 대한 내용이다.

『대학』은 격물치지를 한 사람만이 입지를 진실하게 하고 마음을 바르게 하는 성의정심의 세계로 나아갈 수 있고, 성의정심을 이룬 사람만이 수신제가치국평천하를 할 수 있다고 선언하고 있다. 당신에게 권하고 싶다. 오늘부터 스스로의 마음을 끝까지 파고드는 시간을 가져라. 그리고 당신의 본질을 깨닫기 위한 치열한 노력을 경주하라. 내가 왜 태어났는지, 나는 누구인지, 내가 진실로 하고 싶은 일은 무엇인지, 내가 진정으로 원하는 인생은 어떤 것인지, 나는 세상에 무엇을 남기고 갈 것인지 등에 대해 뜨거운 질문을 던지고, 전쟁 같은 독서와 사색을 하라. 그러다보면 어느 순간 황홀한 깨달음이 찾아올 것이다. 바로 격물치지가 이루어지는 순간이다. 그렇게 나 자신에 관한 앎을 이루었다면 마음을 진실하게 하고 바르게 하는 성의정심으로 나아가라. 그리고 수신제가치국평천하를 시작하라. 당신은 할 수 있다.

그리고 블로그에 나의 생각을 기록하였다.

나도 내가 원하는 것이 뭔지 모르겠어... 라는 말을 자주 쓰며 살아왔던 것 같다.
살았다기보다는 살아졌다. 라는 것이 맞겠지.

앞으로 혼자만이 아닌 나의 인생.
사랑하는 남편, 그리고 두 아이들과 어떻게 채워가야 할지.
어떻게 살아야 충만한 삶을 살 수 있을지.
항상 뭔가 하나 빠진 것 같고 아쉽고 행복함을 찾아야 행복하다고 느끼는 것이 아니라 삶 자체가 의미가 있고 마음이 꽉 차게 살 수 있을지...

그만 미루고 생각하고 실천해야겠다.

처음으로 나에 대해 진지하게 물음표를 던졌다. 그리고 지금까지 삶의 태도를 돌아보고, 인정하고 반성했다. 그 때부터였던 것 같다. 자투리 시간을 적극 활용하여 진지하게 책을 마주하기 시작했다. 공부하듯 읽고 쓰며 나에 대해 알아가고, 열망을 갖고 꿈을 찾기 시작했다. 주변 사람들이 나를 보며 놀랐다. 누가 시키지도 않는데 밤잠, 새벽잠을 줄여가며 책을 읽고, 쓰고 있었다.

질문을 하고, 답을 할 수 있는 힘은 내면의 힘이다. 내면의 힘이 생길수록 그대로의 나를 사랑할 수 있다. 독서를 통해 앞서간 위대한 분들의 생각을 배우고 사고를 바꾸고 나를 확장시키며 힘을 기르자. 나를 대하는 태도, 삶을 마주하는 관점을 바꿀 수 있다.

06 : 지속할 수 있는 힘–배움의 즐거움(好學)

"나에게 글쓰기는 삶을 공부하는 하나의 도구다.
공부하며 알아가는 내 인생, 내 삶이 너무나 즐겁다. 글쓰기는 내 인생의 목적과
삶의 가치이다. 아침에 졸린 눈을 비비며 글을 쓰는 이유다."

*

남편은 근면 성실하다. 매일 아침 5시 반에 일어나서 20분 만에 모든 준비를 마치고 5시 55분이면 집을 나선다. 중국 파견을 마치고 집 가까운 곳으로 부서배치를 받았다. 6시 5분 회사 버스를 타거나, 놓치면 자전거를 타고, 그것도 아니면 걸어서 출근하기도 한다. 8시 업무 시작 전까지 아침을 먹고, 전화 중국어를 하고, 추가로 또 공부를 하는 남편을 보며 어떻게 그렇게 꾸준하냐고 진짜 대단하다고 이야기하면, 남편 말로는 시골 출신(?)이라서 그렇단다. 시골 사람들이 다 남편 같지 않은 것을 알기에 웃고 넘긴다.

남편과 나는 사내 커플이다. 신입사원 때 같은 업무로 배치 받아 컴퓨터 모니터를 사이에 두고 마주 앉아서 일을 배우기 시작했다. 나도

나름 다른 사람들 보다는 일찍 출근했는데 남편은 늘 나보다 먼저 출근해 자리에 앉아 있었다. 언제부터 그랬는지 모르겠지만 내가 남편을 알고 지낸 후 항상 같은 모습이다. 사원 때 마음에 맞는 사람들 몇몇이 종종 놀러 다녔다. 그 곳에서도 남편의 근면함은 단연 돋보였다. 모두 술에 취해 잠이 들어 바닥에는 과자봉지, 술 병, 과일 껍질 등 전날 저녁의 잔재들이 널렸는데, 아침 일찍 일어난 남편이 정리했다. 물론 항상 그렇지는 못했겠지만 평소 내 눈에 좋게 보였던 남자였기에 좋은 것만 보였을지 모르겠다. 어느 날은, 남편이 정확한 장소는 기억이 나지 않는데 남들보다 조금 일찍 일어난 나에게 아침산책을 가자고 제안했다. 세수도 하지 않은 상태로 산책을 다녀왔던 기억이 참 따뜻하게 남아있다. 남편의 묵묵하고 한결같은 모습이 믿음직스러웠다. 나에게는 부족한 면을 가지고 있었던 남편의 모습에 나도 모르게 끌렸던 것 같다. 입사 동기 그 이상, 이하도 아니었지만 '이런 남자라면 평생 믿고 살아도 될 것 같다' 는 생각이 결혼까지 가능하게 하지 않았나 싶다. 나도 게으른 편은 아니다. 하지만 한결 같지는 않다. 들쑥날쑥이었다. 며칠 잘 하다가 몇 달 게으름을 피우곤 했다. 게으름을 피울 때에도 남들보다 뒤쳐질 까 마음 놓고 놀지도 못하고, 그렇다고 남편처럼 한 가지에 집중하지도 못했다. 남이 보기에 부지런하고 늘 뭔가를 하고 있는 것처럼 보였지만, 실상 나는 이것도 저것도 아니었다. 차라리 자기계발은 전혀 하지 않으면서도 지금 생활에 만족하며 다니는 동료들이 부러웠다. '그럼 너도 그렇게 편하게 살아~' 라고 이야기할 수도 있겠지만, 내 마음인데 내 마음대로 안 된다는 것이 함정이다. 내 마음대로 되는 거였다면 유유자적 즐기고 있었겠지. 그런데 지금 와서 뒤돌아보면 그렇지 않아서 참 다행이라는 생각이다. 지금의 단단한 모습이 있기까지 꼭 필요했던 시행착오의 시간이었다는 것을 지금은 알 것 같다.

요즘 나의 하루는 네 시에 시작된다. 다섯 시 기상을 실천한 지는 1년 정도가 되었는데 책을 쓰기 시작하며 네 시로 당겼다. 일어나자마자 의식의 흐름에 따라 무작정 써내려가는 '모닝페이지'를 40분 정도 하고, '책 쓰기'는 하루 A4 2.5매 정도 하는데, 두 시간 반에서 세 시간 정도 소요된다. 감사일기, 독서 등 미라클 모닝을 실천하기 위해서 시간 관리는 필수다. 엄마가 시간을 확보하는 확실한 방법은 '일찍 일어나는 것!'이다. 아이가 어린이집에 다니면 낮 시간도 어느 정도 확보되겠지만 지금은 두 아이 중 한 아이라도 일어나면 나만의 시간은 종료된다. 육아하며 시간의 소중함을 제대로 느낀다. 전날 늦게 잠이 드는 날이면 새벽에 일어나서 꽤 오랜 시간 비몽사몽 하지만 그럼에도 불구하고 졸린 눈을 비벼가며 하루를 글쓰기로 시작하려고 고집한다. 남편은 귀국 후 매일 이런 나의 모습을 보며 하루를 시작한다. 중국 가기 전과 후, 확연하게 다른 나의 모습을 보며 놀라곤 한다. 남편은 여전히 한결같다. 아마 중국에서도 같은 모습이었을 것이다. 남편이 다섯 시 반에 일어나서 거실로 나오면 나는 세상에서 가장 부스스한 모습을 하고 노트에 뭔가를 적고 있거나 키보드를 두드리고 있다. 이제 남편이 내게 이런 말을 한다. "너 진짜 대단하다. 근데 제발 좀 쉬어가면서 해." 매일 새벽에 이런 나의 모습을 알고 있는 엄마에게도 같은 말을 듣는다. "쉬면서 해라~ 몸 상할라. 공부도 좋지만 네 몸을 먼저 생각해야지." 학창시절 단 한 번도 듣지 못했던 말을 다 커서 듣고 있다. 진짜 오래 살고 볼 일이다. 앞으로 또 어떤 모습의 내가 될지 기대가 되기도 한다.

어느 날은 아이들이 동시에 감기에 걸려 병원에 다녀왔는데 집에 와서 약을 먹이려다 보니 많은 종류의 약을 섞어 물약을 만들어야 하는 것이다. 대체 무슨 약이 이리 많아? 하며 약봉지를 살펴봤다. 요즘 약봉지에는 약 성분에 대한 정보가 적혀 있기 때문에 읽어본 것이다.

"여보야, 무슨 애들 약이 이렇게 많을까? 우리 가족 중에 약사 한 명 있었으면 좋았을 텐데. 약사가 한 명도 없네. 막내 재수를 시켜야 하나?" 웃으며 그랬더니 남편이 "그냥 네가 공부해~ 요즘처럼 공부하면 충분히 약사 될 것 같아. 그게 더 빠를 것 같은데??" 하고 이야기한다. 남편 입을 통해 그런 말을 들으니 꽤 기분이 좋았다. "정말? 공부해서 약대 갈까?" 만약, 내가 정말 약대 공부를 한다면?? 혹은 가르치는 것이 좋아서 선생님이 되기 위한 공부를 한다면 어떨까? 이 열정으로 공부할 수 있을까? 진지하게 생각해보았다. 단순히 좋아 보여서 공부를 시작한다면 말 그대로 공부가 되어버릴 것 같다. 매일 새벽 토끼 눈을 하고도 글쓰기를 하려는 이유는 뭘까? 그리고 그 힘은 대체 어디에서 나오는 걸까?

> 지지자불여호지자 호지자불여락지자
> 지지자불여호지자 호지자불여락지자
> "아는 사람은 좋아하는 사람만 못하고,
> 좋아하는 사람은 즐기는 사람보다 못하다."
> 《논어》

나에게 글쓰기는 삶을 공부하는 하나의 도구다. 공부하며 알아가는 나의 인생, 나의 삶이 너무나 즐겁다. 글쓰기는 내가 추구하는 인생의 목적과 삶의 가치이다. 아침에 졸린 눈을 비비며 허벅지를 꼬집어 가면서도 노트북 앞에 앉아서 글을 쓰는 이유다.

공부는 두 가지 종류가 있다고 한다. 첫 번째, 새로운 지식 창출을 위한 배움의 공부. 두 번째, 인성을 쌓는 진짜공부다. 두 가지 다 풍요로운 삶을 위해 필요하지만 우리의 삶을 살아가는 데 꼭 필요한 공부는 후자다. 특히, 소우주와 같은 아이를 기르는 엄마라면 필수다. 아이는 성장하는데 엄마는 그 자리 그대로라면 어떻겠는가? 당장 사는 데 아무런 문제가 되지 않는다고, 괜찮다고 말할 수 있을까? 다시 책을 읽기 시작한 것은 아이를 잘 키워보고자 하는 마음에서였다. 그런데 공부를 하다 보니 어느새 나에게로 중심이 옮겨 왔다. 내가 성장하는 것이 아이가 잘 자라는 핵심 키라는 것을 알았기 때문이다. 더욱 중요한 것은, 매일 글을 쓰면서 나를 알아가고 나를 찾아가는 공부가 진정 즐겁기 때문이다. 지금의 나에게 공부는 내 삶 자체가 되었다.

어제 늦게 잠이 들었더니 매우 피곤한 새벽이다. 그럼에도 불구하고 글을 쓰는 나만의 시간을 포기할 수는 없다. 이렇게 오늘도 나의 기상시간은, 그리고 글쓰기는 지속된다. 그 힘의 원천은 '진정한 즐거움'이다. 나의 생각과 행동이 꾸준히 지속될 때만이 남편도 진심으로 나의 의견을 받아들이고 믿기 시작한다. 이런 나를 보며 남편도 아이도 새로운 자극을 받고, 함께 공부하는 가족문화가 조성이 될 것이다. 끈기를 갖는 것은 또 하나의 성공 경험이고, 더 큰 꿈을 이루어 나갈 수 있는 용기의 에너지가 된다.

배움의 즐거움을 느끼자.

Chapter 04

〈 제 4 장 〉 도전하는 엄마, 성장하는 엄마

대부분의 사람들은 어제와 같은 생각과 행동을 하면서 새로운 삶이 펼쳐지기를 바란다. 로또를 사야 복권에 당첨될 확률이 생기는 것처럼 조금이라도 다른 삶을 원한다면 새로운 행동과 생각을 해야 하는 것이 당연한 이치다. 작은 도전이라도 내 마음을 설레게 하는 것이 있다면 일단 시작하자. 설령 실패하더라도 아무것도 하지 않는 것보다 큰 깨달음과 배움을 얻을 수 있다. 도전한 만큼 성장한다. 아이 역시 엄마의 모습을 보며 도전하는 아이로 성장할 것이다. 말이 아닌 행동으로 보여주는 엄마가 되자.

01 : 내 꿈은 현재 '잉태기'!

"꿈을 포기하지 말고 하루에 조금씩이라도 나를 알아가는
시간을 만들자. 할 수 없는 것에 초점을 맞추지 말고, 할 수 있는 것에 집중하고
최선을 다하자. 육아 기간은 꿈을 잉태하는 '꿈 잉태기' 다."

*

　　　　　이렇다 할 꿈은 없었지만 엄마가 된 이상 좋은 엄마가 되
고 싶다는 마음이었다. 자신의 삶을 즐길 줄 아는 아이로 키우고 싶다
는 생각을 했다. 어떻게 키우는 것이 정답인지는 몰랐지만 아이가 커
갈수록 엄마의 역할이 매우 중요하다는 생각이 들었다. 아이에게 엄마
는 우주만큼 거대한 존재이기에 내가 어떻게 하느냐에 따라 지금 아이
의 기분이 달라지고, 하루가 달라진다. 하루가 쌓여 결국 아이의 인생
이 달라진다. 엄마도 마찬가지다. 아이와 함께 하는 시간은 아이 인생
의 일부분이지만 엄마 인생의 일부이기도 하다. 아이가 커 갈수록 좋
은 엄마가 되고자 하는 마음이 절실해졌고 결국 그 마음은 나의 꿈으
로 연결되었다.

처음에는 마음은 확실한데 어떻게 꿈으로 승화시켜야 할지, 어디에서부터 시작해야 하는지 막막했다. 간절한 마음이 눈으로 확인될 수 있는 무언가로 나타나기를 바랐다. 그 마음이 전해졌는지 2016년 1월, 지금은 나의 인생 멘토가 되어주신 옥복녀 선생님을 만나게 되었다. 당시 선생님의 첫 책 《가짜부모, 진짜부모》가 출간되었는데, 우연한 기회로 작가와 독자로서의 만남으로 맺어지게 된 것이다. 영광스럽게도 1호 독자로의 만남이었다. 선생님은 김해에, 나는 천안에 살고 있었지만 서울에서 만남이 이루어졌다. 거리가 중요하지는 않다. 만날 사람은 어떻게든 만나게 되어 있다는 것을 경험으로 공감한다. 내 이야기를 경청하시더니 책에 언급되었던 부모교육에 대한 이야기를 해주셨다. 처음 만남이었는데도 참 따뜻했던 기억이 아직도 생생하다.

　그렇게 3월에 부모교육 정규과정을 수강하게 되었다. 강의를 들으며 이 분야로 평생 공부해서 많은 엄마들에게 알려주어야겠다는 생각이 강하게 들었다. 정규 교육은 하루 8시간 3일 과정으로 총 24시간이었는데, 첫날 여덟 시간 교육을 들으며 부모교육 강사라는 꿈이 탄생되었다. 선생님께 직접 강의를 듣기 위해 천안에서 김해로 2016년에만 여덟 번 이상 왔다 갔다 했다. 아이가 있는 엄마입장에서 큰 결심이었다. 하루 집을 나설 때마다 교통편 왕복 여섯 시간, 교육시간 여덟 시간, 총 열네 시간을 아이와 떨어져 있어야 한다는 것이 보통일이 아니다. 특히 둘째는 두 돌까지 수유를 했기 때문에 새벽에 나와 저녁 늦게 집에 들어갈 때 즈음이면 얼음 팩을 가슴에 대고 있어야 할 정도로 젖이 불어있었다. 물을 많이 마시면 젖양이 더 많아지니 교육 중에 물도 마음대로 못 마시고, 점심도 많이 먹지 못했다. 수유를 못하니 크게 배가 고프지도 않았다. 저녁에 만난 아이는 하루 종일 못 먹은 젖을 먹다가 사래가 들기도 하고, 수도꼭지처럼 쏟아져 나오는 젖을 빨다가 토하기까지 했다. 무엇보다 내가 없는 시간 동안 친정엄마가 광주에서 천안까지 올라오셔서 남편과 함께 아이를 돌보아주셨기 때문에 모든 것이 가능했다. 돌이켜 생각해보면 내가 생각해도 참 기특하다. 지금까지 그렇게 열정적으로 하고 싶은 것도 없었고, 마음이 가는대로 실행에 옮긴 적도 없었다. 난생 처음으로 내가 선택한 꿈이 불타오르는 마음에 오직 교육과정을 모두 수료하고 강사가 된 나의 모습만 그렸다.

특별히 하고 싶은 게 없던 나였다. 그래서 육아가 더 힘들었다. 꿈이 없었고, 목표가 없었기 때문에 육아의 끝이 보이지 않았다. 매일 반복되는 상황이 답답하고 힘들기만 했다. 그런데 꿈이 생기고 나니 하루를 맞이하는 나의 마음이 180도 달라졌다. 내가 육아를 하면서 책을 읽고, 매일 글을 쓰고, 새로운 인연을 맺고, 꿈이 생기고, 그것을 실현해가는 과정을 다른 엄마들과 공유하고 싶다는 생각이 들었다. 아직 이루어가는 과정이지만 과정만으로 새로운 삶을 살고 있기 때문이다. 육아로 지친 엄마들이 나의 경험을 보고 용기를 얻어 그녀들도 꿈을 찾기 바라는 마음이 깊숙한 곳에서 솟구쳤다. 어떻게 하면 도와줄 수 있을까? 어떻게 하면 많은 엄마들이 꿈을 찾을 수 있을까? 그 마음으로 책을 쓰고 싶다는 생각이 들었고 '작가' 라는 또 하나의 꿈이 생겼다. 그런데 어떻게 하면 책을 낼 수 있는지 몰랐다. 검색을 하니 책을 출판하기까지 도움을 주는 곳이 꽤 많았다. 관심 없었을 때는 보이지 않던 것들이었다. 몇 군데를 알아보니 가격이 너무 사악했다. 이 정도면 돈을 주고 사는 것 아닌가? 라는 생각도 들었다. 물론 경제적으로 여유가 있는 사람이었다면 이 정도쯤은 나의 미래를 위해 쉽게 투자할 수 있을 것이다. 나의 경우는 돈도 문제였지만 아이를 맡기고 매주 수업을 들으러 가야한다는 것도 고려해야 했다. 육아를 하면서 육아로 인하여 꿈이 생겼지만 역설적으로 육아가 나의 발목을 잡는다고 생각하니 답답하기도 했다. '아, 이게 현실이구나.' 라는 생각에 위축되었다. 나도 모르게 '육아 때문에 힘들다, 못 한다' 는 생각이 들었던 것이다.

'아이 때문에' 혹은 '시간이 없어서' 라고 하지만 솔직히 가슴에 손을 얹고 생각해보면 어린 아이를 육아한다고 해서 모든 것이 불가능한 것은 아니다. 가능한 것이 있고, 조금 힘든 것이 있다. 나의 경우 '육아 덕분에' 꿈이 생겼기 때문에 '육아 때문에' 못한다며 불평하는 것은 모순이었다. 육아 때문에 시작하지 못했던 것들을 되짚어 보면, 그 당시는 아이 때문이라고 속상해했지만 결론적으로 하지 못했기에 잘 됐다고 생각 드는 것들도 있다. 예를 들면 책 쓰기 교육이 그렇다. 만약 그때 거금을 투자해 수강을 했다면 지금보다 훨씬 빨리 책이 나왔을 수도 있지만 무리한 투자로 빨리 결과를 보고자 하는 마음이 들어 조급했을 것이다. 할 수 있는 다른 방법으로 방향을 틀었던 것이 우주가 나를 도와주었나 보다며 가슴을 쓸어내린다. 그 동안 더욱 쌓인 육아의 시간, 책을 내기 위한 노력의 과정은 돈 주고도 못사는 소중한 나의 자산이다. 힘든 상황을 고집하며 돈쓰고 애쓰기 전에 일단 내 상황에서 할 수 있는 것을 찾아 최선을 다하는 것이 옳다. 의지와 고집을 구분하자.

책 쓰기 수업을 듣는 대신 일단 나 혼자 꾸준히 써볼 것을 선택했다. 아이들이 자는 시간 동안 엄마들에게 전해줄 메시지를 정리했다. 그 외에도 하고 싶은 것이 많았다. 지금까지 살아오면서 누가 시키지도 않는데 이토록 하고 싶은 것이 많은 적은 처음이었다. 책도 읽고 부모교육 공부도 해야 했다. PET는 과정을 수료해 강사가 되는 것도 중요했지만 완전히 내 것으로 소화하는 것이 더 중요하다. 시간 관리를 통해 하루 두세 시간은 책 출간을 위한 글쓰기의 시간으로 정하고,

속도는 더디지만 꾸준히 작가라는 꿈을 품고 한 걸음이라도 가까이 가기 위한 노력을 기울였다.

2016년 7월 5일, 블로그 이웃 중에 100일 동안 100번 쓰기 목표에 도전한다며 함께 할 사람을 모집했다. 목표를 하루에 100번씩 쓴다? 얼마만큼의 시간이 소요되고 얼마나 힘이 드는지 감이 오지 않았다. 그런데 해보고 싶었다. 이걸 성공하면 정말 내 꿈이 이루어질 것 같았다. 그렇게 7월 7일 일곱 명의 사람이 100일 프로젝트를 시작했다. 나의 목표는 "내 책을 출판하고, 베스트셀러 작가가 되는 것"이었다. 100번을 쓰는 일은 생각보다 어려웠다. 시간도 40분 이상 걸렸다. 처음에는 팔이 너무 아프고, 볼펜심도 빨리 닳아서 지금 뭐하고 있지? 라는 생각이 들었다. 이 시간에 다른 생산적인 걸 하는 편이 훨씬 효율적이지 않을까? 그런데 한 달 정도 지나니 적응이 되었고, 목표를 쓰면서 하루 종일 목표를 위해 어떤 것을 해야 할까? 내가 지금 할 수 있는 것이 무엇인지 꾸준히 찾고 있는 나를 발견했다. 그리고 매일 100번을 쓰고 있는 이것이 진정으로 내가 하고 싶은 일인지, 이루고자 하는 목표가 맞는지 재점검을 할 수 있는 시간이 되었다. '아, 그래서 이 무식한 방법을 쓰는 거구나.' 단순! 무식! 지속! 단.무.지 정신으로 진짜 나의 마음을 확인하고, 내 마음을 단단하게 굳혀가는 과정이었다. 결국 100일을 성공했지만 목표한 날에 소망한 것을 이루지는 못했다.

하지만 작가가 되고 싶다는 꿈이 진정 내가 이루고 싶은 꿈이라는 것을 깨달았다. 그리고 지금 꿈에 가까워지고 있다는 믿음이 생겼다. 포기하지 않는다면 언젠가는 반드시 이루어진다. 아직 그 '때'가 되지 않았을 뿐이다. 오늘도 '때'를 위해 한 걸음 내딛는 과정이 행복하다.

부모교육 강사가 되기 위해서도 최종 2년 정도 시간이 소요된다. 더 짧았다 한들 아이를 돌봐야 하는 상황으로 자유롭지 못할 터다. 지금 나에게 우선순위가 무엇인지 다시 한 번 생각해보았다. 좋은 엄마가 되기 위해 시작한 일이다. 천천히 공부하며 아이에게 직접 실습의 시간을 삼는 2년이라는 기간이 나를 위해 딱 맞춰진 시간이란 생각이 들었다. 지금껏 나에게 가장 큰 적은 '조급함'이었다. 방금 시작해놓고 얼른 결과를 보고 싶어서 스스로를 재촉하고 다그쳤다. 독서, 글쓰기, 100일 동안 100번 쓰기를 하며 때를 기다릴 줄 아는 마음이 생겼다. 조급하고 불안한 마음을 인정하고, 받아들이고, 수용하고, 이해함으로써 내 안의 불안함은 눈 녹듯 사라지고, 그 자리에 밑도 끝도 없는 나에 대한 믿음, 자신감이 생겼다.

육아 때문에 시간이 없어 뭐든 시작하기 힘들고, 직장을 그만두어야 하고, 경단녀(경력 단절 여성)가 되고, 꿈을 포기한다고 이야기하지만, 조금만 다르게 생각해보자. 꿈이 없다고 포기하지 말고 하루에 조금이라도 나만의 시간을 확보해 독서와 글쓰기를 하며 나를 알아가는 시간으로 만들자. 꿈을 찾았다면 이 기간 동안 내가 할 수 있는 것들을 찾아서 실천하며 꿈을 향해 묵묵히 내공을 쌓아가는 것이다. 곧 다가올 골든타임을 위해 김미경 대표님이 이야기 하신대로 얽힐 것을 많이 만들어 놓는 것이다. 할 수 없는 것에 초점을 맞추지 말고, 할 수 있는 것에 집중하고 최선을 다하자. 육아의 기간은 꿈을 잉태하는 '꿈 잉태기'다.

02 : 인생은 도전의 연속

"인생은 도전의 연속이다. 도전하며 성공하고 실패도 한다.
할 수 있는 것에 나를 노출시키자. 행동과 노력 없이 생각만으로 변하는 것은
단 한 가지도 없다. 내가 행동해야 아이도 행동한다."

"반에서 00등 안에 들면 가방 사줄게." 시험기간을 2~3주 정도 앞두고 이런 유혹을 받곤 했다. 때로는, 엄마가 이야기하실 때가 됐는데 잠잠하면 내가 먼저 이야기하기도 했다. "엄마, 나 시험 잘보면 청바지 사줘." 엄마가 조건을 걸었던 옷, 신발, 가방, 용돈이 갖고싶었다. 성적을 올리고 싶기도 했고, 엄마와의 약속을 지켜내는 것을보여주고 싶기도 했지만, 무엇보다 사주기로 약속했던 물건들이 탐났다. 그것들이 당당하게 내 손에 들어오는 것을 생각하며 공부했다. 그런데 내 기억 속에는 목표한 등수 또는 점수를 달성해서 당당히 선물을 받은 적이 거의 없다. 늘 아쉽게⁽?⁾ 목표에 달성하지 못했다. 시험공부를 시작할 당시에는 의지에 불타오르지만 오래가지 않았다. 어떻게하면 목표한 등수 안에 들 수 있을까? 3등을 올리면 되는데 내 앞에 세

명이 누구더라? 개중에 만만한 세 명을 찍어놓고, 목표 평균점수를 세운다. 그러려면 과목별로 몇 점을 더 받아야 하지? 국어는 내가 잘 못하니까 이번에도 점수를 올리기는 어려울 것 같고, 수학은? 이번 시험 범위가 어려운 부분인데... 만만한 예체능 과목들을 보며 이것들 몽땅 만점을 받아보기로 한다. 다른 애들도 이 정도는 다 하는데 3등을 어떻게 올리지??? 아무래도 이번에 힘들겠는데? 선물을 받기 위해서는 목표 달성을 해야 하고, 목표 달성을 위해서는 지난번 시험보다 더 열심히 공부를 해야 한다. 어떤 전략으로 과목별 점수를 올릴지 지난번과 어떤 차별화를 둘지에 초점을 맞춰야 하는데 약속한 등수에만 열을 올리니 다른 친구들 성적까지 걱정이다. 그 생각으로 이미 불가능을 예상한다. 시험기간이 가까워질수록 마음만 급하다. 엄마에게 들을 핀잔의 목소리가 벌써부터 들리는 것 같다. 열심히 해보려고 했던 마음은 이미 식어 버린 지 오래고, 얼른 시험이나 끝났으면 좋겠다는 마음만 한 가득이다. 드디어 시험이 끝났다. 엄마는 말은 강하게 하지만 마음은 약한 분이다. 감자튀김에 따라오는 케첩처럼 엄마의 잔소리가 따라오긴 했지만 약속을 못 지켰는데도 대부분 사주셨던 기억이 난다. 엄마에게 미안한 마음에 다음 시험엔 꼭 잘 보겠다는 스스로의 다짐으로 나와의 약속을 하지만 다람쥐 쳇바퀴 같은 반복이었다. 학교에서도 상황은 비슷하다. 담임선생님은 전체 평균 반 등수로, 과목별 선생님은 해당과목 평균 점수로 반끼리 경쟁을 시켰다. 공부 잘 하는 상위권 아이들은 선생님의 말씀에 책임감을 느껴, 그렇지 않아도 잘 하는데 더욱 불타오른다. 정작 잘 받쳐줘야 하는 중위권 아이들은 자신의 이야기와 관계없는 이야기로 흘려듣는다. 엄마 덕분에 원하던 물건은 대부분 손에 들어왔지만 기쁨은 아주 잠시였다. 성공에 대한 경험치가 낮았기 때문에 결과에 대한 걱정과 염려도 컸다. '실패해도 괜찮다, 누구나 실패를 하고, 실패를 하며 배우는 거야.'라고 이야기해주는 사람이 없었다. 혼자서 두려움의 장벽을 뛰어넘을 만한 내면의 힘도 부족했다. 도전이라는 것은 언제나 부담스럽고 나를 힘들게 했다. 어른이 되면 시험을 보지 않아도 되니까 행복할 거라고 철썩 같이 믿고 있었다.

그런데 그런 나의 믿음은 모두 정반대임을 깨달았다. '학교 다닐 때가 젤 편하고 좋은 거다.'라는 말은 취업하고 뒤늦게 느꼈고, '애기가 뱃속에 있을 때가 젤 편하고 좋은 거다.'라는 말은 출산을 하고 나서야 온 몸으로 느꼈다. 가능하다면 다시 자궁 속으로 넣고 싶을 만큼 힘들었다. 미련하게도 늘 당시에 새겨듣지 않고 몸으로 부딪히고 나서야 '아~ 정말 그렇구나' 하고 깨달았다. 아이를 키우다보면 우리 아이보다 연령대가 빠른 아이를 키우는 선배 엄마들에게 '걷기 전이 편한 거야', '말 못할 때가 좋은 거지', '그래도 학교 다니기 전이 편하다'라는 식으로 매번 앞으로 더 힘들 거라는 이야기를 들을 것이 분명하다.

그러니 지금 힘들다고 생각하지 말고 현재를 즐기라는 이야기겠지만, 과거의 나는 그런 이야기를 들을 때마다 답답했고, 뭔가 다른 것을 시도해볼 마음조차 들지 않았다. 어차피 더 힘들어질 텐데 뭐하러 애쓰나? 하는 생각이었다. 그래도 가만히 있는 성격은 아니라 이것저것 많이 기웃거렸다. 그런데 끝은 짜놓은 시나리오처럼 비슷했다. 시작은 하는데 뭔가 조금 더 나아가야 하는 상황이 오면 지레 겁을 먹고 포기하는 것을 반복했다.

그러던 차 남편의 중국 파견은 어쩔 수 없는 도전을 선택하게 된 인생의 전환점이 되었다. 첫째 29개월, 둘째가 백일 무렵이었을 때 남편 혼자 중국으로 파견을 가게 되었으니 대책 마련이 필요했다. 1년 동안 친정에 가있는 건 어떠냐고 남편이 물었을 때 가장 좋은 방법이라고 여겨졌다. 유일한 방법 같았다. 친정이 광주라서 멀긴 했지만 무엇보다 안전하고, 내가 덜 힘들 거라고 생각했던 것이다. 이미 머릿속으로 '우리 짐 중에 어떤 것을 가지고 가야하나? 아이들 책은 너무 많고 무거운데 어쩌지? 그렇다고 책을 포기할 수도 없고...'를 고민하고 있었다. 그런데 변수가 생겼다. 친정집이 주택이라 아이들이 오래 지내기에 환경이 안 좋다고 친정 엄마가 걱정을 했다. 남편은 친정집 근처에 투룸이라도 구하는 것이 어떻겠냐고 했다. 남편 입장에서 최선의 시나리오였을 거다. 한동안 그 문제로 고민을 했다. 지나고 보니 하나의 에

피소드가 되었지만, 그 당시에는 인생 최대의 위기였다. 답도 없는 고민을 끝도 없이 하다 보니 두통이 왔다. 무엇이 문제일까? 어떻게 하면 좋을까? 천천히 다시 생각해보았다. 광주로 간다고 한들 결국 두 아이를 책임져야 하는 것은 엄마인 나 자신이었다. 애들은 여전히 나를 찾을 테고, 천안에서 10년을 넘게 살아 우리 짐이 다 여기 있으니 아무래도 광주생활은 한계가 있을 것이다. 나만 괜찮다면 천안에 있는 편이 모두에게 편하다는 결론을 내리고 남편에게 이야기했다.

"여보, 그냥 천안에서 셋이 지내볼게!" 남편은 염려스러운 표정으로 물었다. "괜..찮...겠어???" 어디서 갑자기 자신감이 생겼는지 모르겠지만 또박또박 이야기했다. 잘 지낼 거니까 걱정하지 말라고. 그러니 여보도 그 시간 충분히 즐기다 오라고. 절대 후회가 남지 않게 미련 없이 즐기다 오고, 돌아와서 가족과 함께 하는 시간에 최선을 다해달라고 이야기했다. 그렇게 이야기할 당시에는 몰랐지만, 지나고 보니 내가 두 아이를 혼자서 책임지고 천안에 남겠다고 선언한 것이 지금까지의 내 삶에 스스로 내린 첫 번째 도전이었다.

학창시절 어중간한 성적은 어중간한 나의 성격을 더욱 어중간하게 만들었다. 성적이 더 떨어질까 전전긍긍하며 그 순간의 목표는 있었지만, 성적이 떨어지지 않기 위한 하루살이 공부를 했다. 남편이 중국에 가면서 어린 두 아이와 나만 남겨지게 된 상황은 (훨씬 더 힘든 상황에 놓인 사람도 많지만) 온실 속 화초 같은 생활을 하던 나에게 야생이었다. 지금까지 평탄해왔다고 여긴 인생의 최대 위기 상황이었다. 2014년 12월부터 3개월 동안은 주말부부로 지내다가 2015년 3월 최종 출국을 했다. 처음 한 달은 내가 왜 혼자서 해본다고 했을까? 하는 생각이 들만큼 힘들고 외로울 때도 있었다. 한 달 하고 보름 정도 지나니 적응이 되었다. 신기한 일이었다. 더 이상 내려갈 곳이 없다고 여겨지니 오히려 마음이 편했다. 어쨌든 내가 한 선택이었고, 못해도 본전이었다. 내가 한 선택을 시작으로 나도 모르게 지난날 한참 떨어져 있던 자존감이 한 단계씩 회복되고 있었다. 뭘 해도 괜찮을 것 같다는 생각이 들었다. 남편과 공유를 위해 블로그에 육아일기를 쓰기 시작하면서, 2015년 7월 7일 '독서 천재가 된 홍대리' 라는 책을 만났다. 제목은 많이 들었던 책인데 적절한 때를 기다리다가 짠~ 하고 나타난 것처럼 정말 시의적절한 때에 만났고, 그렇게 책의 세계로 빠져들었다.

그렇게 2015년 하반기 50권 책 읽기에 도전을 했다. 결국 50권은 못 채웠지만 사회생활을 시작한 2006년부터 그때까지 읽었던 책보다 그 6개월 동안 읽은 책이 더 많은 듯하다. 책의 매력에 푹 빠졌다. 자투리 시간에 스마트폰 대신 책을 읽고, 책을 읽기 위해 잠을 줄였다. 원래의 나는 넘치는 시간을 주체하지 못해 일부러 아이들과 함께 늦게 일어났다. 그렇게 늦잠을 자고 일어나서 어영부영 하다보면 오전 시간은 그냥 지나갔다. 그래야 오후 시간도 정신없이 더 잘 가기 때문이었다. 그랬던 내가 책 읽을 시간을 내기 위해 잠을 줄이게 된 것이다. 시간이 갈수록 쌓여가는 생각을 풀어내고 싶은 욕구가 강하게 생겼고, 앞에서 몇 차례 언급한 온라인 100일 쓰기에 도전했다. 2015년 8월 24일 첫 번째 날을 시작으로 12월 1일에 마무리했다. 읽기와 쓰기의 욕구가 남들보다 늦게 찾아온 만큼 속도가 빨랐다. 국어와 국사가 싫어서 이과를 선택한 나였기에 뭔가를 쓰고, 쓰기를 넘어 책을 내고 싶다는 생각을 하게 될 줄은 상상하지도 못했다. 2015년, 남편이 없던 1년 사이에 나는 다른 사람이 되었다. 2016년 11월, 제대로 된 책 쓰기를 시작하기까지 1년 3개월 동안 쓰기의 도전이 이어졌다. 뭔가를 꾸준하게 쓰고 싶어서 가벼운 마음으로 시작했던 온라인 100일 쓰기였다. 100일 완주는 나에게 성공 이상의 성취감을 느끼게 해주었다. 끌어당김의 법칙이었을까, 100일을 마무리 하고나서 함께 글쓰기를 했던 동기를 통해 '인큐'에서 주관하는 '마이북 프로젝트'를 알게 되었다. 50일 동안 나를 돌아보는 글쓰기를 하고, 남은 50일은 자유로운 글을 써서 100일을 완성시키는 것이다. 할 수 있을까? 생각하기도 전에 '그래, 이거야!!!' 라는 마음으로 카페에 가입하고 '마이북 프로젝트'를 시작했다. 예전 같았으면 이걸 시작하면 끝낼 수 있을지? 달력을 보며 일정을 체크하고, 하루에 얼마만큼의 시간이 소요되는지 다른 사람들의 후기는 없는지 하나하나 체크하며 하지 못할 이유를 만들었을 것이다. 지금의 나는 달라졌다. 나도 놀랄 만큼 나 자신을 믿고 있었다. '해봐도 될까?' 가 아닌 '할 수 있다.' 는 생각이 들었다. 100일 동안 마이북을 진행하는 일 역시 쉬운 일은 아니었다. 검사하는 사람도 없었고, 내 글을 꾸준히 봐주는 사람도 없었다. 그래서 마음이 헤이해질 때도 있었다. 하지만 몸이 편한 걸 선택하자니 마음이 너무나 불편했다. 하루 늦춘들 누구하나 뭐라 할 사람도 없었고, 눈치 챌 사람도 없었지만 단 한 사람! 내가 나를 지켜보고 있다는 사실이 끝까지 완주하게 했다. 마이북을 진행하고 확실해진 것은 내가 평생 글을 쓰며 살 것이라는 것이었다. 잘 쓰지는 못하지만 글을 쓸 때 가장 나다움을 느끼고, 힘들어도 나 자신에게 온전히 몰입하는 나를 발견할 수 있었다. 200일을 완주한 성공과 함께 내가 무엇을 좋아하는지 알게 된, 굉장한 수확이었다. 2015년 12월 3일부터 2016년 3월 14일까지 100일을 더해 200일이 되었다. 그 즈음 되니 매일 무언가를 쓰지 않고서는 허전했다.

글쓰기 습관을 위한 100일 글쓰기 도전으로 나의 글 쓰는 인생이 시작되었다. 지금은 눈뜨면 가장 먼저 하는 일이 글쓰기이다. 아무 생각 없이 일단 일어나서 노트를 펴고 의식의 흐름대로 적는다. 졸리면 졸린 나의 상태에 대해 적는다. 왜 이 시간에 힘들게 글을 쓰고 있는지 의문이 든다면 그 의문을 적고 답을 적어 내려간다. 그 다음 물을 한 잔 마시고, 목적이 있는 글쓰기를 한다. 요즘은 매일 책 집필을 위한 글쓰기와 일주일에 한번 〈마인드 스쿨〉 카페에 글을 올린다. 매일 새벽 세 시간 반 글쓰기를 하고난 후에야 진짜 내가 나임이 느껴진다.

마이북 프로젝트 도전 이후로도 쓰기의 도전은 계속되었다. 마이북 프로젝트 마지막 날인 3월 14일부터 《뜨겁게 나를 응원한다》 필사 100일을 시작하여 완주했고, 2016년 5월 15일부터는 위에 언급한 마인드 스쿨 카페에 일주일에 한번 글을 올리고 있다. 글쓰기에 관심이 있다는 것을 알게 되고나서 기회들이 눈에 보이기 시작했고, 망설임 없는 도전으로 기회들을 잡아갔다. 더 이상 새로운 도전은 두려움의 대상이 아니었다. 실패 속에서도 배울 점이 있다는 것, 실패가 없는 성공은 없다는 것, 실패로 더욱 단단해질 수 있다는 것을 온 몸으로 느끼며 '이거다!' 싶은 것은 바로 도전하게 되었다.

인생은 도전의 연속이다. 도전하며 성공을 하고 실패도 한다. 이 경험으로 인해 우리의 삶은 더욱 풍성해지고 어제보다 나은 오늘, 그리고 더 나은 미래를 꿈꿀 수 있다. 지금 내가 원하는 것, 할 수 있는 것에 나를 노출시키자. 행동과 노력이 동반되지 않는 생각만으로 변하는 것은 단 한 가지도 없다. 오히려 지나친 생각으로 머리만 아플 뿐이다.

내가 행동하지 않는다면 우리 아이도 행동하지 않게 될 것이 뻔하다.
행동하지 않는 엄마가 하는 말을 누가 진심으로 받아들일까?

바로 지금 도전하라!
도전은 내가 선택하는 것이다.
내가 선택하는 삶이 진정 나의 삶이다.

03 : 도전하고 실패하라! 그리고 다시 일어서라!

"실패하면서 또 하나의 경험이 쌓였다.
신기한 것은 처음 실패했을 때처럼 길을 잃었다는 생각이 들지 않았다.
실패를 통해 내면도 단단해졌다. 그리고 글쓰기를 계속할수록 내용도 풍부해졌다."

*

글을 쓰다 보니 막연히 책을 쓰고 싶다는 생각이 들었다. 워낙 이것저것 해보고 싶은 것들이 많았던 나였다. 당장 하지 않으면 안 될 것 같다가도 그 순간을 넘기면 언제 그랬냐는 듯 다른 것에 눈을 돌렸다. 정말 하고 싶었던 거 맞나? 싶을 정도로 마음이 쉽게 변했다. 어쩌면 책을 내고 싶다는 것도 그 중 하나일 수도 있다는 생각이 들었다. 책을 내기 위해 무엇부터 어떻게 시작해야 할지도 몰랐지만, 그 마음이 진짜 나의 마음인지 구분할 수가 없어서 조심스럽기도 했다. 또 한편으론 '네가 감히 책을 쓸 수 있을 것 같아? 어떻게 쓰려고? 너무 늦었어. 애 키우면서 언제 쓸래? 누가 읽어주기나 한데?' 마음 속 비판자가 나를 조롱하는 소리가 들렸다. '할 수 있어!' 했다가도 금세 겁이 났다. 나는 생각이 참 많다. 그래서 실행하기도 전에 생각만으로 꽤 앞서 가버리는 경향이 있다. 일이 어떻게 흘러갈지 예측을 하며 많은 경우의 수를 머릿속에서 마인드맵처럼 뿌리를 이어나가는 것이다. 그러다 보면 가능할 것 같은 일이 단 하나도 없었다. 머리가 아파왔다. 이번에도 생각만으로 지쳐버릴 것 같았다. 크게 심호흡을 하고 지금 내 상황을 돌아보았다. 마음을 가라앉히니, 책을 낸다면 좋겠지만 지금 당장 결과물이 없어도 괜찮다고 생각되었다. 매일 책을 읽고, 글쓰기를 하는 지금도 충분히 행복했다. 책이라는 것에 초점을 맞추니 글쓰기의 본질에 대해 잠시 잊고 있었다. 한 권이라도 책을 낸 사람은 단 1퍼센트라고 한다. 그만큼 쉽지 않은 일이다. 일단 내가 할 수 있는 것에 집중해서 최선을 다하자는 결론을 내리고 그 날도 어김없이 필사로 하루를 시작했다. 그 때가 《뜨겁게 나를 응원 한다》필사 중이었는데 이 책을 대체 누가 쓴 걸까? 하고 봤더니 '조성희' 대표님이셨다. 한때 한국에서 열풍이었던 《시크릿》의 주인공인 밥 프록터의 유일한 한국인 비즈니스 파트너라고 쓰여 있었다. 지금껏 이 책을 누가 쓴지도 모르고 필사를 하고 있었는데, 누구인지 확인한 순간 처음 보는 분인데도 가슴이 두근거렸다. 그리고 그 분이 운영하고 있다는 카페에 가입했다. [공지사항]이 한눈에 띄었다. 어메이징 땡큐 작가 3기를 모집한다는 공지였다. '어메이징 땡큐'란 온라인 카페 내에서 매일 아침 함께 감사하기를 실천하는 것이다. 해당 요일의 작가가 그날을 열어주는 글을 올리면 댓글로 각자 감사 일기를 적는 것이다. 작가는 자신의 글에 달린 댓글을 읽고 답글을 달아주는 방식으로 온라인상 감사의 소통을 하는 방법으로 구성되어 있다. 5월 12일까지 모집을 한다고 되어있었는데 오늘이 5월 7일이었다. '좀 더 생각해볼까?' 아주 잠시 고민하는 사이 왠지 미루면 안 될 것 같은 강한 느낌이 있었다. 바로 장문의 지원서 메일을 보냈다. 가입을 하고 우연히 보게 된 공지였는데 지원서를 작성하면서 꼭 하고 싶다는, 해야만 한다는 확신이 들었다.

《 뜨겁게 나를 응원 한다 》

Day53. 고통은 위대함으로 가는 친구

과정을 고통이라고 느끼면
고통이 된다.
하지만 그것을 과정으로써 즐기면
즐거움이 된다.

지금 고통스러운가?
내가 원하는 방향으로 가는데
자꾸 턱턱 막히는 느낌이 드는가?
그것은 위대함으로 가는

가장 좋은 친구라는 사실을 잊지 마라.

어메이징 땡큐 작가를 지원하던 날 아침 필사한 페이지이다. 매번 나에게 필요한 문장을 선물 받는 것 같았다. 나 스스로를 옭아매는 고통은 위대함으로 가는 가장 좋은 친구라는 생각이 들었다. 내가 선택하는 모든 것을 성장하는 하나의 과정으로 삼기로 했다. 신청기간이 12일까지였기 때문에 메일을 보내놓고 5일 후 답장을 받겠지 하는 마음으로 편히 기다렸다. 그런데 그날 오후 3기 작가로 선정되었다는 메일이 왔다. 메일의 제목을 보고, 떨리는 손으로 클릭을 했다. 본문을 읽는 내내 심장이 터질 것 같았다. 작가가 되기 위해 어떻게 무엇을 해야 할지 막막해하던 내가 받은 선물이었다. 그렇게 나의 고정적인 글쓰기가 시작되었다.

카페 내에서는 공식적으로 나를 '작가' 라고 불렀다. 처음엔 스스로 어색했지만 마치 내 옷인 마냥 금세 편해졌다. 그리고 진짜 작가가 되고 싶다는 꿈을 갖게 되었다. 마인드 스쿨에서 운영하는 마스터 마인드 기본과정(2주)을 수강하며 명확한 목표와 신념이 가장 중요하다는 것을 깨달았다. 더 이상 꼬리에 꼬리를 무는 생각을 이어가며, 맞는지 아닌지 고민하지 않기로 했다. 어떤 글이든 스스로 '작가' 라고 생각하며 쓰기 시작했다. 육아휴직 중 새로 생긴 꿈이 '부모교육 강사' 였다.

그리고 '나의 가치로 많은 사람들에게 선한 영향력을 주어 그들의 행복, 나아가 인류의 발전에 힘쓰자'는 삶의 소명이 생겼다. 건강한 부모 아래 건강한 아이가 자랄 수 있다고 믿는다. 부모교육 강사가 되어 효과적인 부모가 되는 법을 많은 사람들에게 가르치고 실천한다면 결국 나라의 발전에도 영향을 줄 거라 믿는다. 생각해보니 책을 출판하는 것은 나의 소명에 일치하는 목표다. 나도 그랬듯이 책만큼 사람들에게 많고 큰 영향을 주는 게 없다. 우리나라 사람의 독서하는 비율이 낮다고는 하지만 점점 책 읽는 문화로 바뀌어가고 있다. 책은 내가 죽어서도 숨 쉬고 있을 테니 소명을 다하는 삶을 사는 데에도 딱이다.

막상 쓰려고 하니 어떤 이야기를 써야할지 고민이 되었다. 그래도 책을 쓰려면 주제가 있어야 했으니 말이다. 시중에 정말 많은 육아서와 자기계발서들이 하루에도 몇 권씩 출판되기 때문에 나만의 차별화가 있어야 했다. 육아 관련 책을 쓰기에는 아직 아이들이 너무 어리고 경험도 부족하고, 자기계발서를 쓰자니 내가 이뤄놓은 것이 없었다. 나는 지금 육아휴직 중인 엄마일 뿐이니 말이다. 내적으로는 육아를 통해 꿈도 생기고 내면이 180도 바뀌었다고 할 수 있지만, 나를 잘 모르는 사람이 보기에는 특별히 달라진 것이 하나도 없었다.

그 당시 예전에 발 담글 뻔했던 책 쓰기 과정이 진행되고 있던 곳에서 연락이 왔다. 2015년 12월에 책을 당장 써야겠다는 생각이 들어 책 쓰기 코칭을 해주는 곳에 일일 특강을 듣고 100만원 계약금을 걸었던 적이 있다. 집에 와서 생각해보니 총 들어가는 비용도 만만치 않았다. 그 비용을 지불하면서까지 책을 내고 싶지는 않다고 결론을 내렸고 다행히 100프로 환불을 받았던 곳이다. 그 곳에서 새로 시작하는 기수에 한 자리가 남았는데 기회를 주는 차원에서 연락을 준 것이다. 다시 흔들렸다. 글쓰기 코칭을 받으면 방향이 잡힐 것 같았다. 만약, 경제적으로 넉넉했다면 저질렀을지 모른다. 어쩌면 지금보다 더 빠르게 책이 나왔을 수도 있을 것이다. 돈이야 넉넉하진 않아도 여기 저기 끌어 모으면 가능했을 것이다. 그런데 그럴만한 용기가 생기지 않았다. 계속 망설여졌다. 지금 생각해보면 아마 내가 가야할 길이 아니었기 때문이었던 것 같다. 그렇게 그 기회는 지나갔지만 마음이 한 곳에 집중되어 있으니 다른 방법들이 생겼다. 부모교육을 소개해주신 선생님도 2016년에 책을 출판하셨는데, 출간기획서 샘플을 보내주시며 일단 구색에 맞게 써보라고 하셨다. 몇 꼭지만 써도 출판사와 계약할 수 있으니 도전해보라고 격려해주셨다. 돈도 들지 않고, 내 의지로 해볼 수 있는 최선의 방법이었다. 밑도 끝도 없는 자신감으로 기획서 작성을 시작했다. 그 때부터 본격적인 책 쓰기의 도전이 시작되었다. 새벽에 기상해서 가장 먼저 하는 일이 출간기획서 쓰기였다. 고3 때 공부하듯이 시간만 나면 글을 썼다. 정말 최소의 분량을 완성하고 집에 꽂혀 있는 책들의 출판사 목록을 정리해서 메일을 보내기 시작했다. 어디에서 그런 용기가 나왔는지 모르겠지만 처음 해보는 도전이 마냥 설레고 신났다. 대부분의 곳에서 회의를 거쳐서 연락을 준다는 답변을 받았다. 이런 메일을 처음 보내보는 나였기에 정말 연락을 받을 수 있을 거라 생각했다. 결국 모든 곳에서 원하는 답변을 받지 못했지만 기분이 나쁘지는 않았다. 예전 같았으면 '역시 나는 안 되나봐. 내가 무슨 책을 써. 그 시간에 차라리 잠이나 더 잤으면 피곤하지나 않지. 괜히 시간만 버렸네. 됐어. 그냥 살던 대로 살자! 무슨 부귀영화를 누리겠다고. 쯧쯧.' 했을 것이다. 그런데 '다음에 책 쓸 때 이런 경험도 하나의 꼭지로 넣을 수 있겠구나.'라는 긍정적인 생각이 들었다. 또 한 출판사 담당자분은 나에 대한 객관적인 평가를 해주었는데 속상한 마음에 눈물이 났지만 한편으로 너무 감사했다. 내 글에 어떤 문제가 있는지 객관적으로 볼 수 있는 좋은 기회였다. 지금은 눈뜨고 보기 힘든 두서없는 출간 기획서지만 도전하지 않았다면 실패 뿐 아니라 어떠한 배움 또한 없었을 것이다.

또 다시 길을 잃었다. 어떻게 해야 하나, 역시 돈이 좀 들더라도 글쓰기 코칭을 받아야 하나? 아님 충분히 노력했으니 여기에서 접을까? 하던 차였다. 네이버 메일을 정리하는데 휴면계정을 정리한다는 메일 한통이 눈에 띄었다. 카카오 브런치라는 곳에서 온 메일이었다. 클릭하고 들어가니 블로그와 비슷하지만 브런치에 지원을 하고 통과가 되면 '작가'라는 호칭으로 글을 쓸 수 있고, 당선되면 출판사와 연결이 되어 책까지 출판할 수 있었다. 이미 1년 전에 계정만 만들어 놓고 한 번도 들어가 보지 않았던 곳이었다. '아하!! 나에게 또 다른 기회가 왔구나!!!' 생각이 들었고 바로 지원서를 냈다. 지금까지 글도 꾸준히 썼고, 출간기획서도 작성해봤으니 당연히 될 거라고 생각했다. 헉! 그런데 예상과 다르게 죄송하다는 메일을 받았다. 어느새 자만심이 있었던 것을 깨닫고 처음부터 정성스럽게 다시 지원서를 작성하고 제출했다. 그렇게 두 번 만에 카카오 브런치에 당당히 작가로써 글을 등록할 수 있게 되었다. 그 때가 2016년 8월 1일이었다. 한 번 실패 후, 성공은 더욱 소중했다. 실패의 경험이 쌓일수록 실패가 실패로만 그치지 않는다는 것을 깨달았다. 9월 브런치북 프로젝트 #3 공모전이 시작되었다. 최종 당선이 되면 출판사와 연결이 되어 출간의 꿈을 이룰 수 있다. 최소 10개의 글을 등록하면 공모전에 지원할 수 있었다. 마인드 스쿨에서 '어메이징 땡큐' 3기 작가를 하며 친해진 황미옥 작가와 함께 도전을 시작했다. 책을 쓰고 싶다는 목표가 생기면서 도전을 하다 보니 내 주변에 나와 같은 꿈으로 길을 가고 도전하는 사람들이 많아졌다. 혼자였다면 외롭고 힘들었을 텐데 함께 하는 사람이 많아질수록 용기를 얻었다. 9월은 육아 외 시간에 브런치북 프로젝트에 올인했다. 출간기획서 작성했을 때부터 늘 같은 마음으로 글을 썼지만, 시간이 지나며

콘셉트와 내용이 바뀌었다. 조금씩 성장하고 있다는 것이 느껴졌다. 10월 초에 최종 응모를 했는데, 10월 마지막 날 발표 명단에 나와 친구 이름은 없었다. 이렇게 또 하나의 경험이 쌓였다. 신기한 것은 처음 실패했을 때처럼 길을 잃었다는 생각이 들지 않았다. 도전 실패 일어남, 도전 실패 일어남의 반복으로 나도 모르게 조금씩 성장하고 있었다. 실패를 통해 내가 정말 책 쓰기를 원하고 있구나 하는 마음의 소리를 확실하게 들을 수 있었고, 내면도 단단해졌다. 그리고 글쓰기를 계속할수록 내용도 풍부해졌다.

사람을 고귀하게 만드는 것은
고난이 아니라 다시 일어서는 것이다.

– 크리스티안 바너드

2015년 8월부터 매일 글쓰기를 시작했고, 2016년 5월부터 매일 책 쓰기를 시작했다. 그리고 2016년 11월부터 한층 업그레이드된 책 쓰기를 매일 시작했다. 처음부터 책 쓰기를 목표로 글쓰기를 시작했다면 불가능했을 것이다. 흔히 눈앞의 나무만을 보지 말고 숲을 보라고 이야기한다. 하지만 숲만 본다면 들어가기가 겁이 날 것이다. 숲을 본 다음, 나무도 보아야 한다. 그래야 지금 내가 딛을 수 있는 최선의 자리가 어디인지 알 수 있다. 산 정상에 오를 때도 마찬가지다. 정상만을 바라보며 오르기 시작한다면 언제쯤 저 곳에 오를 수 있을지, 지금 이렇게 힘든데 가능하기나 할지 조급해질 것이다. 내가 내딛을 수 있는 발걸음에 집중을 하며 목표인 정상을 상상해야 한다. 그리고 설령 정상에 오르는 것을 실패할지라도 그 안에서 경험하고 느끼고 배울 것이다. 도전하지 않는다면 실패도 없다. 그리고 성장도 없다.

도전하고, 실패하라! 그리고 다시 일어서라!

04 : 꿈 넘어 꿈을 꾸다!

"우리가 알지 못할 뿐, 우리 내부엔 이미 많은 아이디어로 가득하다.
내 마음 속에서 꿈틀대는 작은 씨앗과 같은 아이디어로 꿈 넘어 꿈을 꾸자.
생명을 불어 넣으며 오직 나만의 꿈이 탄생된다."

2016년 11월 20일! 대중 앞에서 공식적인 첫! 강연을 했다. 마인드 스쿨 조성희 대표님과, 온라인으로 작가활동하고 있는 다른 세 분과 함께 한 공동 강연이었다. 5월에 어메이징 땡큐 작가 3기를 시작으로 정확히 6개월 만에 조성희 대표님과 함께 무대에 섰다는 것이 아직도 꿈만 같다. 평범한 두 아이의 엄마가 어떻게 그 자리에 설 수 있게 되었을까? 불과 몇 개월 전만 하더라도 상상이나 할 수 있었던 일인가? 참 많은 우연과 필연 그리고 그것을 함께 만들어간 인연이 잘 맞물려 무대에까지 설 수 있게 되었다. 작가의 꿈을 넘은 또 다른 새로운 도전과 경험으로, 강연가라는 꿈이 생기기까지의 출발은 정말 작은 아이디어에서 시작되었다. 그렇기에 누구나 가능하다고 이야기하고 싶다. 진정 하고자 하는 마음만 있다면 말이다.

어땡 작가(어메이징 땡큐 작가)에 선발되었다는 메일을 받고 첫 글을 올리기까지 일주일이라는 시간 동안 무슨 이야기를 써야할지 밤잠을 설치며 고민했다. 사람들에게 어떻게 첫 인사를 해야 하지? 좋은 아이디어가 떠오르지 않아 '무슨 생각으로 도전했을까?' 하루에도 몇 번의 후회와, 그럼에도 불구하고 잘 할 수 있을 거라는 다짐을 반복했다. 매일 글쓰기를 8개월 정도 했을 무렵 마음의 소리에 이끌려 망설임 없이 내지른 첫 도전이었다. 첫날 글을 올리는 그 순간 마우스 클릭하는데 어찌나 떨리던지. 아직도 그 때의 첫 느낌, 그 기분이 생생하다. 그 공간 내에서 나는 '작가'로 불리기 시작했다. 매주 한 편의 글을 쓰기 위해 일주일 내내 안테나를 세웠다. 어떤 이야기를 나누면 좋을지, 순간 떠오르는 아이디어를 메모해두었다가 내 식으로 풀어썼다. 시간이 지날수록 글로 사람들과 소통하는 것도, 작가라는 호칭도 편해졌다. 온몸으로 내가 작가라는 사실을 받아들이면서 주변에 작가가 되고 싶어하는 사람, 그리고 이미 책 한 권을 낸 작가 분들이 많아졌다. 예전에 많은 자기계발서에서 공통적으로 이야기하는 '내가 변하고 싶으면 주변의 사람을 바꿔라' 는 말을 보며 '대체 어떻게 바꾸라는 거지?' 하고 의아해했던 기억이 난다. '책이라고 너무 쉽게 이야기하는 것 아니야? 방법을 알려줘야지!!!' 원망의 마음도 들었다. 사람을 바꾸라니. 내 안에 존재하는 '용기'의 문제이기도 했지만 사람을 바꾼다는 것 자체가 크게 와 닿지 않았다. 그런데 지금 내 상황을 돌아보니 나도 모르게 이미 내 주변의 사람들이 나와 같은 꿈을 꾸고 목표를 갖고 매일 성장하는 사람들로 가득 차 있었다. 많은 책 속에서 이야기하던 그 말은 사람을 바꾸는 데 초점을 두는 것이 아니었다. 내가 하고자 하는 것, 되고자 하는 모습에 초점을 두고 나의 행동과 마음을 바꾸라는 것이었다. 그 마음이 최소한의 행동으로 이어진다면 나도 모르게 주변의 사람들이 나와 에너지가 동등한 사람들로 채워진다. 자연스러운 삶의 이치다.

2016년 5월 작가활동을 시작할 무렵 부모교육 강의를 들으러 김해에 자주 갔었다. 그러다 보니 자연스레 그 분야 이야기를 많이 하게 되었는데 3기 작가 중 한 분이 유독 부모교육에 관심이 많았다. 마인드 스쿨에서 작가로 지원했다는 것은 '마인드'와 '글쓰기'에 관심이 있다는 말이니 공통된 관심사가 꽤 많았다. 건축을 전공하고 관련된 일을 하다가 코칭으로 방향을 돌린, 나보다 어린 친구인데 단체 카톡 방에서 이야기하다가 친해지게 되었다. 나도 IT에 10년 정도 발을 담그다가 심리분야로 방향을 바꾸고 있는 터라 더욱 공감이 가고 잘 맞았다. 이런 저런 이야기를 하던 중 갑자기 아이디어가 떠올랐다. "마인드 스쿨에서 서로의 재능을 기부하는 건 어떨까요?" 나는 아직 공부하고 있는 단계라 재능이라고 하기도 민망했지만, 분명 관심 있어 하는 사람이 있을 테고 내 공부하는 셈 치고 사람들에게 무료로 알려주면 좋을 것 같단 생각이 들었다. 평소 관심이 있던 코칭 분야도 그 친구를 통해 들을 수 있으니 일석이조였다. 물론 언제 어떻게 하느냐에 대한 구체적인 계획은 없었다. 아이디어와 마음만 있을 뿐이었다. 책을 좋아하고, 마인드의 힘을 믿고, 글쓰기로 내면이 다져진 사람들의 공통점은 '오픈 마인드'를 가졌다는 것이다. 다른 공간이었다면 지나쳤을, 혹은 묻혔을지 모를 대책 없는 나의 아이디어를 그 친구는 흔쾌히 받아주었다. 그리고 올해가 가기 전 꼭 재능기부를 하자며 꿈 리스트에 항목을 추가했다. 그렇게 인연을 통해 또 하나의 목표가 생겼다.

그 해 8월, 현실치료 상담과정 공부를 하러 김해에 1박 2일로 갈 일이 있었다. 강사님도 서울 분이시라 교육장소 근처에서 주무셔야 했는데, 수강생들이 함께 자리를 마련해주었다. 나는 어떻게 할 건지 다들 걱정하시기에 어떻게든 될 것 같은 마음이 들어 걱정하지 않으셔도 된다고 말씀드렸다. 김해에 간다는 이야기를 마인드 스쿨에서 하게 되었는데, 부산에 사는 작가분이 괜찮다면 자기 집에 와서 자라고 제안을 했다. 경상도가 낯선 나는 김해와 부산이 어느 정도의 거리인지 감이 없었다. 같은 경상남도이니 택시를 타도 금방 갈 수 있는 거리겠거니 생각하고 호의를 받아들였다. 다른 분들이 나의 잠자리를 걱정하시기에 부산 친구 집에서 자기로 했다고 말씀드렸더니 더 걱정을 하셨다. 언제 거기까지 다녀오려고 하냐고, 뭐 타고 가냐면서 당사자인 나를 제외한 모두가 걱정을 했다. 무식하면 용감하다는 말이 딱 나를 두고 하는 말이었다. 첫날 강의가 저녁 9시에 끝나고 다음 날 강의가 아침 9시에 시작하는 일정이었다. 열두 시간 동안 김해~부산을 왕복하면서 잠도 자야 하고, 처음 보는 나를 재워준다고 한 작가와 인사도 나눠야 했다. 지금 생각해보면 무슨 생각이었을까? 뭘 믿고 그랬을까? 싶다. 당시 교육 당일까지도 어떻게든 갈 수 있는 방법이 생길 것 같은 느낌이 들었다. 나 혼자만 마음이 편했다. 예전 같았다면 아주 꼼꼼하게 따져봤을 것이다. 차 시간까지 알아보며 결국 어렵다는 결론을 내고 부산에 가지 않았을 것이다. 이것도 새로운 도전이 될 것이라는 내 직감을 믿었다! 그렇게 결국 그 친구 집에서 1박 2일을 보냈다.

어떻게 부산까지 갈 수 있었을까? 수강생 중 뒤늦게 참여를 결정하신 부부가 계셨는데, 세상에! 다름 아닌 부산 분이셨다. 모든 것이 나를 위한 일처럼 느껴졌다. 저녁 9시 반에 수업이 끝나고 부산 선생님 차를 타고 가서 작가님을 만나니 저녁 10시 반이었다. 초면이니 인사를 나누고 12시에 잠을 자고 다음날 4시에 함께 일어나서 또 이야기를 나눴다. 그리고 그 친구에게 3P 바인더 활용법에 대한 재능기부를 받았다. 아침 8시에 친구 집에서 나와 부산 선생님 차를 얻어 타고 다시 김해까지 올 수 있었다. 참 편하게 김해에서 부산까지 다녀갔다. 그것도 공짜로 말이다. 이 친구는 나와 동갑이면서 애도 있는 엄마라서 잘

통했다. 얼마 후, 이 친구에게도 재능기부 아이디어를 이야기하며 함께 할 것을 제안했다. 어떻게? 라는 대책 없는 아이디어를 이 친구 또한 매우 흔쾌히 수락했다. 그렇게 박선진, 황미옥, 한준택! 세 명이서 어메이징한 하나의 꿈을 품게 되었다. 나의 작은 아이디어는 혼자보다는 두 명이, 두 명일 때보다 세 명이 함께 하게 되니 그 힘이 배로 커져갔다.

회사 내에 있었을 때는 대부분의 사람이 다 회사에 다니는 줄 알았다. 말 그대로 온실 속의 화초였다. 적성에 맞지 않다고 생각했지만 벗어날 수가 없었다. 매달 꼬박꼬박 들어오는 월급, 복지혜택, 사회적 지위, 부모님의 만족 그리고 무엇보다 인정하기 싫지만 나 자신도 벗어나고 싶다는 말뿐 누리는 것들을 즐기고 있었다. 육아휴직을 계기로 세상에 나와 보니 나와 다른 삶을 살고 있는 사람이 정말 많았다. 아이가 처음으로 초콜릿 맛을 봤을 때와 같은 '신세계'를 맛본 것이다. 내 삶의 일부가 되어가고 있는 글쓰기와 주변 사람들 덕분에 나를 둘러싸고 있던 알에 금이 가며 그 틈 사이로 스스로 한 발짝씩 나오고 있었다.

책은 한 분야에 오래 종사한 전문가들만 쓰는 줄 알았다. 많은 사람들을 상대로 하는 강연은 내 안에 꽉 채워진 지식을 전달해줄 수 있는 똑똑한 사람만 하는 줄 알았다. 그래서 감히 범접할 수 없는 분야라 꿈이 될 거라고 상상하지 못했다. 그런 나에게 책은 용기와 희망을 심어 주었다. 눈에 보이는 내가 아닌 보이지 않는 내면의 힘이 훨씬 크다는 것을 알려 주었고, 그 힘을 느낄 수 있게 해주었다. 매일 읽고 쓰면서 생각이 바뀌기 시작했다. 작가라는 꿈이 생겼고, 마음이 늘 꿈을 향해 있으니 한 걸음씩 꿈에 가까워짐을 느낄 수 있었다. 예상할 수 없는 상황이 두렵기도 했지만 우연인 듯 필연인 듯 연이 계속 이어지고 있음에 감사했다. 이러한 마음을 매일 아침 감사 일기에 쏟아냈다. 지금 상황에 감사하고, 인연에 감사하고, 미래가 잘 될 것에 미리 감사를 했다. 매일 새벽 나와 만나는 내면의 글쓰기를 하면서 나 자신을 더욱 믿게 되었다.

재능기부로 시작된 아이디어는 3기 작가 활동이 끝나고 대표님과 작가들이 한 자리에 모인 식사 자리에서 '어땡쇼'로 진화되었다. 매일 아침 감사 일기를 쓰고, 일주일에 한 번 글을 쓰고, 사람들의 댓글을 경청하고 소통하면서 변화한 우리의 이야기를 미니강의 식으로 해보자는 것이었다. 새로운 아이디어의 탄생이었고 나에게는 또 하나의 큰 도전이었다. 처음 이야기 나눴던 나를 포함한 세 명의 작가 그리고 1기부터 활동을 한, 기적 같은 삶을 살고 계신 다른 한 분을 포함하여 대표님까지 다섯 명이 함께 기획하고 준비하고 강의한 큰 프로젝트였다.

2016년 11월 20일. 강남에서 진행된 '어메이징 땡큐 쇼'는 이렇게 탄생되었다.

　많은 사람들 앞에서 나의 이야기를 하는 것은 글로 나의 생각을 전달하는 것과는 또 다른 두근거림이었다. 부모교육, 마인드파워 육아의 힘을 널리 알리기 위해 작가가 되고 싶다는 꿈을 꾸었었다. 강연 또한 글 대신 말로 전달한다는 것만 다를 뿐 사람들에게 영향을 줄 수 있는 같은 영역이었다. 재능기부의 아이디어가 강연으로 이어지게 되면서 작가의 꿈에 강연가의 꿈이 더해졌다. 작은 아이디어가 '어땡쇼'로 진화되어 성공적으로 마무리 된 데에는 매일 글쓰기로 다져진 내면의 힘이 가장 컸다. 그리고 어땡 작가로 활동하며 더 좋은 글을 쓰고자 고민했던 흔적, 글로써 사람들과 소통하며 쌓여간 신뢰의 힘이 바탕이 되었다. 다른 사람을 위해 정성을 들여 쓰는 글까지도 결국엔 나를 위한 것이라는 사실도 새삼 깨닫게 되었다. 우리 내부에는 이미 많은 아이디어들로 가득하다. 우리가 알지 못할 뿐이다.

　꿈이 거창할 필요는 없다. 나의 꿈을 옆집 아줌마의 꿈과 비교할 필요도 없다. 내 마음 속에서 꿈틀대는 작은 씨앗과 같은 아이디어로 꿈넘어 꿈을 꾸자. 생명을 불어 넣으며 오직 나만의 꿈이 탄생된다.

05 : 도전하는 만큼 성장한다

"꿈을 포기하지 말고 하루에 조금씩이라도 나를 알아가는
시간을 만들자. 할 수 없는 것에 초점을 맞추지 말고, 할 수 있는 것에 집중하고
최선을 다하자. 육아 기간은 꿈을 잉태하는 '꿈 잉태기'다."

*

　　본격적으로 2016년 12월 초부터 이 책의 초고를 쓰기 시작했다. '책이 될 수 있을까?'라는 약한 마음이 들 때도 있었지만 '모든 것은 생각한대로 된다'는 건강한 마인드가 장착되어 있었기 때문에 의심하지 않기로 했다. 이러한 마인드가 단단하게 뿌리 내릴 수 있었던 것은 2015년부터 꾸준히 해오고 있는 공부와 경험 덕분이다.

　예전과 달라진 점은, 다른 사람들로부터 원하지 않는 이야기를 듣거나 부정적인 마음이 들 때도 그 감정에 매몰되지 않는다는 것이다. 과거의 나라면 시작하기도 전에 주변의 시선과 평가가 신경 쓰여 포기했을지도 모를 일들을 지금은 내가 스스로 선택했다면 일단 시작한다. 부정의 감정이 들어서면 순간 알아차리고 지금 하려고 하는, 혹은 진

행 중인 일에 대한 본질에 대해 집중한다. 비록 실패할지라도 그걸로 끝이 아니라는 사실을 알기에 결과에 집착하지 않을 수 있다. 생각해 보자. 결과에 집착한다고 해서 나에게 이로운 것은 하나도 없다. 더욱 조급한 마음만 들뿐이다. 과거의 경험을 돌이켜보면, 얼떨결에 한 번에 성공한 경우에는 노력의 과정이 결여되어 끝이 좋지 않았던 기억이 많다. 젊었을 때 하는 모든 도전들이 어떤 방법으로라도 나의 성장에 도움이 될 것이라고 믿기 때문에 과정을 즐길 수 있고 현재에 집중할 수 있다.

　나의 책이 출간되어 책과 강연으로 많은 엄마들에게 힘이 되고, 그녀들의 성장을 돕는 일을 하고 있을 나를 상상하며 초고를 쓰고 있을 때였다. 3분의 2 정도 글이 완성될 즈음 생각지도 못한 '선물상자' 가 내 앞에 놓여졌다. 바로 '공동저서' 의 기회였다. 공동저서란 한 권의 책을 여러 명의 작가가 분량을 나누어 함께 쓰는 것이다. 어메이징 땡큐 작가 5기로 활동하고 있을 무렵이었는데, 조성희 대표님의 필사 책 《뜨겁게 나를 응원한다》 후속 작품으로 감사일기 콘셉트의 책이었다. 원래 출판사가 기획하기로는 조성희 대표님이 혼자 쓰시는 거였지만, 대표님은 감사를 매일 실천하고 있는 어메이징 땡큐 작가들과 함께 하는 것이 더 의미가 있을 것이라고 판단하셔서 나에게까지 기회가 주어진 것이다.

2015년 말부터 그토록 쓰고 싶었고, 책을 내고 싶었고, 작가가 되고 싶어 많은 도전들과 실패를 겪었는데, 갑자기 하늘에서 뚝 떨어진 기회에 어안이 벙벙했다. '이게 무슨 일이람?' 그렇게 애를 쓸 때는 꼬여 있는 매듭을 풀어가는 것처럼 힘이 들더니 마음을 내려놓고 초고 완성에 집중하다 보니 이런 기회가 생겼다. 출판사에서 기획하여 출간 의뢰를 한 경우이기 때문에 작가 입장에서 원고만 완성하면 된다. 만약 혼자서 책 내겠다고 했던 도전의 노력과 실패의 경험들이 없었다면 나에게 주어진 기회가 정말 고맙고 큰 기회라는 것을 느끼지 못했을지 모른다. 역시 의미 없는 도전은 없다.

나에게 분명 좋은 기회라는 것을 알면서도 개인저서 초고를 작성하고 있던 때라 고민되는 부분이 있었다. 선택과 집중을 해야 하는 것인지, 아님 일단 둘 다 진행해야 하는지에 대한 고민이었다. 초고를 쓰는데 매일 두 시간 반에서 세 시간은 걸리고, 나에게 주어진 시간대는 새벽시간밖에 없어서 4시에 일어나던 때였다. 공저를 쓰기 위해서 잠을 더 줄여야 하나? 지금도 낮에 피곤한데 더 일찍 일어나면 정상적인 생활이 될까? 뛸 듯이 기뻤던 반면 많은 고민들이 동시에 일어났다. 꿈을 이루어 가는 과정이 행복했지만, 한 가정을 꾸려가야 하는 엄마임을 고려해야 했다.

마음을 가다듬고 바인더를 살펴보는데 2016년 여름에 작성한 꿈 리스트에 '어메이징 땡큐 작가들과 함께 책을 쓴다'는 항목이 눈에 띄었다. 이 문구를 쓸 때까지만 해도 구체적인 방법은 없었다. 단지 그랬으면 좋겠다는 소망일뿐이었다. 그런데 그 소망이 이루어지려는 순간을 앞두고 고민하고 있었던 것이다. '세상의 모든 일이 한 치 앞을 모르는 건데 일단 해보자! 기회가 나에게 왔다는 것은 어떻게든 할 수 있는 능력이 이미 나에게 있다는 거겠지!' 또 한 번 나를 믿어보기로 했다. 이런 고민을 하고 있다는 것 자체가 1년 전에는 상상도 못할 일이었다. 그만큼 나는 많은 도전을 통해 성장하고 있었다.

이번에도 역시 조급해하지 않기로 했다. 주어진 시간은 정해져 있고, 두 가지 일을 동시에 할 수 없으니 최대한 한 가지 일에 집중했다. 그렇게 1월 말까지 초고 완성과 출판사 투고를 위한 준비를 마쳤다. 3월 22일 날짜로 출간된 《어메이징 땡큐 다이어리》는 1월 말부터 시작해 2월 중순까지 매일 새벽 세 시간 동안 집중해서 마무리했다. 꼭 해내야 한다는 생각은 하지 않았다. 감사일기의 콘셉트에 맞게 내가 매일 아침 감사일기를 쓰며 다졌던 감사의 마인드를 통해 내 삶에 변화한 에너지를 독자들에게 전하고자 하는 마음에 집중했다. 명상음악과 조명, 향초가 많은 도움이 되었다. 완성되어 갈수록 힐링의 시간이었다. 그렇게 꿈 리스트 중 하나를 이루게 되었다. 이번 경험을 통해 마치 정해진 결과가 자연스럽게 이루어져 감을 느꼈다.

　이로써 이 책이 출간되기 전에 《어메이징 땡큐 다이어리》라는 책으로 작가가 되었다. 예상했던 것보다 더 빨리 작가가 된 것이다. 이 후로 4월 1일에는 강남 교보문고에서 출간기념회를 열었고, 4월 29일에는 송수용 대표님 DID 드림 캠프에서 저자 기부 특강도 했다. 작년 11월 어땡쇼에 이어 오랜만에 많은 사람들 앞에 설 수 있었던 자리였다. 온라인에서 소통하던 이웃이 오프라인 만남으로 이어져 친구로 발전한 경우도 있다. 온라인에서 서로의 블로그를 통해 많은 것을 알게 되고 댓글로 많은 소통을 하던 관계가 오프라인 만남으로 이루어지니 마치 오래 전부터 알고 지낸 사이처럼 편했고 많은 의지가 되었다. 그렇게 지역에 구애받지 않고 인맥도 조금씩 넓혀갔다. 작은 도전이 여러 개의 큰 도전으로 이어지면서 그 과정에서 만나는 사람들과의 인연과 이 모든 것들에 감사했고, 행복했다.

　두 아이의 엄마로써 평생 있을까 말까 한 일들이었다. TV에서 나오는 평범했지만 뭔가 이룬 사람들을 보며 남의 일이라고만 생각했던 일들이 나의 일이 되었다. 예전엔 상상조차 할 수 없는 일이었다. 하지만 지금은 알고 있다. 상상하지 않았기 때문에 아무 일도 일어나지 않았다는 사실을 말이다. 꿈을 꾸고 상상하고 도전하는 사람에게 기회가 있고, 성장이 있고, 기적이 일어난다.

> 어제와 똑같이 살면서 다른 미래를 기대하는 것은 정신병 초기 증세다.
>
> – 아인슈타인 (Albert Einstein)

대부분 어제와 같은 생각과 행동을 하면서 복권에 당첨된 듯 새로운 삶이 펼쳐지기를 바란다. 로또를 사야 복권에 당첨될 확률이 생기는 것처럼 조금이라도 다른 삶을 원한다면 새로운 행동과 생각을 해야 하는 것이 당연한 이치다. 작은 도전이라도 내 마음을 설레게 하는 것이 있다면 일단 시작하자. 설령 실패하더라도 아무것도 하지 않는 것보다 큰 깨달음과 배움을 얻을 수 있다. 도전한 만큼 성장한다.

"조금이라도 다른 삶을 원한다면 새로운 생각과 행동을 해야 한다. 마음을 설레게 하는 것이 있다면 일단 시작하자. 실패하더라도 아무것도 하지 않는 것보다는 큰 깨달음과 배움을 얻는다."

06 : '옆집 엄마'와 '성장하는 엄마'

"아이의 성장을 지켜봐 주는 건 엄마의 몫이다.
지켜봐 주는 내공을 갖기 위해선 함께 성장해야 한다. 꿈을 향해 공부하고 도전하는
엄마가 되자. 아이에게 행동으로 보여주는 엄마가 되자."

*

　　8월 말 즈음에 가는 도서관은 웬만한 피서지보다 낫다. 도서관은 여름에 시원하고, 겨울엔 따뜻하기 때문에 아이들과 가기에 안성맞춤이다. 겨울엔 추워서 집에서조차 나오기 힘들지만 여름엔 하루 종일 집에서 에어컨을 틀 수 없기 때문에 나도, 아이도 불쾌지수가 올라간다. 어디든지 나가야 하는데 도서관은 책도 보고, 밥도 먹을 수 있고, 쉴 수도 있으니 이만한 장소가 없다. 아이들의 여름방학이 시작되고 8월 초까지만 해도 평일 낮에는 우리가 전세 냈나 싶을 정도로 한가하다. 하지만 8월 중순이 되면 약속이라도 한 듯이 도서관으로 몰려든다.

　　어린이 도서관에 가면 유아들을 위한 공간이 있다. 수유도 할 수 있

고, 걷지 못하는 아이들도 편히 이용할 수 있도록 신발을 벗고 들어가는 곳이다. 이 무렵엔 그 곳마저 초등학교 아이들로 가득 찬다. 책을 읽는 아이도 있지만 대부분 밀린 방학숙제를 하러 온 아이와 엄마다. 그 모습은 크게 세 가지 유형으로 나눌 수 있다. 첫 번째 모습은 아이가 숙제를 하는지 엄마가 하는지 알 수 없는 정도로 엄마를 주축으로 숙제가 이뤄진다. 엄마의 잔소리에도 아이는 돌아다니거나 집중하지 못하고 앉아있다. 제 3자의 눈엔 엄마가 아이의 숙제를 하고 있기 때문에 아이가 집중할 필요가 없어 보인다. 그런데 엄마는 어차피 아이 혼자서는 못하기 때문에 엄마가 주가 되어 할 수밖에 없다고 생각하는 것 같다. 두 번째는 아이가 숙제는 하지만 잔뜩 주눅이 들어 문제집에 코를 박고 있고, 엄마는 옆에서 스마트폰을 하는 경우다. 아이가 조금이라도 흐트러지는 모습을 보이면 불호령이 떨어진다. 아이는 엄마의 말에 단 한마디도 반박하지 못하고 겨우 엉덩이를 붙이고 앉아 있다. 당장이라도 울 것만 같은 표정을 하고서 앉아 있는 아이를 보면 마음이 아프다. 모든 걸 엄마가 도와주는 것도 좋은 방법은 아니지만 아이가 힘들어 한다면 무엇 때문에 힘든지, 도와줄 것은 없는지 아이의 마음을 읽어 주어야 하는 것이 맞지 않을까? 아이의 입장에서 숙제하는 것도 힘든데 많은 사람들 앞에서 엄마에게 혼나기까지 한다면 너무 서럽지 않을까? 마지막으로, 아이는 책을 읽거나 숙제를 하고 옆에서 엄마는 책을 읽고 있는 경우다. 정말 신기하게도 책을 읽고 있는 엄마는 큰 소리를 내지 않는다. 아이가 숙제를 하다가 잠시 흐트러지든 자리를 비우든 크게 개의치 않는다. 각자의 할 것에 집중하면서 도움이 필요한 경우에는 자유로이 서로에게 의견을 제시하고 존중한다. 아직 아이가 어리지만 미래 우리의 모습이라고 생각하며 유심히 지켜보았다.

도서관에서조차 숙제하는 아이 옆에서 스마트폰을 하는 엄마들이 많다. 요즘은 스마트폰 하나면 웬만한 일을 다 처리할 수 있고 사람들과 소통을 위해서도 스마트폰이 필수인 시대가 되었다. 어쩌면 그 엄마도 굉장히 중요한 일을 하고 있었을지는 모를 일이다. 아이들이 게임에 중독이 되듯 스마트폰도 할수록 중독이 된다. 스마트한 시대를 스마트하게 살아가기 위해 그것을 하지 않을 수는 없을 것이다. 하지만 소중한 아이와의 시간, 나만의 시간을 지키기 위해 최소한의 수준에서 사용하려고 노력할 필요는 있다. 스마트폰과 소통할 것인가, 우리 아이와 소통할 것인가? 내 선택이다.

PET(효과적인 부모역할 훈련) 교육을 들으면 대부분 초등학생의 자녀를 둔 엄마가 많다. 공통적으로 스마트폰이나 게임 중독, TV 시청에 대한 고민을 갖고 있다. 도가 지나친 아이를 어떻게 해야 하는지, 어디까지 허용해야 하는지 어떻게 해결해 가야 하는지 등의 문제가 늘 화두에 오른다. 집집마다 공통적으로 문제를 겪고 있는 걸 보면 심각성이 느껴진다. 하긴 나도 여섯 살, 네 살 아이를 둔 엄마지만 유튜브의 캐리 언니를 무지 좋아하는 아이들 때문에 고민이기도 하다. TV의 중독성은 말하지 않아도 안다. 어른도 드라마 다시보기를 하면 한편만 봐야지 했던 것을 멈출 수가 없다. 시작을 하지 않았으면 모르겠지만 시작한 이상 결국 끝장을 보는 경우가 많다. 스마트폰 또한 마찬가지다. 남편은 웹툰을 정말 좋아한다. 어떻게 자투리 시간을 저렇게 잘 활용하나? 할 정도로 틈새시간을 포착해 웹툰을 본다. 운전을 할 때도 신호만 걸리면 그 틈을 타 웹툰을 보는 남편을 보며 존경스럽기까지 하다. 그만큼 중독성이 강하다. 어른도 조절하기가 이렇게 힘든데 하물며 아이가 스스로 적당한 기준으로 조절하기를 바라는 건 너무 큰 욕심이지 않을까?

부모교육에서도 여러 가지 문제해결 방법을 다루지만 가장 중요한 것은 부모인 우리가 어떤 생활 습관을 갖고 있는지를 객관적으로 살펴보아야 한다는 것이다. '엄마는 이렇지만 너는 더 나은 삶을 살기를 바라기 때문에 너를 위해서' 라며 아이에게만 요구하는 것은 엄마의 지나친 욕심이다.

아이의 문제 행동을 엄마가 해결하는 데 있어서 결론적으로 네 가지가 충족되어야 한다고 한다.

1. 자녀의 행동이 바뀌어야 함

2. 자녀의 자존감을 지켜주어야 함

3. 좋은 관계가 유지되어야 함

4. 상호 성장할 수 있어야 함

예를 들어 숙제는 안 하고, 스마트폰을 계속 보고 있는 아이에게

"야! 엄마가 몇 번을 말하니?! 숙제부터 하라고 했지? 스마트폰 압수야!"라고 이야기한다면,

1. 엄마의 불호령에 어쩔 수 없이 책상에 앉아 숙제를 시작한다

    = (자녀의 행동이 바뀜 – O)

2. 자녀의 자존감 = (떨어질 것이다 – X)

3. 좋은 관계 유지 = (될 리가 없다 – X)

4. 상호 성장 = (할 수 없다 – X)

다른 예를 들어보자. 칼을 든 깡패가 이렇게 이야기한다.

"야! 돈 내놔. 안 주면 죽는다!"

1. 있는 돈을 모두 다 내어준다 = (행동이 바뀜 – O)

2. 나의 자존감 = (떨어질 것이다 – X)

3. 좋은 관계 유지 = (말이 필요 없다 – X)

4. 상호 성장 = (할 수 없다 – X)

위 두 가지 예의 공통점은, 잔소리와 협박으로 당장 상대방의 행동은 바뀌지만 자존감이 떨어지고 좋은 관계를 유지할 수 없고 상호 성장이 불가하다는 것이다. 결국, 엄마의 잔소리는 깡패들이 하는 행동과 다르지 않다는 의미다. 만약에 엄마의 잔소리에도 불구하고 아이의 행동이 바뀌지 않았다면, 엄마의 잔소리는 깡패짓 보다도 못하다는 강사님의 설명이 가슴 깊이 와 닿았다.

솔선수범을 보이는 엄마의 한 마디는 보이지 않는 힘이 있다. 아이를 다그치거나 화를 낼 필요가 없다. 행동하는 엄마의 단호한 한 마디면 충분하다. 당장 아이의 행동이 바뀌지 않더라도 서로의 관계가 유지된다면 결국 아이는 변화할 것이다. 내 아이에 대한 엄마의 믿음이 절대적으로 필요하다. 강사님의 강의를 들으면서 느낀 점은 엄마의 내공이 필요하다는 것이다. 아이의 성장을 지켜봐 주는 것은 엄마의 몫이다. 지켜봐 주는 내공을 갖기 위해서 나도 함께 성장해야 한다. 꿈을 향해 공부하고 도전하는 엄마가 되자. 아이에게 말이 아닌 행동으로 보여주는 엄마가 되자.

책 읽는 엄마, 글 쓰는 엄마, 공부하는 엄마는 우리 아이를 엄.친.아로 키울 수 있다. 바로 엄마와 친한 아이이다. 책과 글쓰기로 공부하는 엄마는 매일 내공을 쌓으며 더욱 단단해진다.

잔소리 대신 솔선수범하는 엄마가 되자.

잔소리 하는 남편보다 행동으로 보여주는 남편이 사랑스럽듯이 잔소리 하는 엄마보다 행동으로 보여주는 엄마를 아이들은 사랑한다.

친구 같은 엄마가 되자.

나 자신을 잘 돌보는 엄마가 아이도 잘 돌본다. 내 마음의 여유가 있어야 아이를 돌볼 여유가 생긴다. 바다와 같은 넓은 마음으로 아이의 허용 범위를 넓혀주자. 아이가 어려울 때 언제든지 찾을 수 있는 편한 엄마를 아이들은 사랑한다.

무조건 믿어주는 엄마가 되자.

옆집 아줌마 말이 아닌, 전적으로 아이의 말을 믿어주는 엄마가 되자. 어렸을 때를 되돌아보면 엄마가 옆집 아줌미 말을 더 신뢰하며 내 말에 의심을 품었을 때 세상에 나 혼자인 것 같은 외로움을 느꼈다. 나는 이제 누구를 믿고 살아야 하는지 힘들었던 기억이 있다. 무조건 내편인 남편이 사랑스럽듯이, 무조건 아이 편인 엄마를 아이들은 사랑한다.

대범한 엄마가 되자.

내가 경험하지 못한 것을 아이가 하려고 할 때 두려움이 앞서게 된다. 어떤 결과를 초래할지 겁부터 나기 때문이다. 혹여 내가 허락한 것에 대해 좋지 않은 결과가 있을까봐 염려스러워 더욱 조심스러워진다. 결론적으로, 아이도 나와 같은 인생을 살 수밖에 없다. 아이가 나보다 더 나은 인생을 살기를 바라는 부모의 마음은 같다. 살면서 직접 경험해보지 못한 것들은 책을 통해 간접경험을 할 수 있다. 간접경험의 범위를 확장하여 아이에게 더 허용할 수 있는 엄마가 되자. 그리고 나 또한 도전하는 엄마가 되자. 새로운 것에 도전하며 서로에게 용기를 주는 대범한 엄마를 아이들은 사랑한다.

내 아이에게 바라는 모든 것을 먼저 행하라. 나는 우리 아이들이 살아가면서 마주하게 될 많은 문제들을 혼자 힘으로 해결해나갈 수 있는 문제해결 능력을 키워가기를 바란다. 그리고 늘 도전하는 아이였으면 한다. 공경, 양보, 공감, 소통, 이해의 능력과 도전할 수 있는 용기, 자존감, 믿음, 자신감을 갖추기 위해서 독서와 글쓰기는 필수다.

그래서 나는?

영어 유치원, 창의성 학원, 유행하는 사교육이 무엇인지 알아볼 시간에 내 공부를 한다.

SNS 속 옆집 엄마들을 부러워할 시간에 글을 쓴다.

Chapter 05

〈제 5 장〉 놓치고 싶지 않은 나의 꿈, 나의 인생

육아를 하면서, 직장내에서 혹은 나를 지금 힘들게 하는 그 상황에서 회피하거나, 희생하기를 선택하기란 쉽다. 대부분 우리는 지금까지 그래왔다. 소용돌이 속에서 가치를 찾고, 나를 찾기 위해서 우선되어야 하는 것은 나의 생각을 잡는 것! 그래서 진짜 나의 생각으로 만드는 것이다. 진정 나의 삶을 산다는 것은 내가 무엇을 원하는지 알고 내가 왜 그것을 해야 하는지 아는 것, 나아가 실천하는 것이라고 생각한다. 타인이 나를 바라보듯 나의 마음에 대해서 알아가야 한다. 나의 소명을 이루기 위한 삶을 살 때 나는 행복하다. 그리고 더 이상의 비교는 의미가 없어진다. 진정 나의 삶을 살기 시작하는 것이다.

01 : 나를 찾아야 가족이 행복하다

"남과 비교 않는 삶, 나의 가치관이 뚜렷한 삶을 살다보면 내 마음도 편해진다.
내가 여유 있어야 가족에게 마음 쓸 여유도 생긴다.
그런 마음으로 요리해야 음식도 맛있고 먹는 사람도 행복하다."

*

젊은 나이에 결혼을 해서 나를 낳으신 엄마는 자녀교육에 열의가 있으신 분이었다. 특히 첫째인 나에게 기대를 많이 하셨다. 초등학교 때까지는 엄마의 노력에 어느 정도 비례하여 결과가 나왔던 것 같다. 늘 반에서 예쁨 받는 아이들 그룹에 속해있었다. 특히 4학년 때 선생님은 총애를 하는 아이들을 맨 앞줄에 앉히셨는데 1년 내내 그 줄에 앉았던 기억이 난다. 공부에는 욕심이 없었지만 관심이나 집중을 받는 것은 좋았다. 그 안에서 누리는 혜택은 달콤했지만 시험 때만 되면 긴장상태가 되었다. 다른 친구들은 얼마나 노력해서 100점을 받는지 모르겠지만 나는 엄마가 그렇게 원하던 올백 한번을 끝끝내 받지 못했다. 지금은 전혀 남아있지 않은 기억이지만, 초등학교 때 일기를 보니 매일 아침 모닝 스터디 라는 것을 했었다. 모닝 스터디를 하고 아침을 먹고 학교에 가는 것이다. 시험기간에도 종류별 문제집은 다 풀어가며 공부를 했다. 그렇게 했는데도 간신히 다른 아이들과 비슷한 수준을 유지하는 정도였다. 공부를 잘 해서 무엇을 하겠다는 목표가 없었다. 단지, 다른 아이들보다 뒤처지기 싫었고 엄마의 소원인 올백 한번 받아서 기쁘게 해드리고 싶었다. 그런데 막상 시험이 다가오면 평소 안 하던 방청소, 책상 정리를 하면서 이런 저런 공부하지 않을 핑계를 찾았다. 문제집도 분량을 채우기 위해 건성으로 풀었다. 결국 발등에 불이 떨어지고 나서야 부랴부랴 공부하고, 시험보고, 미리 해둘 걸 후회를 하고, 다음 시험에는 제대로 공부해야지! 다짐을 했다. 똑같은 반복이었다. 어렸을 적 행동은 습관이 되어 성인이 되어서까지 이어졌다. 뒷심을 발휘해 끝까지 해낸 적이 거의 없었다. 그런 성격 때문인지 요즘도 간혹 꿈을 꾼다. 큰 이벤트를 앞둔 상황에 미리 제대로 준비하지 않고 어영부영 하다가 당일이 되어 당황하고 일을 망치고 마는 꿈이다. 잠에서 깨면 꿈이라는 것에 안도하고, 지금 준비하고 있는 것에 매일 최선을 다해야겠다고 다짐하곤 한다.

집에서는 두 살 터울이 나는 여동생과의 비교로 이어졌다. 비교라기보다 언니이기 때문에 기대하는 것이 컸다. '언니니까' 받은 것도 많겠지만 그 당시 혜택 받는 것은 당연한 것이라 여겨졌고, 양보하고 이해하고 솔선수범해야 했을 때 그게 그렇게 억울했다. 애교가 많은 동생은 늦둥이가 태어나기 전까지 12년 간 막내였으므로 아빠의 사랑을 독차지했다. 나에게는 맏이로써의 믿음을 바탕으로 하는 사랑, 동생에게는 마냥 있는 그대로의 사랑을 주셨다. 내 뜻은 아니었지만 첫째로 태어난 것이 억울했다. 나를 믿는다고 이야기하는 부모님의 말조차 있는 그대로 받아들이지 못하고 부담을 느꼈다. 성인이 되어 내가 먼저 취직을 하고, 결혼을 하고, 두 아이의 엄마가 되었다. 부모님이 원하시는 대로 동생들의 본보기가 되는 역할 모델로 자랐다. 스스로에게 특별히 원하는 것이 없었기 때문에 부모님의 뜻대로 자라온 것이다.

대학교 4학년 때 대기업에 입사 확정이 되었고, 졸업과 동시에 입사를 하여 20대의 청춘을 회사에 바쳤다. 바쳤다고 하기에 민망할 정도로 성과를 내지는 못했지만 어쨌거나 나의 20대는 오롯이 회사와 함께 했다. 반면 동생은 졸업을 하고 취업을 해서 1년 간 일을 한 다음 적성에 맞지 않다며 공무원 시험 준비를 하다가 다시 편입을 해서 3년 더 대학을 다녔다. 그리고 20대 끝자락에 취직을 했다. 내가 생각할 때 부모님이 원하는 대로 착하고 바르게 자라준 것은 나인데, 여전히 아빠는 동생을 더 예뻐하는 것 같았다. 명절에 아빠에게 용돈을 드렸는데, 그 용돈이 봉투채로 동생한테 가는 것을 보며 만감이 교차했던 기억이 난다. 지금 생각해보면 이해 못할 일도 아니지만, 그 당시 회사

생활이 힘들었던 나는 그저 하고 싶은 대로 다 하면서 사는 것처럼 보이는 동생이 부럽기도 얄밉기도 하고, 내 속도 모르는 아빠가 원망스럽기도 했다. '나는 왜 돈을 버는지? 누구를 위해 살고 있는가?' 의문이 들었다.

비교와 경쟁은 어른이 되어서도 영향을 미쳤다. 남들이 볼 때 문제가 없어 보이는 상황에서도 만족하지 못하고 타인과 셀프비교를 했다. 특히, 요즘처럼 SNS가 발달된 시대에서 휴대폰 속 그들은 다 나보다 잘 살고 있는 것 같이 느껴졌다. 맞벌이를 할 때에도 하나 살까 말까 한 명품 가방을 전업주부인 친구는 남편에게 선물 받고, 아는 언니는 외제차를 선물 받았다고 행복하다는 메시지를 전해온다. '괜찮아, 괜찮아. 지금 나도 충분히 행복한 걸.' 애써 괜찮은 척 해보지만, 사실은 무지 부럽다는 것을 아무리 숨긴다 해도 적어도 단 한 사람, 나 자신은 알고 있다. 조금 전까지만 해도 별 문제없던 나의 가정에 서늘한 바람이 부는 순간이다. 나만 힘든 것 같아서 평소와 똑같은 남편에게 투정을 부린다. 당연히 아이에게도 영향이 갈 수밖에 없다. '너 잘 되라고'라는 명목으로 아이의 의견과 상관없이 내 욕심을 채워간다. 아직 아이가 어린데도 이런 생각이 드는 걸 보며 초등학교 간 후에는 더 심해지겠구나 생각하니 몸서리 처진다. '옆집 민수가 어디 학원 다닌다더라, 민수는 받아쓰기 100점 받았다더라. 선생님이 민수만 더 예뻐한다더라.' 이런 이야기를 듣는다면 엄마로써 내 아이를 위해 더 많이 가르치고 뭐 하나라도 더 시키고 싶은 욕심이 생길 것 같다. 하지만 잘 생각해 보자. 아이를 위해서라고 포장한 '엄마 욕심'을 위한 일은 아닌지... 결국 욕심, 열등감, 경쟁, 기대, 강요 이 모든 것은 남과 나, 옆집 아이와 우리 아이를 비교하는 마음에서 시작된다.

나와 남편은 양가에서 경제적인 도움 거의 없이 결혼을 했다. 나보다는 남편이 저축을 많이 해두어 신혼집을 전세로 얻을 수 있었다. 차는 내가 결혼 전 사두었던 경차가 있었다. 성격이 비슷해서 결혼준비를 하면서도 여러 문제들을 결정 하는 데 큰 고민 없이 해결되었다. 연애할 때 안 싸우는 날이 없을 정도로 티격태격하던 우리였는데 결혼준비하면서는 한 번도 크게 싸우지 않고 평탄히 넘어갔다. 요즘 난임, 불임이 많은데 승윤이는 한 달 만에 임신이 되었고, 출산 또한 순조로웠다. 너무 평탄하게 흘러간 것이 문제라면 문제였을까? 솔직히 양가가 빵빵해서 결혼하며 자기 집을 갖고 시작한 친구들을 보면 부럽기도 했다. 신혼을 즐긴다며 바로 애를 갖지 않고 둘이 여행 다니는 부부를 보면 부러웠다. 직장생활을 하지 않고도 나보다 더 여유롭게 사는 친구들을 보면 부러웠다. 내 생활에 만족한다고 생각하면서도 늘 그렇게 뭔가 부족하다 생각하고, 채우려 하고, 비교하며 열등감을 느꼈다. 죽을 만큼 힘들어 일찍 육아휴직을 내고 쉬었던 직장을 다시 복직해야 했을 때도 그랬다. 복직할 직장이 있다는 것에 감사한 마음보다 복직을 두고 고민을 하는 상황 자체가 싫었다. 몸은 훌쩍 자라 엄마가 되었지만 내면은 여전히 어린 아이였다. 어릴 적 동생과 나를 비교하며 언니로서 누리는 혜택을 당연하다고 여겼던 것처럼, 성인이 되어서도 여전히 내가 이미 가지고 있는 것을 감사하게 생각하지 못했다. 당연한 것이었다.

남편이 중국으로 파견을 가고 나 혼자 두 아이를 키우는 동안 낮 시간은 정신이 없었고, 아이들이 자면 온전히 나 혼자만의 시간이었으니 또 미친 듯이 외로웠다. 쌓이는 스트레스를 풀 곳이 없어서 더욱 힘들었다. 육아일기를 시작으로 블로그를 다시 시작했다. 육아를 중심으로 한 글을 계속 쓰다 보니 2프로 부족함을 느껴서 나를 중심으로 한 '글쓰기'로 확장했다. 처음에는 너무나 어색했지만 매일 글을 쓰기 위해 나를 바라보기 시작하니 지금까지 바깥으로 맞춰졌던 초점이 안으로 모이기 시작했다. 조각조각 나 있던 퍼즐을 하나씩 끼워 맞추며 완성시켜가는 것 같이 정리가 되었다. 타인과 나를 비교하며 힘들었던 마음도 예전 같았으면 막연히 '갖고 싶다. 가고 싶다. 힘들겠지만 힘내자!!!' 정도였다면, 글을 쓰면서는 '왜 그것이 부러운지, 나에게 그 상황이 온다면 정말 행복할 것 같은지, 내가 정말 원하는 것은 무엇인지, 그걸 위해 지금 내가 할 수 있는 것은 무엇인지, 과연 내가 원하는 진짜 나의 삶은 무엇인지?'를 염두에 두었다. 부모역할 훈련에서 '반영적 경청'이라는 말이 있는데, 상대방의 1차적인 감정을 그대로 읽어주는 것이다. 나 스스로의 반영적 경청을 통해 내가 느끼는 감정을 마주하고, 바라보고, 원하는 것을 생각해볼 기회를 갖으며 나를 챙기기 시작했다. 살면서 이런 감정들이 생기는 것은 당연하다. 내가 부족해서 나만 느끼는 것이 아니라 누구나 갖고 있는 감정이다. 한 가지 분명한 것은 예전처럼 마냥 비교하고, 시샘하고, 부러워하지만은 않는 것이라는 사실이다. 불편한 감정을 인정하고 바라봄으로써 더욱 내가 원하는 것을 뚜렷하게 알아갈 수 있다는 것을 알기 때문이다. 지금은 내가 진정 원하는 것이 무엇인지, 어떠한 삶을 살고 싶고 어떻게 살아갈 것인지, 꿈이 생기고 소명이 생겼다. 여태 찾으려고 애쓰며 생각만 할 때에는 어디에서부터 시작해야할지 막막했던 것이 글을 쓰며 저절로 찾아졌다.

꿈과 목표가 있고 소명을 다하는 삶을 살기 시작하면 남과의 비교는 더 이상 의미 없다. 큰 집, 좋은 차가 여전히 좋지만 그것 자체를 인생의 목표로 삼지는 않는다. 물질적인 것을 위해 지금 내가 누리는 행복을 포기하는 실수를 범하지는 않는다.

젊어서는 돈 벌기 위해 젊음을 쓰고

나이 들어서는 젊음을 되찾기 위해 돈 쓰는

바보 같은 짓은 하지 말자

– 구본형

남과 비교하지 않는 삶, 나의 가치관이 뚜렷한 삶을 살기 시작하면 내 마음도 편안해진다. 내가 여유가 있어야 가족에게도 마음을 쓸 여유가 생긴다. 그런 마음으로 요리를 해야 음식도 맛이 있고 먹는 사람도 행복하다.

남을 챙기고, 가족을 챙기기 전에 가장 먼저 해야 할 일은 '나'를 챙기는 것이다.

'어머니 = 희생'이라는 등식에 익숙해진 우리에게 너무 이기적이고 개인적이라고 느껴질지 모르겠지만 나를 찾고, 챙기는 것이 결국 가족의 행복이다.

모든 것은 나로부터 시작된다.

02 : 나는 내 영혼의 선장, 내 아이의 이정표

"아이의 꿈을 위해, 그리고 나의 삶을 위해서도
내가 먼저 큰 사람이 되어야 한다. 부모가 먼저 넓은 사람이 되어야 진정으로 아이의 인생을
응원해줄 수 있다. 엄마는 아이의 이정표다."

＊

초등학교 때 친구들을 보면 부모님이 공무원이면 공무원, 선생님이면 선생님을 꿈꾸는 친구들이 많았다. 경찰인 아빠의 모습이 너무 자랑스럽고 멋져보여서 아빠처럼 멋있는 경찰이 되어야지! 라며 꿈을 키우는 친구도 있었다. 많은 대학생들이 창업을 꿈꾸지만 결국 이뤄내는 친구들을 보면 으레 부모님이 사업을 하시고, 대를 이어가기 위해 결국 부모님이 하고 계시는 업으로 전환하기도 한다. 성인이 되어 전혀 다른 직업을 갖기도 하지만, 어릴 적 장래희망을 적어냈을 때를 생각해보면 범위가 정말 한정적이다. 성인이 되면 내가 할 수 있고, 될 수 있는 것이 무한하다는 사실을 미처 알지 못하고 성장하는 경우가 대부분이다.

부모는 자녀가 큰 꿈을 품고 성장하기를 바란다. 하지만 대부분 내가 아는 만큼 밖에 가이드를 해줄 수 없기에 한계가 있다. 그리고 가장 결정적인 것은 부모가 가보지 않은 길을 자녀가 가려고 할 때 온전히 응원하고 지지해줄 수 있는 부모가 얼마나 될까? 하는 것이다. 우리 집은 아빠가 공무원이시고, 엄마는 전업주부셨다. 넉넉하지는 않았지만 꼬박꼬박 들어오는 아빠의 월급으로 엄마가 잘 꾸려가셨다. 엄마는 여자 직업으로는 공무원이 최고라고 늘 말씀하셨다. 돈을 많이 벌지는 못해도 안정적이기 때문이다. 그 말을 참 많이도 듣고 자랐다. 그런 영향력 때문이었을까? 초등학교 때에는 장래희망에 공무원이라고 적기도 했지만, 조금 더 자란 후에는 괜한 반항심에 공무원만은 절대 되지 않을 거라고 입에 달고 살았다. 공무원이 정확히 무슨 일을 하는지, 어떤 종류가 있는지 제대로 알아보지도 않고 마냥 손사래만 쳤다. 부모님은 고등학교 때 푹 빠진 에어로빅을 전공으로 체대에 가고 싶다고 했을 때, 대학교 때 카페 아르바이트를 하다가 바리스타가 되겠다고 했을 때도 그런 것은 안정적인 직업을 가진 후에 취미로 할 수 있다는 이유로 나를 말리셨다. 지금에야 어떤 마음이셨을지 이해가 되지만 당시에는 나를 믿고 응원해주지 않는 부모님이 원망스럽기도 했다. 자식이 덜 고생하고 편하게 살기를 바라는 부모님의 마음이었겠지만, 나도 모르는 사이 새로운 것에 대한 두려움을 안고 자라게 되었다. 결국 내가 원하던 대로 공무원이 되지는 않았지만 무엇인가에 한 번 정착을 하면 아니라는 생각이 들어도 변화하지 못하고 스스로를 옭아맸다. 부모님이 그 당시 나의 의견에 힘을 실어주어 다른 선택을 했더라면 지금 어떤 인생을 살고 있을지 모르겠다. 훨씬 많은 힘듦과 굴곡이 있었을 거라고 예상된다. 어른 말씀 들어서 틀린 것 하나 없다는 말처럼 부모님 덕분에 평탄하게 살 수 있었는지도 모른다. 하지만 내 스스로 선택했던 것이 아니기에 가보지 않은 길에 대한 '미련'이라는 것이 늘 남아있다. 부모님 '때문에' 포기했다고 생각되는 에어로빅은 여전히 다시 도전해보고 싶은 분야 중 하나이다.

부모님의 안 좋았던 습관이나 버릇은 나도 모르게 닮아간다. 내 아이에게는 절대 그러지 않아야지 했던 것을 나도 모르게 아이에게 하고 있는 나를 발견할 때 등골이 오싹하다. 인식하지 못하고 행동하고 있는 경우가 더 많을 것이다. 나는 어렸을 적 엄마가 시간 여유가 없을 때 재촉하는 것이 싫었다. 어린 나도 바쁜 상황을 인지하고 빨리 하려고 노력하는데 마치 나는 아무 노력도 하지 않는 것처럼 대할 때 무시당하는 것 같고, 늘 엄마 마음대로 하는 것만 같았다. 그래서 나는 여유 있는 엄마가 되고 싶었다. 그런데 나도 모르게 승윤이에게 같은 행동을 해왔다는 것을, 아이가 첫 말을 뗀 순간 깨달았다. 돌 지나고 얼마 후쯤 외출을 하는데 아이가 너무 도와주지를 않는 것이다. 그 연령의 아이가 혼자서 제대로 할 수 있는 일은 거의 없다는 것을 알면서도 아이가 할 수 있는 선에서 최선을 다해주기를 바랐다. 예를 들어, 내가 옷을 입히려고 할 때는 가만히 있어주어야 한다고 생각을 했다. 유난히 그날은 기저귀 채울 때, 옷을 입힐 때, 신발을 신겨줄 때마다 계속 도망 다니면서 장난을 쳤다. 그런 날은 외출 전부터 탈진이다. 겨우 준비를 시키고 현관문을 열고 나왔는데 놓고 온 물건이 생각났다. 잠시 아이를 세워두고 다시 가지고 나오면서 신발을 신는데, 승윤이가 또렷한 말투로 '빨리빨리' 라고 이야기를 하는 것이다. '엄마, 아빠, 주세요, 물' 같은 기본적인 말 외에 처음으로 한 말이 '빨리빨리' 라니. 아이가 '엄마' 라는 말을 입에서 떼려면 수천 번을 듣고 연습을 해야 가능하다고 한다. '빨리빨리' 라는 말을 얼마나 많이 들었으면 조그만 아이 입에서 그 말이 나올까 싶었다. 나는 여유 있는 엄마가 되어야겠다고 생각했던 것이 참으로 무색해졌다.

나 스스로 마음에 들지 않은 나의 모습이 있다. 지금은 많이 고쳐졌지만, 예전엔 심각한 우유부단에 결정 장애였다. 식당에서 메뉴 하나를 고를 때도 '죽느냐 사느냐' 문제처럼 심각하게 고민을 했다. 불고기버거를 시킬까, 치킨버거를 시킬까? 불고기버거를 시키자니 치킨버거의 바삭함과 마요네즈와의 조화로운 고소한 맛이 생각났고, 치킨버거를 시키자니 불고기버거의 달달하고 짭쪼름한 맛이 생각나서 도저히 고를 수가 없었다. 거기에 단품을 먹을까, 세트를 먹을까? 음료는 사이다를 마실까? 그래도 콜라가 진리지. 그럼 콜라? 뭐 햄버거 하나 시키는 데도 머리가 지끈거릴 정도였다. 물론, 햄버거라는 메뉴를 결정하는 데까지도 많은 에너지를 쏟아 부었다. 그래놓고도 메뉴 자체를 다시 고르는 경우도 허다했다. 어려운 일이나 힘든 일에 부딪히면 '이 문제를 어떻게 해결할까?' 대신 '어떻게 하면 이번 일도 잘 넘길 수 있을까?' 에 초점을 맞춰 고민했다. 직장생활을 하면서도 '나의 일' 이라는 생각보다 늘 '회사일' 이라는 생각으로 한 걸음 물러서서 생각을 했다. 업무가 갑자기 주어졌을 때도 이것을 기회삼아 더 잘 해보자!는 마음은 없고 왜 또 나에게 이 일이 왔는지 원망하고 투정하기에 바빴다. 또 하나의 문제는 타인의 시선을 너무 많이 의식하는 것이다. 초등학교 때엔 올백을 맞아 엄마를 기쁘게 하기 위해 공부를 했고, 착한 행동을 할 때에도 나를 위해서가 아닌 언니로써 본보기가 되기 위해 하는 거라고 여겼다. 성인이 되어서도 다른 사람이 나를 어떻게 생각할지에 대해 신경을 썼다. 상대방이 만족한 모습을 보며 내 만족을 채웠다. 그것이 다른 사람을 배려하는 것이라 생각했다. 결국 그것들은 쌓이고 쌓여 곪다가 한 번씩 터지곤 했다.

절대 아이에게 물려주고 싶지 않은 나의 모습이다. 아이는 나보다 더 건강한 마음과 정신으로 그들의 삶을 살아가길 바란다. 그렇다면 어떻게 아이를 도와줄 것인가? 어떻게 나의 생각을 아이에게 전달해

줄 것인가? 우리 어렸을 적 생각을 해보자. 아무리 맞는 말이라도 부모님의 입을 통해 나오는 순간 괜히 받아들이고 싶지 않다. 어려운 결심을 하고 TV를 끄고 공부하러 가려고 마음먹었는데 어떻게 알고 때마침 TV 그만보고 공부 좀 하라는 잔소리를 들으면 아무것도 하고 싶지 않게 된다. 스스로 마음먹었던 것까지 쏙 들어간다. 작은 것 하나하나 아이에게 바라는 것이 많아질수록 잔소리도 늘어난다. 결국 아이를 위해서 하는 나의 행동 때문에 아이와 관계만 나빠진다.

평소 나의 모습이나 생활습관들을 객관적으로 바라보기란 매우 어렵다. 문제가 일어난 순간 내 행동을 후회하고, 반성하고, 앞으로 그러지 않아야지 다짐하지만 그 때 뿐이라는 것을 우리는 잘 알고 있다. 반성문을 엮으면 한 달에 책 한권은 나올 것 같다. 우리는 한 순간에도 오만가지 생각을 한다. 그 중 어떤 생각이 진짜 나의 생각이라고 이야기할 수 있을까? 앞으로는 정말 그러지 말아야지! 다짐 하는 것이 정말 나의 생각일까? 문제 상황에 대해서 아이에게 미안하다고 느끼는 것이 정말 나의 감정일까? 매해 연초에 하는 결심이 결심으로만 끝나는 경우가 허다하다. 육아에 있어서도 마찬가지다. '앞으로 절대 화내지 말아야지!!' 매번 다짐으로 끝이 난다.

그 당시 진심이었던 나의 다짐, 감정들을 어떻게 잡아둘 수 있을까?

육아일기를 쓰거나 아침 글쓰기를 하며 느꼈던 점은 나를 객관적으로 바라볼 수 있다는 것이다. 감정에 치우친 글쓰기가 아닌 감정을 있는 그대로 바라보고 읽어주는 글을 쓰는 것이다. 예를 들어 아이에게 화를 냈다면 그때의 감정에 이입을 해서 열을 내는 것이 아니라 당시 상황을 객관적으로 묘사해본다. 그 때의 내 생각, 반성, 마음, 앞으로의 다짐을 다시 한 번 생각하고 글로 적어보면서, 진정 내 마음이 원하는 것은 무엇인지 무슨 생각을 하고 있는지 나와의 대화를 한다. 그리고 그 중 나의 다짐! 앞으로 꼭 지켜야 할 것들은 따로 메모해두고 자주 보아야 한다. 그래야만 같은 실수를 점점 줄여갈 수 있다.

아이를 키우다보니 아이들은 무엇보다 엄마의 영향을 많이 받는다는 것을 느낀다. 주 양육자가 엄마가 아니라면 주 양육자의 영향을 더 크게 받겠지만 결국 큰 방향(=가치관)은 부모를 따라간다. 나 보다 더 넓은 세계를 보여주고, 더 큰 꿈을 꾸게 하고 싶다면 아이의 사고가 아닌 나의 사고를 먼저 넓혀야 한다. 아이가 큰 꿈을 꾼다고 한들, 부모가 품어주지 못하면 무슨 소용이 있을까? 우리는 부양해야 할 가족이 있고, 당장 직장생활을 이어가야 하기 때문에 하나하나 경험을 해볼 수가 없다. 도전을 하고 경험을 쌓는다 해도 모든 것을 아이에게 알려주기에는 시간이 부족하다. 그 사이 아이는 훌쩍 자랄 것이다. 글을 읽고 쓸 줄 아는 우리에게는 다행히도 '책'이라는 위대한 선물이 있다. 직접 경험하지 못한 것들은 책을 통해 간접적으로 경험을 할 수 있다. 책을 읽다 보면 생각이 넓어지고 사고가 확장된다. 몰랐던 지식뿐 아니라 사물을 보는 관점이 달라진다. 책의 좋은 점은 누구나 알기에 우리 아이들이 책과 함께 자라기를 바란다. 나는 그러지 못했지만 우리 아이는 책을 많이 읽기를 바란다. 하지만 책의 좋은 점을 아무리 설명하면서 권한다 해도 잔소리로 들을 뿐이다. 모든 것은 부모가 먼저 선행해야 하는 것이 맞다. 엄마가 책을 가까이 한다면 아이는 궁금해서라도 책을 본다. 아이의 꿈을 위해, 그리고 나의 삶을 위해 내가 먼저 큰 사람이 되어야 한다. 부모가 먼저 넓은 사람이 되어야 한다. 그래야 진정으로 아이의 인생을 응원해줄 수 있다.

결혼을 하고 엄마가 된다는 것은, 혹은 아빠가 된다는 것은 동시에 많은 역할이 주어짐을 의미한다. 어느 하나 허투루 할 수 없는 중요한 역할이다. 배우자로서, 부모로서 역할뿐 아니라 이모, 삼촌, 고모, 고모부의 역할, 배우자의 가족 울타리 안에서 새로운 역할. 어떻게 다 잘해낼 수 있을지 부담스럽다. 하지만 중요한 것은 누구에게 어떻게 해야 하는가가 아니라 나만 잘 하면 된다는 것이다. 나만 잘 먹고 잘 살면 된다는 뜻이 아니다. 우리가 우리의 인생을 잘 보살피고 내 삶의 주인으로 산다면 저절로 좋은 결과들이 따라올 것이라는 의미다. 아이가 학교에 들어가면 부모뿐 아니라 다른 많은 것에 영향을 받기 시작하므로 부모의 영향을 100퍼센트 받는다고 장담할 수는 없다. 하지만 역으로 자식을 위해 아무리 부모가 노력하고 애를 쓴다고 해도 내 마음대로 되지 않는 것이 자식이다. '너를 위해, 너 때문에 내가 어떻게 했는데'라며 애씀을 알아주지 않는다고 이야기할 바에야 그 정성을 나를 돌보는 데 쓰자. 아이는 부모를 보고, 듣고, 느끼며 성장한다. 엄마는 아이의 이정표다.

03 : 행복이란 무엇인가

"막노동을 하면서도 행복하다는 사람이 있는가 하면,
재벌가 회장이 자살을 하기도 한다. 그런 걸 보면 돈이 행복의 절대적인 기준은 아니다.
자신의 일과 삶에 가치를 부여해야 비로소 행복해진다."

*

저녁 9시 반쯤 아이들을 재우기 위해 집 안의 모든 불을 끄고 침대에 누웠다. 새벽에 일어나 하루를 시작하는 글을 쓸 때도 좋지만 모든 일과를 마치고 폭신한 침대에 누워 몸에 착 감기는 이불을 턱 아래까지 끌어올리면 '하암~ 너무 편하고 좋다~' 는 말이 절로 나온다. 그러던 차에 28개월 된 둘째 딸아이가 '행복해' 라고 이야기를 했다.

"응? 연아 뭐라고 했어?" 되물으니 "연이, 행복해" 이야기하며 함박웃음을 짓는다. 행복하다고 이야기하는 아이가 너무나 사랑스러워 있는 힘껏 껴안아 주고 볼을 비빈다. 아이의 입에서 행복하다는 이야기를 들을 때 나는 참 행복한 사람이라는 생각이 든다. 우리 아이들은 행복하다는 말을 참 자주한다. 내가 우리 아이만큼 어렸을 때의 기억은 나지 않지만 아마 엄마와 함께 마음이 편안한 시간을 보내면 행복하다고 느끼지 않았을까? 다섯 살만 되어도 엄마의 따뜻한 품만으로 행복하다고 하기엔 2프로 부족하다. 엄마의 사랑은 기본이고 그 외의 욕구들이 충족되어야만 행복하다고 느낀다. 예를 들어 엄마와 함께 뒹구는 것도 좋지만 엄마가 터닝메카드나 카봇을 갖고 싶은 아이의 욕구를 늘 꺾기만 한다면 행복하지만은 않을 것이다. 행복하다는 것을 언제 처음 인식했는지 과거를 되짚어 보면 초등학교 때에는 시험이 끝났을 때, 평소 갖고 싶었던 물건을 가졌을 때, 아빠 엄마가 싸우지 않고 집이 편안했을 때였던 것 같다. 학교 들어가기 전에는 엄마와의 관계가 전부였는데, 학교 다닐 때에는 집, 학교, 친구로 범위가 확장되고, 대학교에 가면 이성 친구, 진로(취업), 그리고 이어서 사회생활을 시작하면 거기에 또 추가적으로 직장 내 업무, 관계, 결혼 등 점점 확장된다. 나를 둘러싸고 있는 것들이 많아질수록 내가 행복을 느끼는 것이 복잡해진다는 의미이다. 모든 것이 순조롭다고 느껴질 때 꼭 하나씩 문제가 발생하기 마련이다. '그럼 그렇지, 내가 무슨.' 행복하다는 것이 어렵게 느껴진다. 내 힘으로 되지 않는 상황에 놓여있을 때에는 더욱 불행하다고 느끼기도 하고, 우울증을 겪기도 한다. 군대가 그렇고, 육아가 그렇다. 나의 노력과 상관없이 우는 아기, 있는 모든 힘을 쥐어짜 최선을 다해도 내 뜻대로 되지 않는 상황, 퇴근도 없이 밤샘을 해도 고생한 만큼 인정해주지도 않는다. 엄마니까 당연하다고 여겨질 뿐. 워킹맘은 직장생활에 육아까지 감당해야 하니 더욱 힘들다. 그렇다면 우리는 어른이 될수록 행복하기 힘든 걸까? 도대체 행복하다는 것은 무엇일까?

여동생과 나는 어렸을 적엔 눈만 뜨면 싸웠다고 한다. 자매였지만 몸싸움으로 번지기도 했다. 기억나는 것 중 하나는 코피가 자주 났던 나와는 달리 동생은 코피가 한 번도 나지 않았는데, 둘이 싸우다가 나 때문에 처음으로 코피가 나기도 했다. 내가 직장생활을 먼저 시작하고 나서는 친구처럼 잘 지낸다. 기념일이면 간간이 서로에게 손 편지를 쓰는데 마지막에 꼭 '우.행.자' 라고 쓴다. 서로의 행복을 응원하는 우리만의 주문인데 '우리 행복하자' 의 줄임말이다. 우리는 예전부터 삶에 대한 고민을 자주 했다. 철학적으로 깊이 있는 이야기를 나눴던 건 아니었지만 이대로 사는 게 좋은 것인지? 어떻게 살아야 할지? 에 대한 이야기를 나눴다. 답이 없는 이야기를 이어가면서 답답할 때도 있었지만 결론은 늘 '지금 행복하자' 는 것이었다. 어쨌건 행복하기 위해 무엇이든 하는 것이고, 누구나 행복한 삶을 살기를 원하기 때문이다. 당시의 행복이란, 계획했던 대로 일이 잘 풀리는 정도였다. 예를 들어 여자들의 평생 숙제 다이어트라고 하면 목표했던 몸무게를 달성하고, 잘 유지하고 있을 때 행복했다. 반대로 살은 안 빠지고, 혹은 목표 달성은 했는데 유지하기가 너무 힘들어 요요가 온다면 불행했다.

행복은 사람마다 기준이 다르고 매우 상대적이다. '행복은 100점 만점에 90점이다!' 라는 절대적인 지표가 없다. 목표도 KPI가 있어야 달성여부 측정이 가능한 것처럼 행복도 마찬가지다. 절대적인 지표는 없지만 행복에 대한 나만의 정의가 내려져야 하고, 기준이 있어야 한다. 그래야만 내가 지금 행복한지 아니면 힘든지 알 수 있다. 그리고 내가 행복하기 위해서 어떤 행동을 해야 하고, 생각을 해야 하는지 알 수 있다. 마냥 행복하고 싶다고 말만 하는 것은 어린 아이가 무작정 떼를 쓰는 것과 별반 다르지 않다. '우리 행복하자!' 고 입버릇처럼 이야기하면서도 '행복' 이란 무엇일까? 나는 언제 행복하다고 느끼나? 진지하게 고민해본 적이 없었다. '파랑새' 라는 세계명작에서는 결국 행복은 멀리 있는 것이 아니라 이미 나에게 있다는 교훈을 담고 있다. 어렸을 때부터 이런 교훈을 주는 책을 접해왔는데도 뜬구름 잡는 것처럼 여겨졌다. 성인이 되어 유튜브로 이런 저런 강의를 들을 때도 일맥상통하는 이야기만 했다. '이미 나에게 있다니??, 지금 내가 행복하지 않은데, 갖고 싶은 것도 많고 하고 싶은 것도 많은데 무슨 말이야? 이미 나에게 있다면 도대체 뭘 위해 열심히 산다는 거지?' 이해하기 힘들었다. 행복하기 위해 끊임없이 무언가를 찾고, 도전하고, 성취하는 거라고 생각했기 때문에 이미 내가 가진 것에 만족한다는 것은 안주하거나 도태되는 행동이라 여겼다. 그래서 행복하다는 것이 뭔지도 모르는 채 앞만 보고 달렸다. 방향이 맞고 틀리고는 상관없었다. 뭐라도 하고 있어야 마음의 안심이 됐고, 그 과정을 통해 성장하는 것이라 여겨졌다. 그게 행복으로 가는 길이라고 믿었다. 하지만 늘 달리면서도 2프로 부족함을 느꼈다. 마음의 허전함이었다. 잘 하고 있는 것 같으면서도 뭔가 빠진 느낌은 지울 수가 없었다. '이게 뭘까? 뭐가 잘못된 걸까? 어떻게 채워갈 수 있을까?'

2015년 7월부터 책의 매력에 빠져 읽기를 시작했고, 12월 마이북에 도전하며 나라는 아이에 대해서 많은 생각을 했다. 30년 이상 살면서 가장 중요한 '나'에 대한 생각을 얼마나 하지 않았는지 깨달았다. 그리고 나도 몰랐던 '나'와 정리되지 않은 '나'에 대해 퍼즐을 맞춰가듯 완성시켰다. 지금까지 행복을 외치면서도 2프로 부족했던 이유, 그 원인이 '나'에 대해 잘 모르고 있었기 때문이라는 사실을 깨달으며 어쩌면 정말 파랑새는 내 안에 있을 수도 있겠다고 생각했다. 2016년 3월부터 《뜨겁게 나를 응원 한다》는 책으로 처음 필사에 도전했다. 필사를 하면서 내가 생각하는 것에 대해 한 번 더 확실히 정리를 할 수 있었고, 스스로에 대한 믿음이 생기기 시작했다. 예전엔 무작정 쉼 없이 달리기만 했다면 이제는 '방향'이 생긴 셈이다. 어디로 향해 가면 될지, 그 방향으로 가는 것이 내가 행복해질 수 있는 길이라는 믿음이다.

《뜨겁게 나를 응원 한다》

Day2.

당신에게 '성공'이란 무엇입니까?

필사를 시작한 두 번째 날 달랑 한 줄이었다. 나에게 '성공'이란 무엇일까? 돈이 많은 것도 좋겠지만 그게 기준이 되지는 않았다. 생각해보니 '행복'하다고 할 수 있을만한 삶을 사는 것이 나에게 '성공'이었다. '나에게 성공이란 무엇일까?' 아래는 지금으로부터 1년 전에 블로그에 적어 놓은 내용이다. 이렇게 정리를 하는 동안 나에게 있어서 행복이란 무엇인지에 대한 기준이 명확하게 세워졌다.

나에게 성공이란?

죽을 때까지 나의 소명을 다하는 것이다.

나의 소명을 다하고자 하는 삶을 살 때 나는 행복하다.

나의 소명?

1. 즐겁고, 신나는 인생을 사는 것.

2. 내가 몰입할 수 있는 일로 매일 성장하는 내가 되는 것.

3. 가치 있는 내가 되어 인류에게 도움이 될 수 있는 위대한 일을 하는 것.

즉, 몰입할 수 있는 일로 매일 성장하며 즐겁고 신나는 하루를 보내는 것. 이런 내가 인류에게 조금이라도 긍정의 영향력을 미치는 것이 나의 소명이다. 나의 소명을 이루는 삶을 사는 것이 나에게는 성공이고 행복이다.

이를 위해 내가 지금 할 수 있는 행동은?
1. 책과 함께 들이마시기
2. 매일 기록하며 내쉬기
3. 온 힘을 다해 육아하기 (PET 공부, 마인드 공부, 육아에 적용!!)

나에게 성공이란?
　-> 지금 내가 할 수 있는 것들을 실천하며 소명을 이루는 삶을 사는 것!!!

지금 다시 보아도 가슴이 벅차다. '행복하고 싶다', '행복하자' 라고 생각만 했다면 아마 지금도 여전히 막연하게 '행복'에 대해 생각만 하고 있었을 것이다. 행복을 갈망한 채 어떻게 해야 행복할 수 있을지 고민만 하다가 아까운 시간을 다 흘려보냈을지 모른다.

진정한 나의 삶을 사는 것은 무엇일까? 막노동을 하면서도 행복할 수 있는 이유, 재벌임에도 불구하고 자살을 하는 이유는 어디에 있을까? 돈이 많으면 사는 데 편리하겠지만 행복의 절대적인 기준이 될 수는 없다. 나 역시 부자가 되고 싶지만 '행복한 부자'가 되는 것이 목표다. 청소부가 콧노래를 부르며 쓰레기를 치울 수 있는 이유는 자신이 하는 일이 소명이기 때문이다. 내가 이 일을 함으로써 내 삶에 가치를 부여하기 때문이다. 단순히 쓰레기를 치우는 것이 아니라 내가 쓰레기를 치움으로써 거리가 깨끗해지고 이 길을 걷는 사람들의 마음이 깨끗해지기를, 그래서 좀 더 나은 사회가 되기를 바라는 마음이 있기 때문이다.

오늘도 나는 육아 중이다. 여전히 같은 상황임에도 훨씬 더 행복하고 충만함을 느낀다. 그 이유는 내가 책을 읽고, 글을 쓰고, 부모교육을 공부하며 가치 있는 나를 만들어 가는 것이 인류에게 도움이 되는 위대한 일의 시작이라는 것을 알기 때문이다. 우리 아이는 물론 잘 자랄 것이고, 많은 엄마들에게 책과 강의로 부모역할 훈련, 엄마의 글쓰기, 육아 마인드 세팅에 관한 이야기를 나누며 엄마들의 마음 건강을 돌봐줄 것이다. 건강한 엄마와 함께 한 아이들은 분명 몸도 마음도 건강하게 자랄 것이다. 이런 우리 아이들이 주역이 될 미래는 분명 지금보다 나은 사회가 될 것이라고 생각하기 때문에 나의 하루하루는 의미 있는 나의 소명을 다하는 시간이다.

진정 나의 삶을 산다는 것은 내가 무엇을 원하는지 알고 내가 왜 그것을 해야 하는지 아는 것, 나아가 실천하는 것이라고 생각한다. 타인이 나를 바라보듯 나의 마음에 대해서 알아가야 한다. 나의 소명을 이루기 위한 삶을 살 때 나는 행복하다. 그리고 더 이상의 비교는 의미가 없어진다. 진정한 나의 삶을 살기 시작하는 것이다.

04 : 답은 언제나 내 안에

"직장생활을 하면서도 몇 번의 고비마다 점집을 찾았다.
중독까지는 아니었지만 늘 누군가에게 의지하려는 습관은 그렇게 성인이 되어서까지
이어졌다. 그런데 답은 언제나 내 안에 있었다."

*

　　대학생 시절에 한참 사주카페가 유행했다. 처음에는 호기심이었다. 2002년, 당시 5천원이면 싼 값은 아니었지만 음료수도 마시고 사주도 봐줬으니 갈 만했다. 전공은 통계학이었지만 승무원이 되고 싶었는데, '과연 승무원의 꿈을 이룰 수 있을까?' 궁금했다. 5천원에 큰 기대를 한 건 아니었지만, 결론은 언제나 들으나마나 한 이야기들뿐이었다. 그러던 차에 충장로에 진짜 용한 사주카페가 있다는 소식을 입수했다. 같은 학과에 다니면서 법원직 공무원 시험을 준비하던 친구와 함께 예약을 하고 떨리는 마음으로 들어갔다. 음료수도 안 주고 만원이나 했다. 평소 지불하던 금액의 두 배였으니 뭔가 달라도 다르겠지 하며 내심 기대도 되었다. 당시 아르바이트 시급이 2천원이었으니 만원이면 꽤 큰돈을 투자한 셈이다. 그 분께 내 꿈이 '승무원'이

라고 말씀드렸다. 하늘을 나는 비행기에 타는 승무원을 말하는 거냐고 되물으셨다. 오행(五行)의 요소인 목(木), 화(火), 토(土), 금(金), 수(水) 중에서 나에게는 토(土)가 하나도 없다고 했다. 그래서 옷도 흙색과 비슷한 노란색이나 갈색이 좋고, 직업도 땅을 밟고 있는 것이 건강에 좋다고 했다. 만약 승무원이 된다고 해도 내 몸이 너무 힘들 거라고 이야기하며 결국 포기할 수도 있을 거라고 다소 충격적인 이야기를 했다. 그러면서 굳이 꼭 그런 일이 하고 싶으면 KTX 승무원 같이 땅에서 할 수 있는 것도 생각해보라고 했다. 만원이나 투자했으면 점쟁이 말을 귀담아 들어야 하는 것이 맞지만 내가 듣고 싶지 않은 이야기는 믿지 않았다. '점쟁이도 자기 앞길은 모른다더라!' 며 열변을 토했던 기억이 난다. 그러면서도 나는 어느새 KTX 승무원에 대해 알아보고 있었다. 그 후에도 몇 곳을 더 찾아다녔고 엄마도 가끔 내 사주를 봐 오셨지만 사주에 승무원이 된다는 이야기는 없었다. 대학교 4학년 때 승무원과 대기업을 동시에 지원해놓고 대기업 쪽이 먼저 최종확정이 되었을 때 큰 미련이 없이 승무원이라는 꿈을 접을 수 있었던 것도 점쟁이의 영향이 어느 정도 있었다. 직장생활을 하면서 몇 번의 퇴사 고비마다 점집을 찾았다. 그렇지만, 듣기 싫은 것은 다 걸러내고 내가 듣고 싶은 말만 들었다. 내가 선택해야 하는 것들을 앞두고 참고한다는 이유로 점쟁이의 의견을 듣고 싶었다. 중독이라고 할 만큼은 아니었지만 마음은 늘 갈등을 했다. 누군가에게 의지하려는 습관은 성인이 되어서까지 이어졌다.

결혼을 하고 두 아이의 엄마가 되어서까지 남편의 중국 파견을 앞두고 '보내도 되는 건지 잡아야 하는 건지?' 점쟁이에게 물어보고 싶은 마음이 컸다. 결국 내가 감당할 문제라는 것을 알기에 내가 내린 선택을 감당하지 못할까봐 용기가 나지 않았다. 또 누군가의 결정과 조언에 의지하고 싶었던 것이다. 남편이 중국에 가면 우리 셋은 어떻게 해야 하나. 긴급 상황에는 어쩌지? 도와줄 사람이 누가 있지? 등 무수히 많은 경우의 수를 그려보며 남편과 대책마련에 나섰다. 문득 할 수 없다고 생각하고, 걱정만 하면 결국 나만 힘들 거라는 생각이 들었다. 우려했던 일이 일어날 수도 있지만 그렇지 않을 수도 있는 건데 계속 안 좋을 경우만 생각하니 좋아질 리 없었다. 그렇지 않아도 불안한데 두려움만 더 커져갔다. 남편도 분명 진심으로 우리 세 식구를 염려하는 마음이었겠지만 해줄 수 있는 거라곤 지켜봐 주고 응원해주는 것뿐이라는 것. 그래서 그냥 죽이 되든지, 밥이 되든지 혼자 애 둘을 천안에서 보겠다고 이야기해버렸다. 그렇게 내 입으로 내뱉고 나니 오히려 마음이 편했다. 왠지 해낼 수 있을 것 같은 느낌이 들었다. 오랜만에 느껴보는 감정이었다. 남편이 없는 기간 세 식구 건강하게 무사히 잘 지내주는 것만으로도 밑져야 본전이었기 때문에 부담 없이 마음이 편했다. 그리고 작은 것 하나에서부터 혼자 힘으로 해나가며 바닥이었던 자존감을 회복해가기 시작했다.

　남편의 빈자리는 생각보다 컸다. 당연하다고 생각했던 것들을 내가 직접 해보니 지금까지 참 감사했구나 생각이 들었다. 쓰레기 분리수거, 음식물 쓰레기 처리, 동시에 아픈 두 아이 데리고 병원 다녀오기, 마트 장보기를 성공하며 나 혼자서도 할 수 있다는 작은 성취감을 자주 맛보았다. 무엇보다 가장 뿌듯했던 기억은 아이와 함께 자동차 네 개를 합체하여 하나의 변신로봇으로 완성한 것이다. 남편이 있었다면 상상할 수 없는 일이었다.

　"아빠 오시면 해달라고 하자. 엄마는 잘 못해. 로봇 변신은 아빠가 잘해."라며 온갖 핑계를 대면서 시도조차 하지 않았을 것이다. 하지만 아이에게 "앞으로 1년만 기다리자"고 할 수는 없었다. 그렇게 말하기에는 아이가 너무 어렸다.

　"승윤아, 설명서 가져와 봐. 우리 같이 한번 해보자." 1번 설명부터 하나씩 해나가기 시작했다. 이게 대체 아이들의 장난감이란 말인가? 설명서만으로 쉽지 않았다. 네이버를 검색하고 동영상을 보면서 겨우 완성시켰다. 남편이었다면 뚝딱뚝딱 했을 것을 꽤 오랜 시간에 걸쳐서 결국 성공한 것이다. 그때의 성취감이란! 말로 표현할 수 없다. 오버하는 것 아니냐고 생각할지 모르지만 예전의 나였다면 어림도 없는 일이었다. 작은 성공 경험이 쌓이면서 자존감이 상승되었고, 그것을 바탕으로 조금 더 큰 것에 도전해볼 용기가 생겼다. 모든 것이 자연스레 나에 대한 믿음으로 이어졌다. 나만의 분야가 무엇인지 찾고 싶었다. 독서습관을 들인 이후엔 집중 독서로 나만의 분야를 찾아 그 분야의 책을 읽으라고 되어있기에 실천해보고 싶었다. 그런데 어떤 분야를 선택해야 할지 막막했다. 생각해보니 독서를 전략적으로 해본 적이 없었다. 이 상황에서 실천해볼 수 있는 분야가 무엇일까? 객관적으로 생각해보니 '육아' 뿐이었다. 100권을 읽으면 전문가 정도의 실력이 쌓인다는데, 보장은 없었지만 믿고 싶었다. 나와는 거리가 멀다고 생각해온 '전문가' 라는 타이틀이 탐났다. 밑져야 본전이니까.

나는 어떤 엄마인가? 어떤 엄마가 되고 싶지? 어떤 엄마가 되어줄 수 있을까? 아이 연령에 맞는 체험활동, 엄마표 놀이. 이런 활동을 찾아 해주는 부지런한 엄마는 못되었다. 그냥 서로 마음 편하게 지내고 싶었다. 아이에게 따뜻한 엄마, 용기를 주는 엄마, 대범한 엄마, 지혜로운 엄마가 되고 싶었다. '감성육아' 라는 말이 유행이었는데 그런 엄마가 되자! 라고 생각하고 책에서 찾기 시작했다. 책을 읽으며 텅 비어 있는 마음이 채워지는 듯했다. 또렷하게 눈에 보이지 않고, 볼 수도 없지만 점쟁이에게 점을 봤을 때보다 훨씬 나에 대한 '믿음' 이 생겼다. 가슴이 벅차다는 표현이 맞을 것 같다. 나에 대한 믿음, 뭔가 할 수 있을 것 같은 자신감이었다. 그것을 찾고 싶다는 강한 마음. 하지만 정리가 잘 되지 않았다. 책읽기에 빠져 너무 행복했지만 제대로 소화시키지 못하고 무작정 들이밀고 있는 것 같은 느낌이 들었다.

글쓰기를 시작한 것은 매우 우연한 기회였다. 가끔 메일 정리를 하는데 정기적으로 받고 있는 곳들의 메일을 일괄적으로 삭제하려고 하다가 메일 하나를 클릭해 들어갔다. 독서, 토론, 필사, 글쓰기 강의에 대한 것이었는데 궁금해서 클릭해 들어갔더니 숭례문학당이라는 곳이었다. 2010년에 서평쓰기 초급반 수업을 들은 적이 있었는데, 그때 강사님이 학당 이사님으로 활동하고 있는 곳이라 더 관심이 갔다. 그때는 우연이라고 생각했는데 지금 생각해보면 나 자신에 대해 정리하고자 하는 간절한 마음에서 비롯된 끌어당김의 법칙이 적용했던 것 같다. 어느 것이라도 좋으니 서울에 가서 수업을 듣고 싶은 마음이 굴뚝같았지만 두 아이와 함께 할 수 있는 것은 없었다. 혹시나 내 상황에서도 할 수 있는 것이 있나 찾아봤더니 온라인 100일 글쓰기가 있었다. 하고자 하는 의지만 있다면 내 상황에서도 충분히 할 수 있는 것이었다. '100'이라는 숫자는 지금이야 거뜬히 해내지만 그 당시엔 큰 도전이었다. 작은 성공이 쌓여 용기가 생기기도 했고, 고민하고 있다는 것 자체가 하고 싶은 마음이 계속 든다는 증거였기에 일단 시작했다!

지금껏 글쓰기를 제대로 해본 적도, 배워 본 적도 없다. 실력을 늘

리기 위한 목적으로 글쓰기를 시작한 것은 아니었다. 만약 그랬다면 진즉 포기하고도 남았다. 글쓰기 실력을 늘려야 할 필요가 없었기 때문에 분명 쓰다가 말았을 것이다. 책을 읽다 보니 쓰고자 하는 욕구가 생겨 습관을 들이고자 매일 글을 써보기로 마음을 먹은 것이다. 처음 시작할 때는 '자유로운 주제'로 매일 쓰라고 하는데 무슨 이야기를 써야할지 난감했다. 자기검열을 하지 말라고 하는데, 나의 이야기를 누군가 본다는 것이 자꾸 신경 쓰였다. 차라리 주제라도 있으면 자료를 검색해 공부하고 고민해서 채울 텐데 라는 생각이 들기도 했다. 신기한 것은, 같은 고민을 10일 정도 반복하다보니 나 자신을 가만히 들여다보고 있는 나를 발견하게 되었다. 내가 무슨 생각을 하는지, 무엇을 원하는지에 관한 '나'에 관한 것들이었다. 하루 분량을 겨우 마무리하고 다음날이 되면 또 같은 고민을 했다. 그런데 그 때마다 쓸 거리가 생겼다. 시간이 갈수록 더 많아졌다. 생각도 많아지고, 분량도 많아졌다. 내 안에 꾹꾹 눌러왔던 생각들이 뻥 하고 터진 것이다. 200일 이상 지속하며 내가 어떠한 삶을 살고 싶은지 정리를 해갔다. 다른 누군가에게 조언을 구한 것과는 비교할 수 없는 진정한 나의 삶에 대한 그림이었다. 치열한 고민으로 찾은, 나의 소명대로 사는 삶이라서 진정한 행복이다. 글쓰기를 하며 내 안에 있는 답을 찾았다. 글쓰기가 가져다준 가장 큰 선물이다.

남편이 글쓰기를 시작했다. 더 이상 하나의 직업으로 평생 먹고 살기는 힘들고, 평생직장이라는 개념도 사라진 지 오래다. 미리 제 2의 인생을 준비해야 한다. 남편은 에너지가 굉장한 사람이다. 원래부터 성실한 사람이다. 하고자 하는 것이 있으면 정말 끝까지 한다. 거의 10년을 중국어 공부를 하고 있는데 아마 현지인처럼 될 때까지 공부할 것 같다. 대부분의 사람은 몇 년 하다가 힘들면 포기를 하는데, 남편은 '난 왜 이렇게 머리가 나쁘지?' 라고 이야기하면서도 포기하지 않는다. 평생이 걸릴지라도 끝까지 해낼 거라 믿는다. 나와 평생 함께 할 남편이기에 내 인생만큼 소중하고, 그래서 더 함께 성장하고 싶다. 장점에는 단점이 동시에 공존하듯이 남편은 끝까지 가는 성격을 갖고 있지만 본인의 고집과 본인만의 방식이 있다. 남편도 직장생활 후 제 2의 인생에 대해 끊임없이 답을 찾고 있는 중이다. 뭘 하면 잘할 수 있을지, 뭐가 남편에게 잘 맞을지를 주제로 가끔 이야기를 나눈다. 함께 이야기를 나누며 아이디어를 공유하지만 결국 남편 스스로 찾아내야만 한다는 걸 서로 잘 알고 있다. 내가 글쓰기로 꿈을 찾고, 제 2의 인생을 찾아서 준비를 하고 있는 것처럼 남편에게도 글쓰기를 권유하고 싶은 마음이 있지만, 그런 이유로 막상 권유할 수는 없었다. 반발심이 일어날까봐. 역효과가 걱정이 되었다. 모든 것이 그렇듯이 본인이 직접 느끼고 스스로 다가가지 않으면 아무 소용이 없다. 말을 물가에 끌고 갈 수는 있어도 억지로 물을 먹일 수 없는 것처럼 말이다. 아무리 맛있는 것도 먹어보지 않으면 제대로 된 맛을 모르는 것처럼 글쓰기의 맛도 그러하니까. 좋은 점을 꼭 집어내서 아무리 입이 닳도록 이야기한다 해도 남편의 성격에는 오히려 도망갈 수도 있다는 것을 잘 알기에 전략을 바꾸었다. 뒷심이 약한 내가 꾸준히 글을 쓰면서 나의 꿈을 찾고 성장해가는 모습을 보여준다면, 자연스레 남편의 마음이 열리지 않을까? 남편이 입국하고 매일 무언가를 쓰는 나를 지켜본 지 11개월이 지났을 무렵, 비로소 남편도 글쓰기에 관심을 보이기 시작했다. 그때를 놓칠 수야 없지! 그 마음이 가시기 전에 노트를 준비했다. 그리고 며칠 후 출근 전 10분씩 글을 쓰기 시작했다. 출근 준비를 다 마치고 내 앞에 앉아서 펜을 들고 첫 글자를 쓰려는 순간이었다.

"음, 그런데 무슨 말을 써야 해???" 그렇게 물으며 나를 쳐다보는 눈빛이 100일 글쓰기를 처음 시작한 16개월 전의 내 모습 같았다. 싱긋 웃으며 "아무 말이나, 여보가 생각나는 대로 적어봐. 왜 내가 출근 전 10분을 쪼개서 글을 쓰려고 마음먹었는지부터 한번 물어봐~" 했다. 남편도 이제 시작이다. 남편 안에 이미 들어차 있는 답을 분명히 찾아낼 것이라고 믿는다.

05 : 감사로 충만한 나의 삶을 시작한다

"감사일기를 쓰기 시작하니 정말 일이 잘 풀려가는 것을 느꼈다.
'감사합니다' 라고 쓰는 순간 마법의 주문처럼 감사한 마음이 들었다.
똑같은 하루도 마치 나에게 주어진 선물처럼 느껴졌다."

*

어린 내 눈에 비친 세상은 불공평했다. 잘 되는 사람은 계속해서 잘 되고, 안 되는 사람은 뭘 해도 안 되는 것 같았다. 공부 잘 하는 친구는 운동도 잘 하고, 음악, 미술까지 다 잘 하면서 친구들에게 인기도 많고 선생님의 총애를 받는 반면 공부 못하는 친구는 체육, 음악, 미술시간에도 관심이 없고 함께 어울리기보다는 혼자 조용히 있기 일쑤다. 문제아들은 선생님의 따가운 눈총을 받고, 조용한 애들은 있는지 없는지조차 모른다. 나는 중간 무리에 속해있었다. 튀지도 않고 크게 모나지도 않은 그냥 그런 아이였다.

시험을 보거나 새로운 도전을 앞두고 될 것 같은 쪽보다는 힘든 상황 쪽에 무게를 두었다. 예를 들어 자격증 시험을 준비하면서 "나는 열심히 공부하고 있으니까 꼭 합격할거야!!!" 당당하게 이야기하지 못했다. '이 시험은 영희도 떨어졌다고 했어. 쉬운 것이 아니야. 나도 떨어질지도 몰라. 앗! 나는 시험 운은 없는데... 그 흔한 복권도 당첨된 적 없고, 이벤트 같은 것도 죄다 떨어지잖아. 그런데 시험에 합격할 수 있겠어?' 생각하면서 이번에 공부를 하나도 못했다며 그냥 경험삼아 한 번 보고 다음번엔 진짜 열심히 할 거라고 이야기하고 다녔다. 매사에 그런 식으로 생각하고 이야기했다. 다른 사람들 눈을 의식하고 안 될 수 있다는 것에 초점을 두면서 미리 마음의 준비를 했다. 결과가 예상한 대로 좋지 않게 나오면 "그럴 줄 알았어. 예상했던 건데 뭘. 다음에 진짜 잘 하자" 라고 위안을 삼았다. 간혹 좋은 결과는 복권과 같은 행운으로 여겼다.

나는 있는 그대로의 감정을 표현하는 것이 힘들었다. 그래서 주변에서 솔직하게 이야기하면 내 마음이 불편했다. "나 이번 시험에 꼭 붙을 거야! 나는 붙을 수밖에 없어~!!!" 라고 이야기하는 사람들을 보는 것도 허풍 떠는 것 같았다. 언제나 나를 낮추는 것이 겸손한 거라고 생각했다. 매사에 그런 마음가짐이었다. 나의 이런 마음이 부정의 에너지를 만들어 결국 되지 않을 결과를 끌어당기고 있다는 사실을 알지 못했다.

육아일기를 쓰고, 책을 읽기 시작하고, 글쓰기를 하면서 내가 부정적인 것에 초점을 맞추고 있었다는 것을 깨달았다. 그게 겸손한 건줄 알았던 나에게는 다소 충격적이었다. '그래! 앞으로는 긍정적으로 생각하고 자신감 있게 표현해야겠어!!!' 라고 다짐했다. 하지만 습관처럼 굳어져버린 생각과 말투를 고치기란 어려웠다. '힘들 것 같아, 내가 무슨. 안될 것 같아.' 했던 나였기에 갑자기 '나는 할 수 있다!!! 나는 하고야 만다! 모든 것에 감사합니다!' 라고 생각하고 이야기하기가 꽤 힘들었다. 보는 사람이 아무도 없는데 나 자신에게 쑥스러웠다. 거울 속의 내 눈빛이 참 낯설었다. 결국 흐지부지되고 말았다. 그런데 마치 유행처럼 '감사일기'에 대해 이야기하는 사람들이 많아지고, 주변에 감사일기를 쓰고 있는 이웃들도 늘어났다. '감사'에 대해 진지하게 생각해 보았다. 택시에서 내릴 때, 누군가에게 도움을 받았을 때 감사하다고 이야기했던 것 외에 감사하기를 '실천' 해본 적이 있나? 생각해 보니 없었다. 감사도 실천하는 것이라고? 이해가 가지 않았다. 매번 부족한 것에 초점을 맞춰왔기 때문에 감사함을 느낄 리가 없었다.

읽고 있었던 책에 '감사가 더 감사할 일을 끌어 모은다는 에너지 공명의 법칙'에 대한 문구가 가슴에 박혔다. 평소 같았으면 넘어갔을 수도 있었지만, 그날따라 유난히 그 부분에서 멈춰있었다. 감사하기를 실천하기 위해 책에서 제안하는 것이 '감사일기' 였다. 2016년 1월 15

일, 난생 처음으로 감사일기를 쓰기 시작했다.

첫날 썼던 감사일기다.

− 옥 선생님의 블로그 공유 글로 기분 좋게 하루를 시작할 수 있었음에
감사합니다.

(저 또한 선한 영향력을 줄 수 있는 사람으로 성장하겠습니다.)

− 두 아이가 동시에 눈을 떠 함께 마주보고 웃으며 하루를 시작할 수
있었음에 감사합니다.

(나의 천사들로 인하여 매일 눈부신 하루를 보내고 있습니다.)

− 내가 해주는 음식을 맛있게 먹어주는 아이들에게 감사합니다.

− 일독일행 독서법 책을 추천해주신 OK쌤과 저자 유근용 작가님께 감
사합니다.

(읽고 실천하는 사람이 되겠습니다.)

− 혼자만의 시간을 갖게 해주셔서 감사합니다.

(이 시간을 통해 하루를 되돌아보게 됩니다.)

감사일기를 쓰려고 하는데 대체 뭐라고 시작해야 할까... 한참 고민 끝에 다른 사람들 블로그를 참조하며 베끼듯 쓴 첫 번째 감사일기다. 신기한 것은 모방을 해서 쓴 감사일기였지만 실제로 감사함이 느껴졌다는 것이다. 뭐, 애들 일어나는 거야 항상 똑같은 일상이다. 혼자만의 시간을 갖는 것도 마찬가지다. 그런데 감사일기 쓰려고 미화시켜서 '두 아이가 동시에 눈을 떠 함께 마주보고 웃으며 하루를 시작할 수 있었던 것에 감사한다' 고 쓰니 아이와 함께 눈을 감고 뜰 수 있는 이 상황이 정말 감사했다. 아이들을 재워놓고 혼자만의 시간을 보내며 '애들 재워놓고 이 시간을 혼자 보내니까 참 좋다~' 고 생각을 했었는데 '이 시간을 통해 하루를 되돌아보게 되어 감사합니다.' 라고 썼더니 지금 이 시간 역시 너무 감사했다. 지금껏 2퍼센트 부족했던 공허함, 허전함, 외로움이 서서히 채워지는 느낌이었다. 말 그대로 '충만함' 이다. 지금까지 '감사의 마음' 이 부족했다는 것을 깨달았다. 육아에 몰입하며, 아이들 덕분에 내가 성장했다고 느꼈지만 내 아이가 내 곁에 존재하는 것만으로도 충분히 감사하다는 것을 놓치고 있었다. '감사일기' 로 '감사' 를 내 마음 속에 잡아두었다.

감사일기를 쓰기 시작하니 정말 일이 잘 풀려가는 것을 느꼈다. '감사합니다' 라고 쓰는 순간 마법의 주문처럼 감사한 마음이 들었다. 똑같은 하루도 마치 나에게 주어진 선물처럼 느껴졌다. 세 식구를 두고 자원해서 중국으로 떠난 남편에게도 이제는 오히려 고마웠다. 남편의 부재 덕분에 오롯이 나 혼자만의 시간을 가질 수 있었다. 그 시간 동안 오히려 잘 지내준 나 자신에게 고맙고 아빠의 빈자리에도 불구하고 티 없이 맑게 자라고 있는 아이들에게도 고마웠다. 친정이 멀지만 내가 SOS를 하면 한걸음에 달려와 주는 엄마에게도 고마웠다. 대체 무엇을 감사해야 하는 거지? 라는 마음으로 시작한 감사일기였는데, 날이 갈수록 어느 하나 감사하지 않은 것이 없었다. 신기한 것은 낮에 분명 화가 났던 상황인데도 감사일기를 쓰며 되돌아보면 그 일 또한 감사한 일이 되어있다는 것이다. 매일 꾸준히 감사일기를 쓰며 부정의 에너지로 굳어진 습관을 조금씩 바꾸어갔다. 감사일기를 쓰기 전 습관을 바꿔보겠다고 "나는 할 수 있다!"를 외치는 것이 어색해서 결국 다시 원래의 나로 되돌아갔던 나였다. '감사일기' 로 매우 자연스럽게 '나는 할 수 있다!' 를 외칠 수 있게 되었다. 감사일기는 나의 습관까지 바꿔놓았다.

2017년 나의 키워드는 '감사' 다. 그리고 현재 365통의 감사편지 전달하기 프로젝트를 진행 중이다. 감사일기의 상위버전이 감사편지라는 것을 알게 되어 실천하고 있다. 감사일기는 나를 중심으로 감사한 일들을 기록하는 것이다. 모든 것을 당연한 것으로 여기며 사는 우리가 당연함을 감사함으로 관점을 바꾸는 순간 어메이징한 일들이 벌어진다. 혼자서 애 둘 키우던 육아휴직 중인 엄마가 '작가'라는 꿈을 꾸고 그 꿈을 이루었으니 어메이징하다고 할 수밖에. 감사편지는 나 뿐 아니라 편지를 받는 사람까지 같은 효과를 느낄 수 있는 '1+1'이다. 나도 좋으면서 상대방은 더 좋은, 내가 쓴 편지로 인해 상대방의 삶에 변화를 줄 수 있다면 그보다 더 가치 있는 일이 어디에 있을까? 감사편지를 시작하고 얼마 되지 않았을 때 머리를 하러 갔는데 너무 정성스럽게 해주시기에 다음날 감사편지를 전해드리러 갔다. 너무 쑥스러워 편지와 작은 선물을 드리고 도망치듯 그 곳을 빠져나왔었다. 갑자기 편지를 받은 원장님의 표정도 당황하는 기색이 역력했다. '괜히 줬나...' 생각하며 머리를 쥐어뜯었다. 그런데 심지어 머리가 마음에 들지 않은 부분이 있어 며칠 후 그 곳에 또 가야만 하는 상황이 벌어졌다. 민망함을 무릅쓰고 다시 찾은 그 곳에서 원장님이 머리를 만져주며 의외의 이야기를 하셨다.

"그 때 손 편지 정말 감동이었어요. 손으로 쓴 편지를 얼마 만에 받아 본건지. 이런 분들 때문에 내가 힘든 미용일 하고 있는 거라고 생각했어요. 너무 고맙습니다." 그 이야기를 듣는데 온 몸에 전율이 흘렀다. 그래! 바로 이거다! 내가 쓴 편지로 인해 상대방의 자존감까지 올려주고 그 마음이 다시 나에게 돌아와 감사함이 배가 되는 것!

감사하는 마음을 어떻게 가져야 할지 모르겠다면 위에 내가 했던 것처럼 모방하는 감사일기부터 시작해보자. 감사하는 마음이 이미 충만한 사람은 감사편지로 누군가에게 감사를 기록하여 전달해보자. 감사의 마음도 결국 기록하지 않으면 휘발되어 없어진다. 기록으로 잡아두어야 진정 나의 감사함이 되고, 내 마음과 가슴이 충만해진다. 충만한 마음으로 시작하는 하루는 천국이며, 내 곁에 있는 아이들은 천사다.

06 : 글쓰기로 시작하는 '마인드파워 육아'

"당신이 엄마라면 당장 육아가 큰 문제겠지만, 삶은 문제의 연속이다.
아무 문제가 없다는 것 또한 문제다.
그렇기에 글쓰기는 나를 찾기 위해, 매일 성장하기 위해 평생 해야만 하는 삶의 일부다."

*

오늘도 새벽 5시, 나만의 시간으로 하루를 시작한다. 가장 먼저 하는 일이 '모닝 페이지' 쓰기다. 일어나자마자 노트를 펼치고 내가 생각하는 대로, 나의 의식대로 그냥 써내려간다. 분량은 노트 세 쪽인데, 매일 다르지만 한 시간 조금 못 걸린다. 처음엔 이런 걸 왜 하나 했는데 시간이 갈수록 모닝 페이지를 하며 가장 많은 아이디어를 얻기도 하고, 고민이 해결되기도 한다. 그리고 바로 이어 책 쓰기를 두 시간 반에서 세 시간 정도 한다. 책을 쓰기 전에는 감사일기나 성장일기를 썼다. 그러고 나면 8시. 평일, 주말 예외 없다. 여행지에서도 최소한 모닝 페이지는 실행한다. 무조건 써야한다는 강박관념이 아니라, 모닝 페이지를 통해 내가 얻는 것이 너무나 많기 때문이다. 이렇게 24시간 중 네 시간은 뭐든 기록하는 시간이다. 때로 졸기도 하고, 신나서 쓰다보면 엉뚱한 방향으로 가버릴 때도 있지만 이 시간만큼은 아무에게도 방해받지 않는 오롯한 나만의 시간이다. 아이들의 기상과 동시에 엄마모드의 나로 돌아간다. 나만의 시간을 갖는 것, 그 시간에 글을 쓰며 나와 마주한다는 것은 어떤 모드(나, 엄마, 딸, 며느리, 대리, 과장)에서건 나로 살기 위한 에너지를 비축하는 것이다.

전업맘들은 워킹맘이 부럽다. 하루 종일 집안일과 아이 돌보기, 남편의 내조에 치이며 누구누구 엄마로 살아가는 전업맘은 언제 내 이름을 들어보았는지 가물가물하다. 내 이름이 참 어색하고, 이제 더 이상 필요하지 않는 것 같다. 하지만 직장에 있는 시간만큼은 누구 엄마가 아닌 내 이름을 불러 줄 테니 전업맘에게는 로망이 된다. 물론 워킹맘 나름대로의 고충이 있을 거라고 생각은 하지만 꼬박꼬박 나오는 월급, 점심 한 끼니라도 아이들 없이 먹을 수 있는 자유, 커피 한잔의 여유가 부럽다. 남편에게 떳떳한 외출, 당당하게 자유시간을 요구할 수도 있을 것이다. 경제적으로도 더 여유가 있을 것이다.

반면 워킹맘들은 전업맘이 부럽다. 직장 내 스트레스가 만만치 않기 때문이다. 회사에서 시달리고 퇴근하면 기다리고 있는 것은 쌓여있는 집안일과 하루 종일 엄마를 기다린 아이들이다. 회사에서는, 퇴근하고 집에 가면 아이와 실컷 놀아줘야지, 힘껏 안아줘야지 하지만 몸과 마음이 지쳐 그럴만한 에너지가 남아있지 않다. 아침마다 내 몸에 딱 붙어있으려는 아이를 떼어놓고, 간절한 아이의 눈빛을 뒤로하고 회사로 가야하는 그 마음, 발걸음은 어찌나 무거운지. 아이가 아프기라도 하면 초비상이다. 회사에 눈치를 봐가며 휴가를 쓰거나 상황이 여의치 않을 때는 아픈 아이를 어린이집이나 다른 사람 손에 맡기고 눈물을 훔치며 출근하기도 한다. 매일 직장생활의 끝을 생각하며 출근하는 것이 무슨 의미가 있나 싶으면서 회의감을 느끼지만 막상 그만둘 용기는 나지 않는다.

워킹맘, 전업맘 두 가지 다 해본 결과는, 원래 남의 떡이 더 커 보인다. 다른 일에서도 마찬가지다. 자영업자는 꼬박꼬박 월급 받는 월급쟁이가 부럽고, 직장인은 자기만의 사업을 하는 자영업자가 부럽다. 내가 딱 그랬다. 결혼하고 나서는 얼른 임신해서 육아휴직하면서 쉬고 싶었다. 먼저 쉬고(?) 있는 선배들이 부러워서 임신을 했다. 막상 아이를 키우다 보니 육아가 내 적성이 아니라는 생각을 했다. 회사에 돌아가고 싶은 마음은 없었지만 집에서 애만 보는 것도 답은 아니라고 생각했다. 워킹맘도 나쁘지 않다고 생각하며 복직을 하고나니 큰 애가 아른거렸다. 복직 초반에는 바쁘지 않았기에 다닐 만했다. 나름 여유도 있었다. 그런데 업무 적응을 하고 업무량이 많아지면서 또 다시 힘들어졌다. '내가 뭘 위해 이렇게 힘들게 살지? 평생 다닐 직장도 아니

고, 그렇다고 애만 보는 것도 힘들고.' 머릿속이 복잡했다. 다시 전업
맘 시절이 그리워졌고 그로면서 둘째를 임신했다. 그리고 다시 전업맘
으로 돌아왔다. 내가 선택한 것이었음에도 상황에 따라 매번 후회하고
만 가지지 못한 것을 부러워했다.

'엄마' 라는 역할이 원래 쉬운 것이 아니다. 어느 누가 해도 어렵긴
마찬가지다. 내 몸 하나도 스스로 다독여가며 살기 쉽지 않은데, 핏덩
이를 사람으로 만드는 역할까지 덤으로 잘 해야 한다는 것이 얼마나
어려운 일인가? 하지만 분명 아이를 키운다는 것은 세상에서 가장 가
치 있는 일을 하는 것이다. 아이는 우리의 미래이고, 미래의 주역이 될
아이를 기르는 것이 엄마이기 때문이다. '엄마' 라는 역할에 스스로 삶
의 가치와 자부심을 갖자.

주변에 아무리 이야기한들 또 좋은 책을 읽는다한들 그 때 뿐인 경
우가 많다. 나 또한 그래왔으니 말이다. 분명 맞는 말인데 막상 현실에
부딪히면 무너져 내린다. 왜 그럴까? 왜 아니라고 생각하면서도 자꾸
반복하는 걸까? 이유는, 온전히 나의 생각이 아니기 때문이다. 어떤
것이 진정한 나의 모습인지 헷갈린다. 나도 그렇게 생각해왔다고 말로
는 그렇게 하더라도, 실제로 그 생각은 다른 사람의 경험에서 나온 생
각일 뿐이라는 것을 깨닫는다. 나는 다른 사람의 생각에 고개를 끄덕

이며 공감했을 뿐이다. 진정한 나의 것으로 소화시키기 위해서는, 뼛속까지 내 것으로 만들기 위해서는 어떻게 해야 할까? 남의 생각을 통해서가 아닌, 온전한 나의 생각으로 나 스스로 잡아내야만 한다.

'어떻게?' 이 책의 첫 장부터 지금까지 한 목소리로 이야기해온 '글쓰기'를 통해서이다. 육아면 육아, 직장이면 직장, 혹은 나를 지금 힘들게 하는 그 상황에서, 회피하거나 희생하기를 선택하기란 쉽다. 대부분 우리는 지금까지 그래왔다. 소용돌이 속에서 가치를 찾고, 나를 찾기 위해서 우선되어야 하는 것은 내가 하는 나의 생각을 잡는 것! 그래서 진짜 나의 생각으로 만드는 것이다. 글쓰기를 통해 나의 중심을 단단히 잡고 상황 속에 균형을 맞추어 한 걸음 더 성장할 수 있다면 더 이상 흔들리지 않는다. 워킹맘이건 전업맘이건 당장 힘들어 하며 신세한탄을 하기 보다 내가 정말 바라는 것, 원하는 삶을 알게 된다면 혼란스러움 속에서도 평정심을 찾을 수 있다.

주변에 매우 똑똑한 동생이 있다. 친동생보다 어린데, 나보다 훨씬 야무지게 본인의 미래를 설계하고, 준비하고, 행동하는 친구다. 그런 동생에게도 문제가 있었으니 바로 '육아'다. 모든 것이 완벽할 것 같은 사람도 알고 보면 육아는 예외가 없다. 동생은 글도 매우 잘 쓴다. 필력도 좋아서 블로그의 글 한 편을 읽으면 책을 읽는 것처럼 길고 흡

입력이 있다. 지금까지 내가 해온 이야기가 '글쓰기'를 하라는 내용이고, 글을 쓰면 육아를 하면서도 '나'의 중심을 잡을 수 있고, 진정 제 2의 인생을 시작할 수 있다고 했는데, 예외가 있는 걸까? 동생은 사업적인 글은 매우 잘 쓴다. 동생만의 신념과 사명을 갖고 있기 때문에 글에 힘이 실려 있다. 그래서 글을 읽으면서 나도 모르게 힘을 얻는다. 가끔 육아에 관한 이야기를 쓰기도 한다. 육아가 힘들지만 아이들이 사랑스럽고 너무 예쁘다는 내용이다. 동생의 글만 보고 솔직히 육아에 아무런 문제가 없는 줄 알았다. 모든 것이 완벽한 것 같았다. 그런데 만나고 보니 동생도, 아이도 남편도 생각보다 훨씬 힘든 상황이었다. 나를 만난 그날 선물로 파이를 만들어 왔는데 아이가 너무 말을 듣지 않아 혼내느라 파이가 조금 탔다며 미안해했다. 아이가 너무 자기 마음대로 해서 참다가 결국 화를 냈다고 이야기하면서, 화를 주체할 수 없는 내가 너무 힘이 들고 아이에게 미안하다고 이야기했다. 파이를 받으며 고마움과 미안함이 함께 했다.

　동생에게 필요한 글쓰기는 솔직한 '나의 이야기'다. 사업에 대하여 나의 신념이 깃든 글을 쓰는 것도 성장과 사업의 발전을 위해 필요하다. 거기에 플러스로 내가 힘든 부분에 대한 진짜 나만의 이야기도 써 보는 것이다. 자신감에 가득 차있는 당당한 모습도 '나'이지만, 아이 때문에 힘들어서 폭발한 이성을 잃은 모습 역시 '나'이다. 글을 쓴다는 것은 그런 나까지도 인정한다는 것으로 용기가 필요한 일이다. 스스로에게 보내는 작은 용기로 삶의 일부가 아닌 전체를 나의 삶으로 만들어 갈 수 있다. 이 책을 읽고 있는 당신이 엄마라면 당장 육아가 큰 문제겠지만 삶은 문제의 연속이다. 아무런 문제가 없다는 것 또한 문제다. 그렇기에 글쓰기는 특정한 날, 정해진 시기가 있는 것이 아니다. 나를 찾기 위해, 나를 지키기 위해, 매일 성장하기 위해 평생 해야만 하는 삶의 일부다. 글 쓰는 인생. 너무나 멋지고 행복하지 않은가?

책을 출간하는 작가만 글을 쓰는 것이 아니다.
우리는 삶을 살아내며 인생이라는 책을 만들어가는 작가다.
글쓰기로 진정한 나의 삶, 나의 인생을 시작하자!

Epilogue | 마치는 글

"글쓰는 인생"

"글쓰기를 통해 지금껏 묻혀 있던 꿈을 찾았다.
아이와 함께 성장하며 오늘이 마지막인 양, 지금 이 순간을 최고로 즐기며 살고 있다.
많은 엄마들도 글쓰기를 통해 진짜인생을 시작하길 바란다."

2017년 오늘,
여전히 글을 쓰며 하루를 시작한다.

흔들림 없는 나로서의 삶을 살아가기 위해 하루 중 최우선 순위에
놓는 일이 바로 글쓰기다.
글을 쓴다는 것은 온전히 나로 살아감이다.

2015년 남편을 해외로 보내고 육아에 허우적대던 그 때, 글쓰기를
만나지 않았더라면 지금쯤 나는 어떤 삶을 살아가고 있을까? 여전히
육아, 집안일, 직장 등 많은 상황에 둘러싸여 딱히 이러지도 저러지도
못하고 있을 것이 분명하다. 육아를 하는 엄마는 일상에 새로운 무언
가를 만날 기회가 적고, 발목을 잡는 요소들이 너무나 많기에 벗어나

고 싶어도 방법이 마땅치 않다.

다행이 글쓰기는 예외 사항이 없다. 이순신 장군은 전쟁 중에도 글을 썼고, 그 기록은 역사가 되었다. 육아하며 글을 쓰는 것은, 단언컨대 육아와 겸할 수 있는 가장 고상한 일 중 하나이며 삶이라는 역사의 기록이다.

며칠 전, 미래 명함을 만들었다. 명함의 앞면에는 개인 정보가 있고, 뒤에는 '엄마의 성장을 돕는 사랑샘'이라는 문구가 핑크빛으로 쓰여 있다. 보고 있는 것만으로도 가슴 벅차다. 내면의 변화와 성장을 느끼며 많은 엄마들의 성장을 돕고 싶다는 생각을 했다. 책을 쓰면서도 같은 마음이었다. 글쓰기를 통해 변화한 나의 삶을 많은 엄마들과 공유하고 싶었다. 나 혼자만 알고 있기에 너무 아까웠다. 글쓰기! '엄마'도 할 수 있다고, '육아'하면서도 충분히 가능한 일이라고, 이 세상의 모든 움츠려 있는 엄마들에게 이야기해주고 싶었다.

'엄마의 성장을 돕는 사랑샘'

글을 쓰는 것은 명함대로 살아간다는 것이다. 다른 사람의 성장을 돕기 위해서는 내가 먼저 성장하는 삶을 살아야 하며, 그러기 위해서는 마인드가 건강해야한다. 그래서 오늘도 글을 쓰며 나만의 하루를 시작한다. 글쓰기를 통해 나와 소통하고, 마인드파워로 쉽고 편하게 육아를 하며 소명을 다하는 삶을 살아가고 있다.

글쓰기를 통해 지금껏 묻혀 있던 꿈을 찾았다. 아이와 함께 성장하며 오늘이 마지막인 것처럼, 지금 이 순간 최고로 즐기며 살고 있다. 어떻게 하면 더 많은 엄마들과 소통하고, 그녀들의 성장을 도울 수 있을지 고민하고 계획하며 실행에 옮기고 있다. 꿈을 이뤄가는 이 과정이 너무나 행복하다. 이것만큼 행복한 삶이 또 있을까?

많은 엄마들이 글쓰기를 통해 진짜인생을 시작하기를 바란다.
모든 엄마들이 그녀들의 진짜 인생을 시작할 수 있도록 돕고, 또 도울 것이다.
그녀들이 글쓰기를 사랑하고 마인드파워로 육아하며 그녀들의 진짜인생을 찾는 그 날까지 함께 성장하고 싶다.

2017년 6월

저자 **박선진**